KB268600

하늘 위의 heaven 아이들

하늘 위의
heaven

글·그림 이병연

아이들

어문학사

해의 이야기

내가 유년기를 보낸 곳은 온통 산으로 둘러싸여 있었다. 아침이면 이슬을 머금은 산이 햇빛 속에서 반짝이며 깨어났고, 저녁 무렵에는 서산으로 넘어가는 태양과 마주 보는 산꼭대기에서 주홍빛 노을을 볼 수 있었다. 그리 깊지 않은 숲에서도 노루와 산양이 뛰어놀았고, 높은 산 속 어디에선가 비밀스러운 샘에서 시작된 물줄기가 계곡 바위를 구르고, 마을의 시내로 흐르며 깊은 강으로 흘러갔다.

나는 맑은 시냇가에서 물고기처럼 헤엄을 치기도 했고, 유리알처럼 투명한 물속에서 어린 버들치가 물풀 사이를 헤치며 다니는 것을 보기도 했다. 나는 마루에 걸터앉아 다채롭게 변화하는 하늘과 대지의 색깔을 보았고, 노랑지빠귀와 흰배지빠귀의 노랫소리를 구별해 냈으며 그 가락을 따라 부르고 노루 궁둥이를 쫓아 산등성을 오르내리며 자랐다.

내가 지금 글을 쓸 수 있는 것은, 구름이 하얗게 풀어지는 하늘 아래, 들판 위로 꿈틀대며 올라오던 자연의 신비로움과 비밀들, 경이로움과 감흥이 가슴에 영원히 새겨졌기 때문이리라. 나무와 새들, 그리고 아무리 걸어도 끝이 없을 것 같은 초록의 들판과 고향을 그리워하며 평생을 흙에서 보낸 농부의 삶을 긁적이지 않고는 캐길 수 없는 유전적인 기질 때문이리라.

또렷한 실체로 다가오지도 않고, 논리적 근거도 있지 않기에, 마치 마법처럼 펼쳐지는 자연의 경이로움과 소박한 사람들에게서 발견한 삶의 진리를 자유로이 춤을 추듯 언어로 유희하고 싶었다.

글을 쓰면서 나는 알아가고 있다. 초원의 향기와 나무와 꽃이 자라나는 모습과 바람이 스치는 느낌, 내 감각이 기억하는 추억들을 글로 표현하고자 하는 시도가 얼마나 어려운 작업인지를. 인간이 만들어낸 어떤 언어로도 사람의 아름다움과 자연의 신비로움에 대해 그 일부도 제대로 표현할 수 없는 나의 한계를 말이다.

그러기에 나는 그저 글 속으로 편안한 여행을 하려고 한다. 눈을 감으면 산비탈에 펼쳐진 메밀꽃이 흐드러지던 내 고향의 황홀함 속으로. 당시의 꼬마가 천지를 자유롭게 뛰며, 날았듯이 종이 위를 하늘로 삼아, 편안하게 부유하는 여행 말이다.

시골집에선 언제나 아빠 냄새가 났다. 뭐랄까? 흙냄새 같기도 하고, 마른 지푸라기 냄새 같기도 한 거. 별이 잘 보이는 여름밤에 평상 위에서 아빠 다리를 베고 누워 잠이 들려고 할 때 아빠의 체취와 따스한 눈길이 끌어 올리는 감각의 기억 속에, 어렴풋이 풀잎에서 올라오던 어린 날의 아련한 그리움 같은 거 말이다.

차례

1. 유년의 방문을 열다

나는 투명한 유리 너머로 아빠의 얼굴을 살핀다. 아빠와 함께 서 있는 사람들의 얼굴빛이 어둡다. 침울한 어둠이 중환자실 안으로 짙게 내려앉았다. 갑자기 침대에 누운 환자에게로 사람들이 몰려들었다.

"한 선생! 한 선생! 빨리빨리!"

"씨피알! 씨피알!"

아빠가 환자의 가슴을 세차게 누르기 시작했다.

"에피네프린! 아트로핀!"

간호사 언니가 환자의 팔에 주사를 놓았다. 환자는 조금의 미동도 없다.

"인투베이션!"

당황한 의사가 환자의 입을 열어 입안으로 투명하고 긴 튜브를 집어넣었다. 환자는 자신에게 무슨 일이 벌어지고 있는지 모르는 것 같다. 그저 평화로운 꿈을 꾸고 있는 듯하다. 남은 사람만 조급할 뿐이다. 아빠가 엄마의 가슴을 성급하게 누른다. 아빠의 팔에 붉은빛, 푸른빛의 핏줄이 선명해진다.

아빠의 팔을 잡은 사람들의 안타까운 시선이 아빠에게로 향한다. 약속이나 한 듯이. 아빠의 떨리는 뺨 위로 땀방울과 눈물방울이 섞여서 흐른다. 엄마의 가슴을 때리는 아빠의 손등 위로 깊은 강줄기가 흘러갔다.

"여보! 여보! 눈 떠! 눈 떠봐!"

아빠의 손이 다급히 엄마의 가슴을 친다. 마치 때리는 것 같기도 하다.

"눈 좀 떠봐! 제발!"

아빠의 목소리에 중환자실 밖에 있던 사람들이 창문 안쪽으로 시선을 돌렸다.

"전기 충격기!"

간호사 언니가 작은 방패처럼 생긴 기구를 아빠에게 건넸다.

"200주울!"

간호사 언니가 기구 위의 손잡이를 또르르 돌렸다. 삐삐삐삐 소리가 가슴을 아프게 찌른다.

아빠가 기구를 환자의 가슴에 올렸다.

“클리어”

엄마의 가슴이 새처럼 올라온다. 침대 위로 튕기듯 떨어져 내리는 엄마의 얼굴이 살짝 내 쪽으로 기울었다. 마치 나를 바라보는 듯하다. 엄마의 얼굴은 깊은 침묵에 잠겨 있다. 그렇지만 따스하고 평화롭다. 어쩌면 내 곁에 있을 때보다 더.

사람들이 아빠의 팔을 잡았다. 차마 그만하라는 말은 하지 못한다.

이내 아빠가 허공으로 허망한 시선을 돌렸다. 바닥에 쓰러지듯 주저앉은 아빠의 입술 사이로 신음 같은 소리가 새어 나왔다.

“사망…… 시간…… 15시…… 05분…… 익……익스……파이어…… 하셨……습니다.”

시외버스 터미널에 도착하자, 찬바람이 옷깃을 파고들었다. 아빠와 우리 삼남매는 대기실로 들어갔다. 사람들이 앉은 곳을 피해, 창가 아래 긴 나무의자로 터벅터벅 걸어갔다. 우리는 난로가 앞에 놓인 의자에 앉아 아빠의 양쪽 팔에 머리를 기대고 어깨를 웅크렸다. 아빠가 안고 있던 달이를 무릎에 앉히더니 별이와 나를 양팔로 감싸 주었다. 아빠의 팔은 우리 셋을 담고 있는 바구니가 되었다. 나는 아빠의 얼굴을 올려다보았다. 가늘게 떨리고 있는 눈썹 아래, 숲 속의 샘처럼 물기를 머금은 눈동자가 보석처럼 반짝였구.

창밖을 바라보던 아빠가 바깥 풍경을 손가락으로 가리키며 말했다.

"해야, 별아. 저기 좀 봐. 창에 낀 성에 때문에 도시 풍경이 정말 아름다워 보이는구나. 동화책에 나오는 마법에 걸린 도시 같다. 그치?"

아빠의 말대로 익숙했던 거리의 모습이 얼음꽃이 퍼뜨린 마술 때문인지, 마법에 걸린 도시처럼 안개에 쌓인 듯이 신비로웠다.

"자! 이제는 진짜 마법의 성으로 가는 거다. 마법의 집에는 봄이면 노란 동백이 나무마다 꽃을 피우고, 뒷동산에는 진달래가 만발할 거다. 양지바른 언덕에는 할미꽃, 제비꽃, 금낭화 같은 야생화들이 꽃대를 올리며 지천으로 돋아나겠지. 우리 뜰에는 개나리랑 목련이 흐드러지게 꽃을 피우게 하자. 그러면 벌들이 꽃을 찾아 윙윙 날갯짓하며 날아들 거고, 새들도 꽃가루를 얻기 위해 나뭇가지에 앉아 자기들의 노래를 부를 거다. 여름이면 울타리를 타고 들어온 들장미의 향기가 뜰 안에 가득할 거고, 가을에는 노랗고 하얀 감국이 만발할 거야. 그리고 겨울이면 난로에서 활활 타오르는 불꽃이 우리의 방을 아늑하게 할 거다. 우리 성에 나쁜 기사가 쳐들어오지 못하도록 사시사철 담쟁이덩굴이랑, 가시 난 들장미로 둘러싸이게 하는 거야!"

우리는 서로의 얼굴을 마주 보며 웃음을 터뜨렸다. 아빠의 말이 별이와 나를 설레게 한 것이다.

인적이 드문 거리에 드디어 우리가 타야 할 버스가 도착했고, 아빠는 나와 별이를 앞세우고 버스의 계단을 올라갔다. 앞에서 두 번째 자리에 별이와 나를 앉히고, 아빠는 통로를 사이에 두고 우리의 옆자리에 앉았다. 버스 안으로 사람들이 하나둘씩 올라오고, 마지막으로 기사 아저씨가 자리에 앉자, 버스는 엄마의 그림자가 짙게 깔린 겨울의 도시를 서서히 빠져나가기 시작했다. 부드럽고 따스한 아빠의 손이 나와 별이의 작고 차가운 손을 잡아 주었다. 얼음꽃이 핀 창문 너머로 이제 막 잠이 들려고 하는 나무들과 집들, 그리고 도시가 점점 멀어져갔다.

얼마나 왔는지, 나는 울음소리에 퍼뜩 잠에서 깼다. 별이는 이미 내 어깨에 기댄 채 깊이 잠들어 있었고, 울고 있는 달이를 안고 있는 아빠만이 어쩔 줄을 모르며 허둥대고 있었다. 아빠는 미처 달이의 젖병을 챙겨오지 못한 것이다. 운전기사 아저씨가 뒤를 돌아보며 아빠에게 말했다.

"저런! 선생님 얼굴을 뵈서는… 음… 초보 아빠는 아니신 것 같은데요……. 하하하 죄송합니다. 농담 좀 했습니다."

밀폐된 공간에서 깍깍 울어대는 소리가 시끄러울 만도 했으련만 오히려 가벼운 농담을 던지는 아저씨를 보고 나는 안도의 숨을 내쉬었다. 그때, 뒷좌석에서 어느 아주머니 한 분이 허리를 숙이고 조심스럽게 걸어 나오며 아빠와 달이에게 다가갔다.

"아기가 몹시 배고픈가 보군요. 제 젖이라도 물려야겠네요."

젊은 아주머니는 달이를 안고 아빠 뒷자리에 앉아 옷의 앞섶을 풀고는 달이에게 젖을 물렸다.

"하하하…… 선생님! 고 녀석이 먹을 복은 타고났나 봅니다. 앞으르 그 녀석은 걱정 안 하셔도 되시겠습니다."

기사 아저씨의 입담으로 버스 안은 우리가 내릴 때까지 즐거운 웃음소리가 그치지 않았다.

"마법의 성에 들어가기도 전에 벌써 마술을 부렸구나. 우리 달이가."

아빠가 우리에게 한쪽 눈을 찡긋하며 말했다.

우리가 버스에서 내릴 때에는 밤이 한창 이슥해서였다.

흐르는 물소리가 나를 깨웠다. 아빠의 지친 듯하면서도 안도하는 목소리가 물소리에 섞여서 희미하게 울렸다.

"자, 일어나자. 다 왔단다."

나는 눈을 깜빡거리며 주위를 두리번거렸다. 어느새 어둠이 짙게 깔려 있었다. 하지만 택시의 창문 밖으로 나무들의 그림자가 어른거리는 게 눈에 띄었다. 우리를 태운 택시가 한겨울의 시골

길을 달려 더는 들어갈 수 없는 느티나무 아래의 좁은 돌다리 앞
에 멈춰 섰다.

나는 차 문을 열어젖히고 밖으로 나왔다. 한층 거세진 물소리
가 들려왔다. 나는 돌다리 건너편 할머니의 집이 보이는 곳으로
다가갔다. 시냇물은 다리 아래에서 달빛에 반짝이며 쉼 없이 흐르
고 있었다.

나는 아늑하고 따뜻한 불빛이 비치는 할머니의 집을 바라보았
다. 그러자, 나도 모르게 안도의 숨이 새어 나왔다. 잠시 후, 마루
에 불빛이 밝아지더니 할머니와 아주머니 한 분이 마당으로 나와
서 우리를 향해 손을 흔들어 주었다.

지금도 봄이 되면 작은 집 마당에는 여전히 야생화 꽃씨가 날
아들고 온갖 야생화들이 꽃대를 세우며 꽃을 피우고 있겠지. 과일
나무에서 과일들이 영글어 가는 모습을 볼 수 있겠지. 담쟁이덩
굴의 덩굴손이 주황색 지붕을 감고 올라가 돌다리 너머를 바라보
며 여전히 꼬마들을 기다리고 있겠지. 사시사철 담쟁이덩굴의 기
사들이 그물을 짜듯 할머니의 집을 지키고 있겠지. 꼬마는 어른이
되고 어른은 노인이 되고 노인은 왔던 곳으로 되돌아가지만, 우리
들의 뒷동산에 있던 나무와 꽃들은 여전히 자라나고, 시냇물은 흐
르고, 숲의 친구들은 여전히 꼬마들의 웃음소리를 기다리고 있을
것이다.

산골 마을의 작은 병원

아빠는 하늘을 가까이에서 볼 수 있는 이곳에서 유년 시절을 보냈다. 삼면이 산으로 둘러싸인 마을은 아늑하고 평화로운 그림처럼 아름다웠다. 작은 산골 마을에는 봄이면 엉겅퀴가 피어나고 가을이면 억새가 우거졌다. 너른 공터에는 봄이면 노란 유채꽃이 만발했고, 9월이 되면 눈이 시리도록 흰 메밀꽃이 흐드러지게 피어났다. 끝없이 펼쳐진 메밀밭 위를 우리는 맨발로 뛰고 구르며 대지가 뿜어내는 향기를 마음껏 마시고 자랐다. 마을 뒷산에는 칼바위가 골짜기를 사이에 두고 위용 있게 멋진 모습으로 서 있었고, 협곡 사이로 작은 폭포가 세차게 흘러내렸다.

우리 다섯 식구는 연어가 귀향하듯 아빠가 유년 시절을 보낸 이곳으로 돌아왔다. 엄마가 돌아가신 직후였다. 막내를 낳고 고열에 시달리며 끙끙 앓던 엄마는 병원에서 다시는 집으로 돌아오지 않았다. 도시 의사였던 아빠는 금색 빛깔의 병원 이름이 새겨진 가운을 벗고, 청진기를 목에 걸고 손에는 삽을 든 시골 의사가 된 것이다.

아빠는 구불구불한 곱슬머리에 금테를 두른 안경을 썼고, 키가 크고 어깨가 넓었다. 당시 오십을 바라보던 아빠는 느린 말투와 점잖은 걸음걸이, 반백의 머리 때문에 막내를 안고 있는 모습이 흡사 할아버지와 손자 같기도 했다. 그러나 다부진 근육을 휜 가운 속에 감춰두고 있다는 것과 잘 익은 머루처럼 반짝이는 까만 눈동자가 금테를 두른 안경 속에 숨어 있다는 것을 나는 알았다. 그렇게 삼남매는 아빠의 가슴속에 잠재된 뜨거운 열정과 차분한 눈매 안에 자리한 따사로운 눈빛에서 깊은 헌신과 사랑을 느끼며 자랐다.

아빠는 당시 꼬마의 눈에 놀라울 정도로, 두 명의 인부와 함께 할머니 집을 증축했다. 2층으로 집을 올리고, 산과 마주 보는 뒷마당에 아빠의 아담한 병원을 지은 것이다. 또 나무를 패서, 말뚝을 박아 울타리를 쳤고 산기슭과 맞닿은 텃밭의 경계선을 만들었다. 산짐승이 내려와 농작물을 망치지 못하도록 말이다. 아빠는 그해의 마지막 겨울과 다음 해가 시작되는 봄을 새로운 집 단장으로 보내야 했고, 집이 완성되어서야 약간의 쉼을 얻은 듯했다.

그러나 본격적인 봄이 시작되자, 아빠는 기다렸다는 듯이 밭을 갈고 고랑을 파서, 고구마순을 심고, 더덕과 상추씨를 뿌렸다.

감자를 심은 텃밭에 하얀색과 보라색의 감자 꽃이 피어날 때즈음, 아빠는 또다시 할머니의 논으로 향했다. 여름에는 텃밭에 심어 놓은 가지마다 탐스럽게 달린 오이와 가지를 땄고, 가을에는 할머니의 논에서 벼 수확을 도왔다.

아빠는 마을에 내려온 첫해에 이곳에서의 삶을 씹지도 않고 허겁지겁 삼키듯이 흡수하고 있었다. 오랫동안 입고 있던 도시의

옷을 벗어 버리고 싶었던 것처럼 말이다. 시간이 갈수록 아빠는 더 여유로워졌고, 예전보다 더욱 활기찬 모습으로 우리에게 기분 좋게 웃어주었다. 이곳의 삶을 즐기게 되면서 우리 가족의 삶도 급속히 회복되었다.

아빠는 급한 환자의 호출이 있으면 일요일이라도 병원으로 내려가거나 자전거를 타고 환자들의 집을 방문했다. 방문 진료를 할 때마다 아빠는 큰딸인 나를 자전거에 태우고 논둑길을 달렸다. 그리고 밭이랑으로 걸을 때면 텃밭을 밟지 않으려고 오리처럼 뒤뚱거리곤 했다. 그러면 꼬마는 진료가방을 가슴에 품은 채 아빠의 허리에 얼굴을 묻고 아빠에게서 나는 풀 냄새, 병원 냄새, 지푸라기 냄새를 맡으며 방문 진료를 따라다녔다. 당시 우리 마을에는 천식을 앓고 있는 노인들이 많았고, 그들의 대문 밖에서부터 쿨럭쿨럭 쉿소리 같은 기침 소리가 새어 나왔다. 그리고 한결같이 가래를 뽑아내는 소리가 이어졌다. 그럴 때면 나는 방안으로 들어가지 않고, 마당을 총총거리며 걷고 있는 닭의 뒤꽁무니를 쫓아다니거나, 찔레꽃 향기로 가득한 뒤꼍에서 도랑 주변을 뒤뚱뒤뚱 걷고 있는 오리를 구경하며 진료가 끝나기를 기다렸다.

"원장님! 감사합니다. 먼 길 오시느라 이렇게 고생하시는데…… 드릴 것도 없고…… ."

할머니가 급히 준비해 준 점심상에는 으레 우리 산촌 사람들이 많이 먹는 막국수가 놓여 있었다. 아빠는 면이 고사리처럼 말려 있는 내 그릇에 동치미 한 국자와 양념간장을 넣고 비벼주었다. 내가 아빠 옆에서 구수한 향이 은은히 퍼지는 갈색 국숫발을 후루룩거리는 동안 아빠는 어느새 동산처럼 싸여 있던 국수를 마시듯이 삼키고는 빙그레 웃으며 나를 바라보았다. 그러면 할머니는 아빠의 빈 그릇에 국수를 더 올려 주었다. 아빠는 막국수만큼은 아무리 먹어도 물리지 않는다며 사양하는 일이 없었다.

점심을 먹고 난 후, 아빠는 자전거 뒤에 진료비 대신 오리 알을 담은 바구니를 싣거나, 감자나 고구마를 담은 포대를 싣기도 했다. 그런 날이면, 꼬마는 안장 앞부분에 앉아서 상쾌하게 불어오는 바람을 아빠보다 먼저 맞으며 깔깔거렸고, 싱그러운 풀냄새를 맡으며 나무들 사이로 노을이 내려앉기 시작하는 시골 길을 달렸다.

진료를 끝낸 아빠가 종종 가운을 자전거 안장 위에 올려놓고 할머니의 논으로 들어가려고 할 때면, 할머니는 고개를 위아래로 끄덕이고 밖으로 손을 내저으며 춤추는 벼들 사이로 허리를 구부리며 사라졌다. '어서 들어가서 환자들이나 보살피라'는 무언의 동작인 것이다. 그럼 아빠는 할머니가 계신 논을 자꾸만 돌아보며 무거운 자전거 바퀴를 집으로 돌리곤 했다.

산촌에 눈이 내리고 들길이 얼고 사람들의 왕래가 줄어드는 겨울이 왔다. 겨울이 되면 산은 잿빛으로 변하여 검은 산 그림자를 만들며 우리 집을 노려보았다. 노루와 산양도 보이지 않는 긴 겨울밤에는 가까운 산에서 들리는 구슬픈 부엉이의 울음소리와 귀신 소리같이 으스스한 호랑지빠귀 소리를 들어야 했다. 우리에게 겨울 산은 낮이면 하얀 얼음산으로 신비로워 보이다가, 밤이면 공포와 암흑으로 가득한 비밀에 싸인 미개척지가 되었다.

그런 겨울밤이면 우리는 2층 벽난로 주변으로 모여들었다. 불꽃이 훠훠 소리를 내며 타오르던 벽난로 옆에서 우리 삼남매는 배를 깔고 누워 오목이나 장기를 두었고, 아빠는 탁자 위에서 책이나 신문을 읽었다. 긴 의자에 앉아 벙어리장갑이나 모자를 뜨던 할머니는 옥이 아줌마가 화로 속에 넣은 고구마나 감자 익는 냄새에 슬그머니 눈을 뜨곤 했다.

때론 뜨거운 군밤들을 맨손으로 잡으려다 옥이 아줌마에게 손등을 맞고 울음을 터뜨렸던, 별이는 아빠의 무릎 위로 기어 올라가 그 자비로운 품속에서 위로를 받았다. 아빠의 특효약인 '호호' 부는 약과 함께 말이다.

돌이 지난 막내 달이는 별이처럼, 아빠를 닮아 갈색빛이 도는 구불구불한 곱슬머리였다. 수학책에 나오는 원기둥 모양의 체형을 가졌다고나 할까? 그렇게 토실토실한 막내는 혼자서도 잘 놀았다. 달이는 실타래를 입에 물고 통나무가 구르듯이 뒹굴뒹굴 굴러다니다가, 할머니가 떠 놓은 털모자 따위를 풀어헤치기도 했고, 문짝에 머리를 박고는 닭똥 같은 눈물을 떨어뜨리며 서럽게 울기도 했다.

우리는 1층 할머니 방에서도 자주 놀았다. 할머니 방은 군불 아궁이가 있어서 겨울이면 아빠가 해 온 장작으로 군불을 지폈다. 그러면 우리는 따스한 황토 구들 아랫목에서 아궁이 잿불에 던져 놓았던 고구마나 감자를 먹곤 했다. 할머니는 마른 나뭇가지로 군불을 지펴 내고, 불쏘시개로 들깨대와 콩대를 집어넣었다. 그리고 구들이 오래오래 달궈지라고 장작을 아궁이 깊숙이 집어넣는 것이다. 우리는 구수한 들깨 향을 맡으며 빨간 내복을 입고 호랑이가 그려진 담요 위를 뒹굴 거리다가 만화책을 보거나 옥이 아줌마에게서 배운 화투를 치고 놀았다.

우리 남매는 헛간 옆에 나무를 쌓아놓은 공간에서 숨기 놀이도 했다. 별채로 방치된 헛간에는 주로 농기구나 잡동사니가 보관되어 있었는데, 먼지 쌓인 낡은 기구들은 어쩐지 음산하고 무서웠다. 그래서 헛간 옆을 지나야 할 때는 괜히 노래를 흥얼거리거나, 재빠르게 뛰어갔다. 때로는 술래에게 잡히지 않기 위해 엄청난 용기를 내어 헛간으로 들어가 숨을 때도 있었지만, 그럴 때면 벽에 걸린 농기구들이 나를 잡아먹을 듯이 노려보며 입을 벌리고 있는 것 같아, 얼른 문을 차고 나가야 했다.

"꺅! 도망가자! 귀신이 잡으러 온다."

우리는 소리를 지르며 도망 나와 얼른 마루 위로 올라가 숨을 몰아쉬었다. 당시 달이를 놀려먹는 재미로 시간을 보내던 별이와 나는 달이를 헛간 안에 있는 평상 위에 올려놓고, 밖에서 문을 걸어 창문 너머로 지켜보았다. 그러나 우리의 기대가 무색하게 공포에 떨기는커녕 달이는 새로운 환경을 요리조리 관찰하며 이마 위로 흐르는 고불고불한 머리칼 아래 동그란 눈을 반짝이고, 작은 통나무 같은 다리로 뒤뚱뒤뚱 걸어 다녔다. 그러다가 헛간 한복판에 우뚝 멈춰 섰다. 주먹을 쥐고 눈에 힘을 주며 주변을 천천히 노려보더니 갑자기 손가락으로 낫을 지목했다.

"머야? 너 머야?"

벋에 걸린 낫이 달이를 물끄러미 내려다보았다.

"이거 또 머야? 너 머야?"

달이가 고함을 지르며 옆에 놓인 채를 내동댕이쳤다. 우리가 그리도 무서워하는 농기구들이 꼬마 적군에게 기가 눌려 이 구석, 저 구석으로 날아가 바닥에 내동댕이쳐졌다. 그때, 한쪽 구석에서 검은산의 살찐 쥐 한 마리가 발발거리며 도망 나왔다. 달이는 소리를 지르며 쥐의 뒤꽁무니를 쫓기 시작했다.

"아아아! 서! 서!"

우리는 꼬마 독재자가 헛간을 난장판으로 만들다 못해 쥐까지 잡을까 두려워 얼른 문을 열고 달이를 끌어내야 했다.

"너! 내 노란색 크레파스 부러뜨렸지? 내가 제일 아끼는 거란 말이야!"

10월이 시작되던 어느 날, 나는 괜히 별이의 머리를 쥐어박고, 해맑게 웃고 있는 달이의 엉덩이를 걷어찼다. 그리고는 방문을 잠그고 침대 위에 벌렁 드러누웠다. 문밖에서는 영문도 모르고 당한 동생들이 아빠와 옥이 아줌마에게 울면서 달려가는 소리가 들리더니, 시끌벅적하던 거실이 한동안 고요 속에 잠겼다. 공포에 떨던 동생들이 1층으로 도망가서 내 방문 앞에 얼씬도 하지 않는 것이다.

얼마나 시간이 지났는지, 뱃속에서 꼬르륵거리는 소리가 들려오기 시작했다. 때마침 문틈으로 찐빵 찌는 냄새가 솔솔 들어왔다. 옥이 아줌마는 내가 좋아하는 찐빵을 만들어 나를 유인하고 있었다. 여우 굴 앞에 불을 피워놓고 여우가 질식하는 순간에 캑캑대고 기어 나오면 뒷덜미를 낚아채는 잔인한 사냥 기술이랄까? 아줌마는 냄새로 나를 끌어낼 작정이었다. 배고픈 여우가 빠끔히 문을 열자, 뜻밖에도 아줌마의 얼굴에는 아늑한 미소가 담겨 있었다. 그리고 식탁 의자에 힘없이 앉은 내 앞으로 찐빵이 담긴 접시를 내밀며 머리를 쓰다듬어 주었다. 엄마의 기일에 말이다.

어쩌면 내 동생들처럼 아예 엄마의 기억이 없는 편이 나았을지도 모른다. 별이는 옥이 아줌마를 엄마처럼 따랐고, 애초에 엄마의 그리움이란 단어도 몰랐을 달이는 추도 예배를 드리던 교회에서 목사님의 자줏빛 가운 안으로 기어들어가 넓적한 엉덩이에 얼굴을 묻고 시시덕대다가 가랑이 사이로 빠져나와 불이 켜진 촛불들 사이로 입바람을 '휙휙' 불어대고 돌아다녔으니 말이다.

그런 막내는 아빠의 등과 무릎 위에서 겨울을 보냈고, 봄이 되어 나와 별이의 손을 잡고 마루에서 콩콩대다가, 다음 해에는 앞마당과 뒷마당을 노루처럼 뛰어다녔다.

곱슬곱슬한 머리칼을 가진 아기 천사를 만나다

따스한 햇볕이 쏟아지는 봄이 왔다. 3학년이 시작되고 며칠이 지난 어느 날 저녁이었다. 침대에 앉아 책을 읽고 있는데 아줌마가 비닐쇼핑백을 들고 들어왔다. 읍내에 나갔다가 내 치마를 사왔다며 쇼핑백 안에서 잠자리 날개 같은 천 조각 하나를 꺼냈다. 층마다 색이 다른 무지갯빛 캉캉 치마가 아줌마의 손에 들려 눈부시게 휘날렸다. 그러더니, 아줌마는 옷장 서랍을 열어 웬 블라우스를 찾아내서 치마와 함께 의자 등받이에 올려놓으며 내게 말했다.

“내일 학부형들 모시고 공개수업하는 날이니 치마 좀 입어라.”

내일은 일 년에 한 번씩 부모님이 참관수업을 하는 날이었다. 아줌마가 나가자, 나는 책을 덮고 책상 위로 고개를 돌렸다. 책상 위에는 흰 주름치마에 베이지색 블라우스를 입은 단발머리의 여인이 사진 속에서 청순하게 웃고 있었다.

나는 일어나서 아줌마가 사 오신 캉캉 치마를 만져보았다. 그리고 책꽂이에 꽂혀 있는 책을 꺼내 들었다. 금빛으로 번쩍이는 유리병이 마치 자기 뚜껑을 열어보라는 듯이 의기양양하게 그려져 있었다. 엄마가 하늘로 돌아가기 전, 내게 마지막으로 읽어주던 동화책이었다. 나는 두꺼운 책표지를 천천히 넘겼다.

“소원을 담은 천사의 향유 병”

슬픔을 이기세요. 이기도록 우리가 응원할게요.

소원을 말해보세요. 이루어지도록 우리가 도울게요.

두려움과 슬픔은 소원을 실은 기차가 우리에게 오는 도중에 철로에 걸린 작은 돌멩이에 불과해요. 발로 걷어차세요. 데굴데굴 굴러서 어디론가 사라져 버릴 거예요.

소원을 말해보세요. 모두가 잠든 밤에, 아무도 깨어 있지 않은 새벽에……

그러면 어디선가 곱슬곱슬한 머리를 가진 아기 천사가 향유 병을 들고 당신 앞에 나타날 거예요.

그리고 당신에게 말하겠죠.

'두려움과 슬픔을 이겨내서 고마워. 소원이 뭐니?'

아기 천사는 향유 병 가득히 당신의 소원을 담아 하늘로 날아가겠죠.

그러니 슬픔을 이긴 당신이 어느 날 향유의 향기를 맡았다면 지체하지 말고 소원을 말하세요…….

그 소원은 반드시 이루어질 거예요. 당신보다 하늘의 아버지가 더 기뻐할 거니까요.

이 유치한 이야기를 나더러 믿으라는 건가? 나는 책을 덮고, 이불 속으로 들어가 몸을 굼벵이처럼 웅크렸다.

그러다가 책상 위에 있는 엄마의 사진을 떠올렸다. 사랑스러운 미소를 짓고 있는 엄마를…… 천사 같이 예쁜 엄마를…… 갑자기 그런 엄마가 얼토당토않은 이야기를 읽어 줄 리가 없다는 생각이 들었다.

눈이 많이 오는 북유럽에서 유래된 산타클로스의 기원을 믿던 꼬마가, 알에서 태어난 박혁거세의 이야기와 늑대의 젖을 먹고 자란 로물루스와 레무스의 신화를 비교하며, 설화란 영웅을 만들어 내기 위한 이야기일 뿐이라고 믿던 내가 조심스레 이불을 걷고 일어났다. 그리고 창문 앞에 있는 의자 위에 올라가 밤하늘을 올려다보았다.

'…… 화성, 목성, 토성…… 저곳에 정말로 엄마가 있을까?'

저렇게 보석처럼 반짝이며 하늘 위를 떠돌아다니는 건 아빠가 들려주던 별의 어머니들이 아니라 광활한 우주 속에서 적당한 간격을 두고 움직이는 행성들일 뿐이다.

그러나 웬일인지 그날 밤하늘에 떠 있는 행성들은 마치 동화 속에 그려진 새벽녘의 샛별 같기도 했고, 저녁 무렵의 개밥바라기 별 같기도 했다. 예쁜 이름을 가진 별들이 나 하나만을 비추기 위해 내 방 창가로 모여드는 것 같았다.

마치 너의 이야기를 듣고 싶어서,
비밀스러운 너의 이야기를 듣고 싶어서…….
정말이지 너의 마음을 알고 싶다고, 너는 지금 얼마나 슬픈지,
네가 꿈꾸고 그리워하는 것이 무엇인지, 그것은 얼마만큼 큰 것인지,
그리고 너는 나를 믿을 수 있는지…….
나는 행성이 아니라
사람들의 영혼이 담긴 별이라는 것을
아직도 네가 믿고 있는지…….

오랫동안 기다리고 있던 친구처럼 그렇게 속삭이며 꼬마에게 다가오는 것 같았다. 나는 엎드려서 침대 아래로 팔을 뻗었다. 딱딱한 무언가가 손에 집혔다. 양팔을 넣고 꺼내려고 버둥대자, 그것은 둔탁하고 무거운 소리를 내며 끌려 나오기 시작했다. 먼지 쌓인 상자가 나를 빤히 쳐다보았다. 오랜만이라고, 그동안 무척이나 서운했다고…… 뚜껑 위로 손을 올리자, 먼지가 '풀썩' 일었다.

나는 상자 뚜껑을 열었다. 엄마의 사진 밑에 오래전에 쓰던 색연필과 크레파스, 가위, 색종이 등이 어지럽게 널려 있었다. 나는 상자 속을 뒤적여 스케치북을 꺼냈다. 그리고 바닥에 배를 깔고 엎드려 그림을 그리기 시작했다. 얼굴을 그리고 머리를 칠하고 눈과 입술을 그렸다.

최대한 착하게 보이도록 반달 같은 눈을 그려 넣고 함지박만 하게 웃고 있는 커다란 입도 그렸다. 그리고 완성한 그림을 가위로 조심스럽게 오렸다. 나만큼 커다란 종이 인형을 만든 것이다. 나는 오려 놓은 여자아이를 책상 옆의 벽에 붙였다. 완성된 얼굴 아래로 아줌마가 꺼내놓은 블라우스를 압정으로 눌러 고정했다. 블라우스 아래에도 캉캉치마를 붙이고, 치마 밑에는 다리도 그렸다. 사진 속 엄마처럼 커버 양말을 신기고 아빠가 사준 노란색 구두도 그렸다.

또 다른 꼬마가 벽에 붙어서 꼬마를 보고 웃고 있었다. 벽에 대롱대롱 매달린 채 바보처럼 웃고 있었다.

지금 내 옆에 천사가 와 있을지도 모른다. 아니 어쩌면 내가 잠든 사이에, 어쩌면 내가 방을 비운 사이에 올지도 모른다. 그러니 벽에서 웃고 있는 착한 아이야. 이 방을 지키고 있다가 양털같이 곱슬곱슬한 머리카락을 가진 천사를 만나면 얘기해주렴. 엄마가 보고 싶다고, 한 번만이라도 좋으니 옛날처럼 내 옆에서 동화

를 들려주고, 내 머리를 쓰다듬어 주라고……. 내게는 하늘의 별이 되었다는 영혼보다 중요한 건 엄마의 얼굴과 목소리, 손길이라고 말이다.

꼬마는 속으로 끊임없이 소원을 말했다. 그리고 이불 속으로 들어가 베개에 얼굴을 묻고 숨죽여 울기 시작했다. 귀가 밝은 아빠의 방에까지 울음소리가 들리지 않도록.

5학년이 시작된 어느 날이었다. 학교에서 집으로 가는 길은 좁은 돌담길로 이어져 있었다. 감나무가 골목으로 나뭇가지를 뻗고 있는 골목길이 끝나고, 돌다리가 시작되는 느티나무 아래에 다다르자 검은색 승용차 한 대가 주차된 모습이 보였다. '못 보던 얼굴이다' 윤기 나는 자동차의 빤질빤질한 얼굴은 곧 일상의 변화가 있을 것임을 내게 알려주는 듯했다. 나는 콧노래를 부르며 신주머니를 돌리면서 병원을 향해 달려갔다.

병원 문을 열자 나를 맞이한 건, 뿔테 안경을 쓴 낯선 남자아이였다. 마른 몸이 그대로 드러나는 헐렁한 셔츠 차림을 한 그 애를 보는 순간, 쓸쓸한 호숫가에서 바람에 휘청이며 서 있는 버드나무 한 그루가 떠올랐다. 딱딱한 책장을 넘기다 말고 나와 눈이 마주친 소년은 놀란 듯이 눈썹을 추켜올리며 입술을 움질거렸다. 벌어지는 입술 사이로 은색 철제로 엮어진 치아교정기가 슬쩍 드러났다.

그때, 대기실의 어색한 분위기를 가르는 목소리가 진료실에서 들려왔다. 잠시 후, 아빠와 낯선 아저씨 한 분이 진료실 밖으로 걸어 나왔다. 나를 본 아빠가 활짝 웃으며 말했다.

"우리 딸 왔구나! 인사드려라. 언덕 위, 별장에 이사 오신 분이란다."

"안녕하세요?"

나는 아저씨를 힐끔 보며 인사를 했다. 아저씨의 키는 아빠의 어깨 정도였지만, 체격은 큰 편이었다. 짧은 목 위에 동그란 얼굴이 얹혀 있는 듯해, 언뜻 오뚝이같이 불안해 보이기도 했지만, 두툼한 얼굴에 짙고 짧은 눈썹과 쳐진 눈매가 선한 인상을 주었다.

"아들입니까? 딸입니까?"

아빠가 나를 보고 웃으며 눈을 찡긋했다.

"아이코! 미안하게 됐습니다."

"근데 병원이 작습니다."

"아이코! 미안하게 됐습니다. 이제는 저도 소박한 게 좋습니다."

팔짱을 끼고 아저씨를 바라보는 아빠의 얼굴에는 가끔 당황하는 기색이 스쳤지만 자상한 미소는 잃지 않았다.

"이런 데서 운영은 되십니까?"

"요샌 다들 도시로 나가서…… 아이코! 미안하게 됐습니다."

아빠에게 끊임없이 말하며 '아이코'와 '미안합니다'를 연발하는 아저씨의 얼굴에도 뻔뻔하리만치 웃음이 떠나지 않았다. 가식도 없고, 생각마저 없는 듯한 파렴치한의 모습이 의외로 이웃주민처럼 편안하게 느껴졌다. 빳빳이 세워져서 번들번들 윤기 흐르는 아저씨의 숱 적은 머리만이 그가 도시에서 왔음을 눈치채게 할 뿐이었다. 땅딸막한 아저씨가 둥그렇게 부른 배를 한번 치더니 양손을 허리에 올리고 나를 내려다보며 말했다.

"반갑다. 애야…… 우리 건이 또래로 보이는구나…… 앞으로 친하게 지내 거라."

아저씨는 버드나무 한 그루를 내게 인사시켰다. 그러자 버드나무는 머리를 긁적이더니 다시 한 번 입가 근육만 움직이는 야비한 미소를 지어 보였다. 후에, 나는 그 어색한 미소의 의미가 앞에 서 있건 나의 성 정체성에 대한 혼란이었음을 건이로부터 들을 수 있었다. 건이는 언젠가 투박한 검정 뿔테 안경 너머 고 작은 눈을 더 가늘게 뜨고 나를 유심히 관찰하고 있었다. 그리곤 신중한 눈빛으로 주위를 살피더니 철제 교정기를 번득이며 부담스러운 얼굴을 들이댔다. 마치 그 기밀을 자기가 캐낸 양, 이 엄청난 비밀의 주인공을 보호하려는 듯이.

"너희 엄마가 너를 임신했을 때, 합성 계면 활성제에 노출되어

어쩌면 너한테 성별 이상이 일어났을 수도 있어. 그건 아무도 모르는 일이지. 암! 너희 아빠가 의산데 그 부분을 의심하지 않는 게 난 아무래도 이상해. 너희 아빠한테 말해서 너는 당장 적절한 검사를 받아 봐야 해!"

그 말에 건이는 버드나무 허리가 꺾일 정도로 내게 등을 얻어맞았다. 뿌리까지 뽑혀서 짓밟히지 않은 것만 해도 다행이었다.

건이는 4년 동안 미국에서 영재교육을 받았다고 했다. 그런데 몸이 약해져서 한국으로 돌아와 공기 좋은 우리 마을까지 내려왔다고 했다.

건이는 우리 병원을 제집 안방 드나들듯했다. 성별이 불투명한 나와 놀기 위해서가 아니라, 우리 마을 최고의 지성인 아빠에게 볼일이 있어서였다. 건이는 당시 비염과 건선, 아토피 때문에 아빠에게 치료를 받고 있었다. 그 애는 말할 때마다 코를 킁킁거렸고, 온몸을 긁어댔으며, 어느 날은 눈 속까지 가렵다고, 눈 주위를 긁어대며 엄지와 집게손가락으로 눈꺼풀을 벌려, 우리에게 충혈된 눈동자를 보여줬다. 그러면 우리는 허옇게 각질이 인 건이의 피부를 흘끔거리다가 아빠에게 가보라고 말하며 고개를 돌려버리곤 했다.

건이는 공부를 하다가도 모르는 부분이 있으면 머리를 휘날리며 뛰어와 아빠를 괴롭혔다. 그 애는 진료실 의자에 몸을 빙글빙글 돌리고 앉아 자기 인생은 공허한 우주와 닮았다고도 했다. 이런 자신의 철학을 공유할 사람은 아저씨뿐이 없다며 고개를 숙인 채, 땅이 꺼지게 한숨을 쉬어댔다. 아무래도 건이 아빠가 죽어가는 버드나무를 아빠에게 배양시키려고 이곳에 이사 온 게 분명했다.

어느 날이었다. 그날도 오전부터 병원 대기실에 앉아 있던 건이에게 아빠는 나와 함께 산에 올라가 바람을 쐬고 오라고 말했다. 그리고 책을 통해 학습하는 것도 좋지만, 산과 들을 뛰어다니며 자연을 통해 배우는 경험도 퍽 중요한 것이라고 덧붙였다. 아빠가 건이를 슬슬 외딴 호숫가로 쫓으려는 모양이었다. 대신에 논물을 괴듯, 말라가는 호숫가에 물을 부어 자양할 수 있는 환경을 만들어가는 것이다.

별이와 나는 건이와 함께 참나무가 길게 이어진 오솔길을 올라갔다. 참나무 숲이 끝나는 지점에서는 돌아서 내려와야 했다. 참나무 숲 위의 산은 가파른 데다 암벽과 협곡이 많아 올라가는 것이 금지되었기 때문이었다. 그래서인지 우리 삼남매에게 참나무 숲의 세계는 언제나 무섭고도 신비로웠다. 동네 사람들은 가파른 산 위에는 아이들을 잡아가는 사람이나 호랑이 혹은 곰들이 살고 있을 거라고도 했다. 그러나 실제로 우리 주변 아이들 누구도 산에 갔다가 사라진 일은 없었다.

언제부터인가 우리는 그 한적한 오솔길이 지루해지고 있었다. 그날 우리는 엄청난 모험을 하기로 했다. 참나무가 끝나는 지점에 가로놓인 어설프게 짜인 철조망을 넘어선 것이다. 가파른 길이 곧 시작되었다. 길이 점점 좁아지다가 허리를 넘는 수풀이 점차 우리의 시야를 막아섰다.

그때였다. 산속의 정적을 깨고 어디선가 딸랑딸랑 거리는 워낭소리가 들려왔다. 뒤이어 "누렁아! 누렁아!" 애타게 부르는 소리가 맞은편 산을 치고 돌아와 우리의 귀에 울렸다. 우리는 동시에 발걸음을 멈추고 소리 나는 쪽으로 귀를 기울였다. 나는 높은 수풀로 덮인 가파른 언덕을 단숨에 올라갔다. 웬 아이 하나가 산마루 끝에 서서 반대편 산을 향해 누렁이를 부르고 있는 모습이 보였다. 건이와 별이가 헉헉대며 내 옆으로 왔다. 우리는 동시에 꼬마를 바라보았다. 나는 가파른 언덕 너머 잔잔히 펼쳐진 고원의 아름다움과 그 풍경의 일부처럼 서 있는 꼬마에게 끌리듯이 다가 갔다. 꼬마가 뒤를 돌아보았다.

그때였다. 어디선가 짤랑짤랑 거리는 워낭소리가 또다시 들려왔다. 꼬마는 몸을 돌려 소리 나는 쪽으로 내달리기 시작했다. 어깨에 멘 꼴망태를 흔들고 구불구불한 머리칼을 흩날리며 뛰어가는 꼬마의 모습은 아쉽게도 내 시야에서 서서히 멀어져갔다.

산길을 내려가는 내내 짤랑짤랑 거리는 워낭소리와 애타게 누

렁이를 부르는 꼬마의 목소리가 이명처럼 귓가에 남아 내 마음은
이상한 감정으로 소용돌이쳤다.

꼬마 사냥꾼을 만나다

6학년이 시작되었다. 아빠는 그때쯤, 내게 공부의 필요성에 대
해 알려 주기 시작했다. 아빠는 자연에서 살아가는 생명체를 통해
서 생명에 대한 사랑을 알아가기를 바랐고, 자연이 다 말해주지
못하는 세계들은 책을 통해서 배워가기를 바랐다. 그러한 아빠의
교육 방법으로 나는 나름의 꼬마 철학을 가진 자부심 강한 아이로
성장하고 있었다.

"애가 머리가 보통 좋은 게 아니라던데……. 그런데 저렇게 선
머슴 같아서 원……."

나를 비상하거나, 혹은 걱정스러운 눈빛으로 바라보는 어른들
도 있었지만, 대부분은 호의적이었다. 아빠 병원의 환자들은 대
부분 어려운 사람들이었고, 때론 진찰비를 내지 못해 진료비 대신
그들이 소중히 가꾸어 수확한 농작물을 아빠의 책상 밑에 내려놓
고 갔다. 아빠에 대한 동네주민의 호의는 나에게도 그 영향을 미
쳤고, 나는 여전히 밤새 깎은 나무창을 허리에 찬 채, 부하 별이와
때론 허약한 건이를 끌고 골목과 동산, 그리고 은사시나무가 가

지런히 서 있는 산허리까지 오르곤 했다. 나는 그날, 아빠와 할머니, 옥이 아줌마를 피해 달이를 따돌리는 데 성공했고 건이, 별이와 함께 금지된 산으로 올라갔다. 계곡 위의 특이한 지형 때문에 고인 물이 작은 웅덩이를 만들었는데, 그 물이 신기할 정도로 따뜻하고, 그 속에는 은백색의 작은 물고기들이 산다고 했다. 별이와 나는 식탁에 앉아 점심을 먹으며 서로의 눈짓을 교환했다. 설거지하는 옥이 아줌마의 등 뒤에서 흥얼흥얼 노래도 부르고, 천천히 휘파람도 불다가 후다다닥 계단을 내려와 대문 밖으로 나온 것이다. 담장 밑에서는 건이가 봉숭아꽃 사이에서 방아깨비 같은 뒷다리를 꺾고 앉아 우리를 기다리고 있었다.

"으아! 왜 이제 나와! 나 다리에 쥐났어…….."

"코에 침 발라!"

건이의 과학적인 사고는 실생활에 응용되지 않았다. 침 묻힌 손가락을 코에 대고 절룩이는 건이와 우리는 산기슭을 오르기 시작했다. '꾜록 꾜록…… 꾜로록……' 산으로 오르는 동안 머리 위에서 맴돌던 지빠귀 소리가 건너편 산으로 점차 멀어져가자, 우리의 숨소리도 거칠어갔다.

"누나, 나 힘들어. 좀 쉬었다가 가자."

우리는 펑퍼짐한 바위 위에 앉아 잠시 숨 고르기를 했다.

"어후! 그러고 보니 우리 뽀삐 밥 주는 거 까먹었다. 킁. 아무래도 우리 뽀삐 때문에 집에 가야 할 것 같은데…쿵. 쿵.”

건이가 유난히도 코를 자주 쿵쿵대고 팔을 긁어대며 산 아래를 힐긋대고 말했다.

“그래? 그럼 내려가든지!”

내가 퉁명스럽게 대답하자, 건이가 잠시 내 눈을 말똥말똥 쳐다보더니 눈동자를 한 바퀴 굴리면서 가까스로 입을 뗐다.

“크쿵. 호. 혼자?”

“응!”

내 말이 끝나기가 무섭게 건이가 방긋 웃으며 일어나 엉덩이를 툴툴 털며 씩씩하게 말했다.

“별아, 힘내고 일어나! 가자! 물웅덩이를 향하여! 출! 발!”

건이가 보이스카우트 대원처럼 주먹 쥔 팔을 하늘로 뻗치고, 긴 뒷다리의 무릎을 가슴까지 올려붙이며 발걸음을 떼려는 순간, 갑자기 오른쪽 숲에서 바스락 거리는 소리가 들렸다. 동시에 작은 돌 하나가 날아와 내 머리를 맞추면서 바닥으로 떨어져 내렸다.

“아야! 누구야?”

나는 일어나서 돌이 날아온 방향으로 고개를 돌렸다. 그때 관목이 우거진 수풀에서 웬 소년이 불쑥 나타났다.

“너희는 누구니?”

소년이 우리를 보고 물었다.

"돌을 던진 게 너니?"

나는 돌에 맞은 머리를 잡고 물었다.

"어! 내 돌에 맞았니? 미안해. 지빠귀를 맞추려 했는데 네가 맞았구나."

그때였다. 근처 어디선가 "탕!" 소리가 나더니 귀를 때리며 하늘로 울려 퍼졌다. 별이가 양팔로 귀와 머리를 감싸 안고 바위 아래로 기어들어가 바들바들 떨며 울먹이기 시작했다.

"누나…… 무서워…… 아빠한테 가자."

"저건 군인 아저씨들이 총 연습하는 소리야."

총소리에 익숙한 듯 소년은 태연한 얼굴로 별이에게 말했다.

"할머니가 산 위에는 애들을 잡아가는 사람이 산다고 했어."

"뭐어어? 애들을 잡아간다고? 정말?"

건이는 금방이라도 눈물이 떨어질 듯이 불안하게 눈동자를 움직였다.

"그건 할머니가 산에 올라가지 못하게 겁주는 말이야. 바보야!"

나는 바위 아래서 몸을 두꺼비처럼 웅크려 울고 있는 별이를 딱하게 쳐다보며 말했다. 건이는 소년에게 한 발짝 물러선 채, 실눈을 하고 소년의 머리부터 운동화까지 훑고 있었다. 급기야 숲 속 어디에선가 작은 소리라도 나면 경련이 일듯 몸을 떨더니, 마침내 어깨를 늘어뜨리고 울먹이며 나를 쳐다보았다. 발밑에서 풀쩍이는 여치를 제발 잡아달라고 호소하는 눈빛으로.

"저 아래 군부대 사격장이 있거든. 지금 군인들이 총 쏘는 연습을 하는 거야."

소년이 산 아래를 가리키며 별이에게 말하자, 별이가 나를 쏘아보며 훌쩍였다.

"누나를 따라온 게 잘못이야. 나는 알고 있었어. 누나가 뒷동산에서 지빠귀를 잡았다고 말한 게 거짓말이란 걸. 누나는 새장에다 나뭇잎을 집어넣고 누나가 잡은 지빠귀가 새장에서 놀다가 날아갔다고 나한테 말했지. 그리고 썩은 열매를 넣어놓고 지빠귀 똥이라고 말했어. 나는 그 말이 다 거짓말인 걸 알고 있었어. 누나는 원래 거짓말쟁이야. 난 누나를 못 믿겠어. 나…… 내려갈래."

별이가 여전히 나를 쏘아 보며 콧물을 훌쩍였다.

'저 겁쟁이가 다 알고 있었어…….'

순간 주위가 고요해지고 '삐리리릭……' 건너편 산으로 날아갔던 지빠귀의 소리가 다시 들려 왔다. 그때, 지빠귀의 울음을 가르며 또다시 총성이 울렸다.

"으아악!"

건이가 산 짐승 같은 괴성을 지르며 용수철처럼 펄쩍펄쩍 뛰더니, 뒤도 안 돌아보고 산 밑으로 내달리기 시작했다.

"아빠! 아빠! 살려 줘……."

기겁한 별이도 건이 뒤를 따라서 뛰기 시작했다.

비겁한 겁쟁이들. 건이는 그렇다 쳐도, 별이는 하나밖에 없는 누나를 혼자 두고 줄행랑을 쳐 버렸다. 둘만 꽁무니를 빼고 도망가다니…….

'너희와 모험은 끝이다. 배신자들.'

별이의 구조요청 소리와 '다다다다다' 총알 같은 건이의 발걸음 소리가 메아리가 되어 돌아올 때쯤, 나는 소년의 모습을 살피기 시작했다. 어디선가 본 듯한 낯익은 느낌이 드는 소년이었다. 아빠처럼 곱슬머리인 소년은 키가 작아 새처럼 연약해 보였지만 들고양이처럼 날렵해 보이기도 했다. 빛바랜 체크 셔츠와 검은 반바지를 입은 소년은 양말도 신지 않은 채 밑창이 떨어진 운동화를 신고 있었다. 자신을 비밀스럽게 훑어보는 내 시선을 느꼈는지 소년은 쑥스러운 듯 헝클어진 머리칼을 쓸어내렸다. 그러자 셔츠의 소맷자락 사이로 여기저기 붉은 딱지가 앉은 상처들이 드러났다.

"너 새도 잡니? 새총도 없는 것 같은데……."

내 말에 소년은 불룩한 바지 주머니에서 무언가를 꺼냈다. 'Y' 자 모양의 나뭇가지였다. 양쪽의 나뭇가지가 노란 고무줄로 묶여 있었다.

"아무렴 무기도 없이 적진에 들어왔을까? 새총 여기 있어.

봐!”

소년이 꽤 튼튼하게 만들어진 새총을 내밀며 내게 말했다.

“난 열한 살이야. 계곡 윗마을에 살아.”

“난 아랫마을에 살아. 나는 열세 살이야. 도망간 내 동생은 열 살이고. 아까 그 껑다리는 열네 살이야.”

나는 바지 주머니에 삐딱하게 손을 찌르며 대답했다.

“근데 여자야? 남자야?”

소년이 눈을 동그랗게 뜨고 내게 물었다.

나는 찰랑거리는 바가지 머리를 쓸어 올리고, 바지에 묻은 흙을 툭툭 털어내며 소년을 흘겨보았다.

소년의 이름은 줄이라고 했다. 엄마가 산통을 할 때, 입에 물던 재갈을 보며 지어낸 이름이라고 했다. 하도 작게 태어난 소년을 걱정스러운 눈길로 바라보던 할머니의 손에 때마침 재갈로 쓰던 넓고 긴 줄이 들려 있었다고 했다. 가는 줄이든, 넓은 줄이든 길게 살라는 한글 이름이라며 특별한 이름을 지어준 할머니가 매우 자랑스러운 듯이 말했다.

줄이와 나는 쉽게 경계심을 풀었고, 계곡 위의 웅덩이와 노랑지빠귀, 산속의 샘가와 야생화에 관해 이야기했다. 줄이는 내가 찾는 웅덩이에 가기에는 너무 늦은 시간이라며 다음에 함께 가주겠다고도 했다.

줄이는 주변을 어슬렁거리며 쉼 없이 자기가 다니는 학교와 숲에 대해 말해주었다. 전교생이 20명도 안 되는 학교에 4학년이 다섯 명인데, 자기보다 공부 잘하는 아이들이 위로 세 명이 있다고 했다. 또 자기는 옆 마을 아저씨가 타던 어른용 자전거로 등하교하는데, 큰 자전거를 타고 다니는 아이는 자기밖에 없을뿐더러, 전교에서 자전거를 제일 잘 탄다고도 했다. 또 줄넘기, 딱지치기, 구슬치기, 연날리기에서 팽이 돌리기까지 못하는 게 없다고도 했다. 더군다나 새를 잡아다 키우는 아이도 자기밖에 없을 거라고 말하며 나를 보는 소년의 얼굴 위로 햇살이 쏟아져 들어왔다.

줄이는 요즘 아프셔서 산에 못 가시는 할머니를 위해 지빠귀를 새장에 키우고 있다고 했다. 그런데 요즘 지빠귀가 시름시름 앓는 것도 같고, 통 노래도 부르지 않는 것이 아무래도 외로워 보여서 한 마리 더 잡으러 왔다는 것이다.

자기는 새총으로 새를 죽이지 않고, 잠시 기절시켜 깨우는 방법도 안다고 했다. 그 순간 내 머릿속에 아빠의 의학 서적에서 보았던 심폐소생술 사진이나 인공호흡을 하는 그림이 떠오르며, 기절한 새의 입에 숨을 불어넣다가 빨간 풍선처럼 부풀어 올라 곧 날아갈 듯한 줄이의 얼굴이 그려졌다.

줄이는 호주머니에서 낡은 종이를 꺼내 읽기 시작했다.

"새를 기절시키는 방법은 나무와 팽창시킨 고무줄의 각도, 팽

창과 수축을 반복할 때의 힘의 강약, 순간적인 집중력, 시행착오를 통해 깨달은 기술, 사냥꾼만이 가진 본능적 감각, 들숨을 멈추는 순간 고무줄을 당기는 힘, 마지막으로 손에서 고무줄을 뗄 때, '탁' 쏘는 순간의 힘의 강도를 조절해야만 한다."

그리고는 다 읽은 쪽지를 접어서 셔츠 호주머니에 집어넣었다.

"무슨 소리야?"

"초보 사냥꾼의 지침서! 만화책에서 본 거야."

처음에는 혀를 빼물고 죽은 올빼미도 있었고, 기절시킨 새가 끙끙 앓더니 삐…… 리익…… 삐익…… 찍! 소리를 내며 죽는 일도 있었다고 했다. 양손을 새의 주둥이처럼 만들어 새소리를 내던 줄이가 자기네 뒷마당에는 나무 십자가가 꽂힌 불개미 집 같은 봉우리가 많은데, 그게 바로 새들의 무덤이라고 했다. 신 나게 말하던 줄이가 갑자기 고개를 떨어뜨리더니 어쩌면 자기는 새였을지도 모른다며 읊조리듯 말했다. 그러다가 슬픈 얼굴로 하늘을 올려다보며 나지막이 속삭였다.

"나의 새들……."

줄이의 머리 위로 혀를 빼고 죽은 올빼미나 눈을 허옇게 치켜뜨고 기절한 노랑지빠귀, 한쪽 날개가 꺾인 종달새 등이 날아다니는 것만 같았다. 나는 줄이에게 너의 실험용 새들은 꼬치구이를 당하지 않은 것만으로도 너에게 감사할 것이고, 지금쯤 천국에서 단물이 꿀처럼 흐르는 과일을 쪼아 먹고 있을 것이며 그곳에는 너 같은 사냥꾼이 없을 것이라고 위로해 주었다. 그 말을 들은 줄이는 무언가 생각난 듯 눈빛을 반짝이며 말했다.

"좀 위로가 된다. 하긴 산 위에 사는 할아버지도 그랬어."

"할아버지?"

나는 걸음을 멈추고 줄이를 바라보았다. 오후에 신 나게 타오르는 햇살이 줄이의 얼굴에 화사한 빛을 뿌려 주었다. 줄이는 손으로 이마를 가리고 그늘을 만들어 눈썹을 찡그리며 대답했다.

"응, 저 산 위에 가끔 올라오시는 할아버진데, 나한테 잘해주셔, 아주 친절해."

"얏! 산에 애들을 잡아가는 사람이 산다던데? 혹시……."

"누나도 동생이랑 똑같구나. 나는 어릴 때부터 이 산속을 매일 올라다녔지만, 밀렵꾼은커녕 사냥꾼도 못 봤어."

"밀렵꾼이 아니라, 밀렵꾼 같은 사람! 사람은, 특히, 산 같은 데서 혼자 살다 보면 이상하게 변할 수도 있기 때문에 형체를 알 수 없는 막연한 두려움의 대상을 법을 지키지 않는 사람으로 비유해서 말하는 거야. 말하자면 미지의 대상이며 편견의 대상을 밀렵꾼이라는 위법자로 이름 붙이는 거지. 동화책에 나오는 괴물도 마찬가지야."

　이론가이자, 뛰어난 문장가인 나는 동네 사람들이 생각하는 밀렵꾼 혹은 괴물에 대해 설명해 주었다. 그러나 줄이는 무심히 숲으로 고개를 돌려 관목 숲을 뒤지기 시작했다. 나무줄기 위로 으름덩굴 순이 제법 올라와 있었다. 줄이는 으름덩굴 순으로 국도 끓여 먹고, 나물도 해 먹고, 열매도 익으면 먹는다고 했다. 줄이가 또다시 바위틈을 살피기 시작했다. 바위 그늘에 꽃봉오리가 올라온 둥굴레가 군락을 이루고 있었다. 봉오리를 실로폰 채로 두드리면 맑은 소리가 날 것만 같았다. 줄이는 둥굴레를 그늘에 말려서 차로 끓여 마시면 좋다고 했다. 그 할아버지에게 배웠다며 맛이 보리차보다도 더 구수하다는 것이다. 줄이가 바위 밑에서 둥굴레를 뜯고 있는 동안 나는 풀숲을 헤치고 다녔다. 연둣빛 풀들 사이로 망초 꽃봉오리가 올라와 있었다. 다음 달이 되면 하얀 망초가 이곳에 흐드러지게 피어 있는 모습을 상상하며 나는 줄이에게 망초의 꽃말은 '화해'라고 이야기해주었다. 줄이는 그 야생화 이름은 망초가 아니라 개망초라고 말하며 이 예쁜 꽃에 왜 '개' 자가 붙었는지 모르겠다고 투덜댔다.

　해가 저물어갔다. 우리는 다음에 만날 약속을 정하며 아쉬운 발걸음을 산 아래로 돌려야 했다.

진짜 사냥꾼을 만나다

며칠 만에 병원에서 마주친 건이가 나를 보자, 갑자기 목이 뻣뻣해지며 머리를 떨더니, 휘청이는 몸을 돌려 앉았다. 용기는 없지만 양심은 있는 애다. 대기실 의자에 쪼그리고 앉아 있는 건이에게 당당하게 다가갔다.

"어…… 어…… 오…… 랜만."

건기가 엉덩이를 슬슬 피해 앉으며 말을 얼버무렸다.

"나 두고 도망간 게 걸리긴 하나 보지?"

"그…… 그건…… 미안하지만……"

"미안하긴 해?"

꿍얼대던 건이가 그제야 내 쪽으로 몸을 돌려 뒷다리를 고쳐 앉더니 나를 똑바로 쳐다보며 큰 소리로 말했다.

"야아…… 넌…… 넌 솔직히 말해서…… 세상 천지에 무서운 게 없잖니!"

당시 나를 처음 본 사람들은 한결같이 남자아이라고 생각했다. 그도 그럴 것이 나는 바가지 머리와 청바지, 셔츠나 늘어진 니트 따위를 고집해 입었으니 말이다. 순식간에 사라진 엄마의 자리를 보며 나는 강해져야 한다고 생각했다. 언젠가 아빠의 자리가 사라질 수 있을지 모르니 별이와 달이를 위해서라도 내가 더 강해져야 한다고 말이다.

그날따라 더 초라해 보이는 건이의 어깨를 툭툭 치고 병원 밖을 나와 줄이를 만나기로 한 산길을 오르기 시작했다. 끝없이 지저귀는 종달새가 산길을 따라 하늘 위를 맴돌았다. 유난히 가벼운 발걸음으로 산등성에 다다르자, 늘어진 참나무 가지 사이로 구불구불한 머리칼이 드러났다.

"줄이야!"

"어어! 누나! 제시간에 왔네!"

반가운 인사를 건넨 우리는 마치 특수요원들처럼 비밀을 감춘 진중한 눈빛으로, 가증스러운 미소를 짓고 목적지인 웅덩이를 향해 발을 내딛기 시작했다.

나는 이곳에 살면서 나무를 안다고 생각했다. 풀과 계곡을, 바위를, 모양이며 색을 보며 안다고 생각했다. 들꽃 이파리를 세어 보고, 향을 맡으며, 이름 없는 들풀들의 얼굴을 안다고 생각했다. 해산을 준비하는 봄의 풍요로움을 안다고 생각했다. 소슬바람이 실어오는 여름의 향기를 안다고 생각했다. 나무가 미묘하게 변화하는 가을의 색채를 안다고 생각했다. 헐벗은 겨울의 산이 감추고 있는 부활의 생명력을 안다고 생각했다.

그러나 산은 경험할수록 깊고 은밀했으며 환생의 설화로 가득한 여인의 모태 같은 신비로운 동굴 숲의 비밀과 풀리지 않는 꽃들의 속삭임, 바람의 전설로 가득한 이야기들을 품고 있었다. 어느 날 불현듯이 떠오르는 영혼의 기억처럼 전설과 신화의 비밀들을 바람처럼 풀어놓으며 여전히 우리를 유혹하는 것이다. 창조의 비밀과 연결된 태고의 신비로운 세계로 끌어당기는 것이다. 깊은 골짜기에 혼자 있는 소년을 알게 해준 것처럼, 나무와 계곡과 꽃들의 향기와 바람의 노래로 속삭이는 것이다. 지금도 산은 내게 매혹적인 전설로 가득한 신비로운 에덴의 땅이며, 금기된 조약으로 이루어진 향기로운 천국의 낙원, 바로 그것이었다.

우리의 말수가 점차 줄어들었다. 이마에선 땀방울이 흐르고 다리의 힘이 풀려갔다. 그러나 줄이는 날쌘 고양이처럼 산길을 올랐다. 절벽 아래 큰 바위를 지나고 모퉁이를 돌자, 그 순간 '와아' 하며 기쁨과 함성에 걷잡을 수 없는 함성이 우리 입에서 터져 나왔다.

그곳에는 무지갯빛이 마치 활짝 핀 천사의 날개처럼 하늘을 향해 솟아오르는 동그란 모양의 작은 물가가 있었다. 물가 주변에 지천으로 흩어져 피어 있는 야생화들이 그 빛을 받아 반짝반짝 빛을 내며, 마치 인사를 하듯이 꽃잎들을 알랑알랑 흔들었다. 투명한 유리 구슬을 통해 드러난 태초의 에덴동산이 우리의 눈앞에 펼쳐진 것이다.

우리는 조심스럽게 꽃들 사이로 발을 디뎠다. 그리고 빛이 솟아나는 작은 웅덩이로 다가갔다. 웅덩이 가까이 다가갈수록 주변

이 준차로 환해졌다. 우리는 샘가 옆에 무릎을 꿇고 앉아 물속을 들여다보았다. 뽀글뽀글 올라오는 물방울 사이로 천진하게 웃고 있는 줄이의 눈이 연실 반짝였다. 순수한 기쁨이 넘치는 얼굴들 사이를 은백색의 작은 물고기들이 명랑한 몸짓으로 헤엄치고 있었다.

"봐! 따뜻한 물속에 사는 물고기들이야. 귀엽지?"

줄이는 기쁨이 가득한 얼굴로 나를 보며 말했다. 우리는 물속에 조심스럽게 손을 담갔다. 따스한 느낌이 손에 전해져 왔다. 물고기들은 아이들의 작고, 흙 묻은 손으로 모여들며 손가락 사이를 이리저리 움직이고 다녔다.

"신기하지? 도망가지도 않아."

"으아아…… 손이 간지러워."

나는 흥분과 열광에 빠진 감정을 가라앉히려고 눈을 반쯤 감은 채, 작고 들뜬 목소리로 말했다.

"발도 넣어 봐. 물고기들이 발 사이를 왔다 갔다 한다니까."

우리는 나란히 앉아 신발과 양말을 벗고 물속으로 발을 담갔다. 따스한 기운이 발끝에서 올라오기 시작했다.

"난 처음에 여기다 누가 매일매일 오줌을 쌌을 거라고 생각했어. 이 샘은 한겨울에도 따뜻하거든."

"누가?"

나는 눈썹을 찌푸리며 발을 오므렸다.

"그래서 종일 저쪽 바위 뒤에 숨어서 지켜본 적도 있었지. 근데, 노루랑 사슴만이 물을 먹고 가더라고."

나는 그제야 발을 펴고 물속을 들여다보았다. 꼬물꼬물 거리며 모여드는 물고기들이 먹이를 찾는 것처럼 빨판 같은 입들을 규칙적으로 움직이며, 발가락 사이에서 숨바꼭질하듯이 이리저리 돌아다니고 있었다.

"햐아, 기분 좋다."

우리는 자연의 신비로움에 도취되었다.

나는 양팔을 뒤로 길게 뻗어 하늘 높이 얼굴을 들었다. 그때였다. 우리가 앉아 있는 맞은편 숲에서 부스럭거리는 소리가 들려왔다. 우리는 동시에 소리가 나는 방향으로 고개를 돌렸다. 풀숲에서 한쪽으로 유난히 휜 풀들이 파르르 거리며 심하게 흔들리고 있었다. 제멋대로 자란 풀숲에서 뭔가 튀어나올 것 같아 가슴이 조마조마했다. 그때였다. 또다시 부스럭거리는 소리와 함께 풀숲에 있는 어떤 물체가 움직였다. 그 움직임으로 보아 새 종류는 아니었다. 노루나 사슴 같은 순진한 동물들은 우리를 피해 도망가거나 멀찍이 지켜볼 터였다. 겁 없는 어떤 생명체가 우리를 노려보고 있다는 확신이 들었다. 이곳에 초대받지 않은 손님이 분명했다. 우리는 동시에 자리에서 일어났다. 수풀에 쌓인 거대한 물체가 우리 쪽으로 천천히 발을 떼기 시작하자, 풀들이 서걱대며 유령의 비명 같은 소리를 냈다. 수풀 속의 이방인이 분명히 우리를 향해 돌진할 준비를 하는 것이다. 나는 책에서 읽던 공포나, 귀로만 듣던 공포가 아닌, 눈앞에 펼쳐진 공포 앞에 오감이 모두 깨어나 아우성치는 순간을 체험하고 있었다. 머리칼이 쭈뼛쭈뼛 서고, 살갗에 소름이 돋고 말라 버린 입술에서는 작은 소리조차 새 나오지 않았다. 그야말로 바위처럼 굳어 버린 것이다.

그때였다. 절벽 위에서 구르릉거리며 무언가 구르는 소리가 들려왔다. 그 소리는 순식간에 '쿵!'하는 거대한 소리를 내며 동시에 무언가가 바닥으로 내리꽂혔다. 풀숲의 움직임이 멈췄다. 나는 몸이 굳은 채 정지되어 버렸다. 그러다 줄이의 목소리에 퍼뜩 정신이 들었다.

"누나아…… 뭐냐?"

줄이의 목소리는 헬륨가스를 마시고 뱉어내는 소리처럼 들렸다. 마치 깊은 산 속 어디선가 몸부림치는 동물의 소리처럼 괴상하게 들려오는 것이다.

"내가 알아? 진짜 괴물인가?"

"괴물…… 괴물?…… 근데 조용해졌어. 가 볼래?"

뜻밖에도 줄이가 절벽 쪽으로 조심조심 발걸음을 옮겼다. 나도 줄이의 뒤를 따라 조심스럽게 걷기 시작했다. 앞서 걷던 줄이가 내게 손을 들어 멈추라는 신호를 보냈다.

"헉…… 여기 멧돼지가 죽어 있어."

나는 줄이 곁으로 뛰어갔다. 놀랍게도 송아지만 한 멧돼지가 큰 돌에 깔려 피를 흘린 채 쓰러져 있었다. 우리는 동시에 절벽 위를 올려다보았다. 바위가 구르며 상처 낸 암벽에서 파편들이 작은 소리를 내며 흘러내리듯이 바닥으로 떨어지고 있었다.

"절벽 위에서 누군가 바위를 떨어뜨려서 멧돼지를 죽인 거야."

줄이가 말했다.

"그럼 사냥꾼인가?"

그 순간 사냥꾼이 아니라 애들을 잡아가는 진짜 밀렵꾼일지도 모른다는 생각이 퍼뜩 스쳤다.

"그 사냥꾼이 저 위에서 아래로 내려오겠다. 야아! 들키기 전에 빨리 가자."

"아니야! 사냥한 게 아니라 우리를…… 구한 거야."

안도하며 작은 숨을 내쉬는 줄이의 얼굴이 저녁 햇살에 발그레하게 물들고 있었다. 태양이 서산으로 가물가물 기울어 가기 시작하는 것이다. 나는 줄이의 어깨를 치며 말했다.

"벌써 해가 진다!"

"어어…… 정말 내려가야겠다. 산은 금방 어두워지는데…… ."

우리는 풀숲을 빠져나와 웅덩이 옆에 벗어 놓은 양말을 호주머니에 넣고, 발을 운동화에 반쯤 넣고는 신발을 끌며 모퉁이를 돌아 나왔다. 밀렵꾼이 있던 절벽에서 정면으로 내려다보이는 그곳을 빨리 빠져나와야만 했다. 우리는 평평한 바위에 앉아 이미 풀잎에 물기가 닦인 발에 양말을 신고, 운동화 끈을 단단히 동여맸다.

서산으로 기울어가던 해가 순식간에 사라지며 하늘이 주홍빛으로 덮여갔다. 줄이의 얼굴에 붉고 검은 그림자가 내려앉기 시작했다. 용감한 나는 어둠이 깔리기 시작하는 산의 미묘한 공포감을 나름대로 즐기기 위해 부단히도 애를 써야 했다.

그때, 어디선가 개가 짖는 것 같은 날카로운 소리가 들려왔는데, 그 소리가 반복되자, 몸이 떨렸다. 내가 물었다.

"아까 그 사냥꾼일까?"

"아니 저건 여우야. 살쾡이랑 먹잇감 때문에 싸우면서 내는 소리지."

"넌 별소리를 다 아는구나."

나는 주위를 둘러보며 말했다.

"어째 오늘따라 유난히 찢어지는 울음소리가…… 어쩌면 저 소리는 쥐를 먹은 여우가 고통스러워서 내는 소리일지도 몰라."

"쥐를 먹었는데 왜 고통스러워?"

"요새 우리 마을에서 집집마다 쥐약 놓고 있거든. 쥐약 먹고 해룡대는 쥐는 진짜 쉬운 사냥감이지. 그치만 그런 쥐를 먹으면 여우도 고통스러워 하다가 곧 죽게 돼.”

그 야생 동물의 울음소리는 반복해서 들려왔고, 그 순간 자연책을 보던 별이가 여우의 습성을 말해주며 내가 여우와 닮았다고 말한 기억이 떠올랐다. 여우는 굴에 사는 동물이지만 굴 파는 기술이 좋지 않아 오소리가 외출한 틈을 타서 굴속으로 들어가 방뇨와 배변을 하여 굴속을 더럽혀 놓는다고 했다. 오소리가 정든 자기 굴이지만 포기하고 떠나갈 수밖에 없게 말이다. 이는 나처럼 교활하고 게으름뱅이인 여우만이 사용하는 작전이며 술법이라고 말했다. 그때 별이는 내게 등 한 대를 얻어맞았었다. 울음을 터뜨린 별이가 아빠에게 달려가며 끝까지 말을 이었다.

“흑…… 흑…… 그런 여우는 봄이 되면 누나처럼 못생겨져. 흑…… 왜냐하면 겨울털이 빠지기 시작해서…… 흑흑…… 꼬리가 가늘고 길어 보이기 때문이야. 누나는 거짓말쟁이에다 게으름뱅이 여우야!”

한창 추한 몰골로 꼬리를 늘어뜨리고 다닐 여우의 모습이 떠오르자 ‘킥킥’ 웃음이 나왔다.

여우를 자연책에 나오는 그림으로 생각하는 순간, 그 소리는 더 이상 무섭지 않았다. 주일학교 선생님이 예수께서 죽은 나사로를 살려내는 장면을 감격에 겨워 이야기할 때, 붕대 감은 시체가 살아나와 펄쩍펄쩍 뛰어다니는 전설의 고향을 생각하던 기억이 떠올랐다. 감정들에 웃긴 그림들을 대입시키면 무섭지도 슬프지도 않다는 사실을 나는 안다. 한 번도 건강한 적 없었던 엄마를 보며 성장한 나는, 그런 엄마가 언젠가는 우리를 두고 멀리멀리 연기처럼, 안개처럼, 사라질 것이라는 마음의 준비를 무의식적으로 하고 살아왔던 것 같다. 그랬기에 슬픔을 억제하고 분노를 누그러뜨리는 나름의 방법, 곧 기쁨이나 슬픔, 혹은 공포나 두려움 따위의 감정들을 나와 분리해 엄마처럼 떠나보내는 기술을 나름대로 터득한 것이다. 그래도 스멀스멀 올라오는 감정들은 일명 두더지 잡기 방법이랄까? 그냥 콩콩 때리면 된다. 그러기에 누군가 웬만한 공포나 감동으로 나를 설득할 수 없다는 것을 안다. 가슴 저 밑바닥어 잠자듯이 깔려있는 무의식에 갇힌 슬픔들을 만져주지 않는 이상. 그것은 엄마가 떠난 후, 모든 유치한 감성들에 대항해 나를 방어할 수 있는 슬프고도 특별한 기술이었다.

내가 꼬리를 늘어뜨리고 처량하게 걸어 다닐 여우의 모습을 줄이에게 알려주려는데 왼쪽 참나무밭의 늘어진 나뭇가지 사이로 어떤 물체가 순식간에 휙 지나갔다.

나는 낮은 목소리로 줄이에게 말했다.

"줄이야! 방금 뭐가 지나갔어."

"어디?"

“저기.”

“잘못 본 거 아니야?”

“분명히 뭔가가 지나갔다니까.”

“사냥꾼인가?”

“이 밤에? 그렇다면 아까…….”

줄이가 멈춰 서더니 아무 말 없이 참나무 숲을 바라보았다.

“너도 봤니?”

“어떻게 생겼어?”

줄이는 어둠 속에서 무언가를 본 것처럼 내게 물었다.

“어두운데 보이겠니?”

줄이는 어둑어둑한 산속을 고양이처럼 헤치고 나갔다. 얼마나 걸었는지 멀리 농가에서 저녁 연기가 꾸불꾸불 피어오르며, 하늘로 올라가는 모습이 보였다. 집이 가까워져 오고 있었다. 그때, 줄이가 갑자기 발걸음을 멈추었다.

“쉿! 멈춰 봐.”

순간적으로 두려움을 느낀 나는, 줄이에게 한 발짝 다가가 낮은 소리로 물었다.

“왜 그래?”

줄이가 고개를 갸우뚱거리고 뭔가를 골똘히 생각하는가 싶더니, 어두컴컴한 참나무 사이를 살피기 시작했다. 그러더니 턱끝을 왼쪽으로 향하며, 내게 따라오라는 손짓을 했다. 나는 얼떨결에 허리를 숙이고 몸을 낮춰 줄이의 뒤를 따라 풀숲으로 들어가 커다란 편백 뒤에 숨었다.

"즈용히 해 봐. 발걸음 소리 들리지?"

줄이의 말에 나는 슬며시 고개를 들고 주변을 둘러보았다. 어디선가 꾸르륵 꾸르륵거리는 산비둘기 소리가 들려왔다. 아무래도 내 뱃속에서 나는 것 같기도 했다.

"산비둘기 소리만 나는데…… 왜?"

"나가 잘못 들었나? 어어! 또 들린다."

줄이가 수풀 위로 고개를 내밀더니 노래하듯이 나지막한 소리를 흉내 냈다.

"삐리릭…… 삐리릭…… 호랑지빠귀 소리야. 처녀 귀신 소리 같지?"

줄이가 말한 대로 어디선가 길고 우울한 울음소리가 들려왔다.

"삐리릭…… 삐리릭…… 삐리……리릭…….."

"아으으으…… 소름 끼쳐…… 난 또 무슨 큰일이나 났다고. 새소리를 가지고…….."

내가 용기를 내어 일어서려는 순간, 뒤에서 누군가의 고함이 들렸다.

"……이 녀석들! 지금까지 집에 안 가고 뭐 하나?"

“꺄아악!”

우리는 비명을 지르며 어두컴컴한 산길을 달려서 내려가기 시작했다. 그러다 운동화의 앞코가 돌부리에 걸려 넘어지려는 순간, 나는 앞서 달리는 줄이의 옷자락을 겨우 잡고 일어나 앞으로 내달렸다. 물론 비겁한 행동이었다는 것은 안다.

“으아악!…… 누나아…… 같이 가!”

줄이의 비명이 등 뒤에서 들리더니 건너편 산을 치고, 메아리로 돌아왔다. 환청인지 우리 뒤를 따라서 뛰는 큰 발걸음 소리가 들리는 것만 같았다. 언덕을 넘어가자 캄캄한 마을 한가운데 우리 병원의 불빛이 환하게 켜져 있는 것이 보였다. 눈물이 핑 돌았다. 나는 가파른 언덕을 단숨에 뛰어내려 우리 집으로 달려갔다.

“누나! 잘 가.”

줄이의 목소리가 씩씩한 발걸음 소리를 따라 윗마을로 올라가는 길목에서 들려왔다.

나는 줄이에게 인사할 겨를도, 반가운 눈물을 흘릴 새도 없이 안도의 숨을 쉬다 말고, 집 앞에서 서성이던 옥이 아줌마와 할머니를 발견했다. 두 분도 나를 보았는지 아줌마의 검은 형체가 이쪽을 향해 뒤뚱거리며 달려오기 시작했다.

“해야! 너…… 너…… 어디 갔었어? 이 시간까지?”

옥이 아줌마는 숨이 턱 끝에 차서, 잡아먹을 듯이 씩씩거리며 다가왔다. 뒤따라 온 할머니가 주저앉아 가파른 숨을 몰아쉬었다.

옥이 아줌마는 이미 더위와 공포와 배고픔에 처진 내 팔을 잡고, 집을 향해 끌고 갔다. 집 앞에는 동네 아줌마와 아저씨 몇 분이 서성이다 몇 분은 안도하며 돌아갔고, 가겟집 아줌마는 내 어깨를 흔들고 얼굴을 만지며 몸의 앞뒤를 이리저리 살폈다.

"해야!"

뒤에서 절규하듯 비명이 들려왔다. 뒤를 돌아보니 어둑어둑한 길의 한 모퉁이에 아빠가 서 있었다. 아빠가 나를 향해 천천히 걸어왔다. 축축하게 젖어서 살에 붙은 셔츠의 한쪽 밑단이 허리춤 밖으르 나와 있었다. 이마 위로 이리저리 흘러내린 머리칼이 바람에 쓸쓸하게 날렸다. 내 앞에 와서 우두커니 서 있던 아빠가 갑자기 양손으로 내 어깨를 움켜쥐듯 잡았다. 아빠의 팔이 부들부들 떨리고 있었다. 나를 바라보는 아빠의 얼굴이 병원의 불빛을 받아 선명하게 드러나기 시작했다. 눈 밑으로 짙은 그림자가 내려앉았고, 주름이 깊어진 입가에는 긴 입술이 불안한 듯이 떨리고 있었다. 흔들리는 짙은 갈색의 동공 속에는 오래전, 기억 속에 묻어 버린 깊은 상실에 대한 두려움으로 가득 차 있었다.

컴컴한 하늘 아래, 바위처럼 서 있던 아빠가 갑자기 텃밭 옆의 수풀 사이로 들어가 무언가를 찾기 시작했다. 잠시 후, 수풀에서 나온 아빠의 손에는 긴 나뭇가지가 들려 있었다. 나는 의문스러운 시선으로 아빠를 바라보았다. 그런데 나뭇가지를 쥐고 있던 아빠의 손이 하늘 높이 올라갔다. 나는 '설마……' 했지만, 나뭇가지가 바닥으로 떨어지는 순간 눈을 움찔 감아 버렸다. "탁!" 어딘가를 치는 소리가 났다. "탁!" 이번에는 더 날카로운 소리다. "탁!" 세 번째 소리가 들렸을 때, 옥이 아줌마가 울면서 아빠의 팔을 잡았다.

"원장님! 원장님! 그만 하세요. 다 제 잘못입니다."

"탁…… 탁……!"

흐느끼는 할머니와 옥이 아줌마의 만류에도 아랑곳하지 않고 탁탁 소리는 계속해서 들려 왔다. 나는 아빠의 발밑에 무릎을 꿇고 주저앉았다. 그리고 나뭇가지를 들고 있는 아빠의 손을 잡았다.

"아, 아…… 아빠, 잘못했어요…… 어어엉…… 엉엉…….."

나는 엉엉거리며 울기 시작했다. 그리고 아빠의 다리를 붙잡았다. 땀처럼 끈적끈적한 액체가 만져졌다. 자세히 보니 빨갛게 부풀어 오른 피부에서 피가 흐르고 있었다. 그날 밤, 나는 붉은 피가 흐르는 아빠의 종아리를 부여잡고 울고, 또 울었다.

2. 슬픔에게 말을 걸다

할머니는 당신이 평생 일을 해서 모은 돈으로 땅을 마련했다.
할머니는 당신의 논둑에 서서 한동안 주위를 둘러보며 주름진 얼
굴 가득히 흐뭇한 미소를 짓고 할머니만의 세상, 가슴 시리도록
아린 삶의 터전으로 들어가곤 했다. 논일을 끝내고 집으로 돌아온
뒤에도 좀처럼 쉬는 일이 없었다. 할머니는 쉴 새 없이 일했다. 봄
이면 밭고랑에 씨감자를 심고 상추와 쑥갓과 부추 씨를 뿌리고,
고추를 심었다. 열매채소들은 순을 치고, 지주목을 세우고, 웃거
름을 주었다. 그리고 쉴 틈 없이 텃밭의 잡초를 뽑고, 아침이면 쇠
죽 솥이 걸린 아궁이에 불을 지펴 아침에 뽑아 놓은 쇠비름에 등
겨와 콩깍지를 듬뿍 얹어 쇠죽을 끓였다. 그렇게 할머니는 버리는
시간이 없었다.

부엌에서 나온 할머니가 내 곁으로 다가와 앉았다. 손도 얼굴

도 거칠고 투박한 흙을 닮아 버린 할머니의 얼굴로 눈이 시리도록 빛나는 햇볕이 쏟아져 들어왔다.

나는 할머니의 무릎을 베고 누웠다. 할머니의 얼굴 위로 빛들이 금줄을 만들어 춤을 추듯 일렁이며 빛과 그림자를 만들어 갔다.

"할머니! 옛날 얘기 좀 해 줘. 아니 아니 할아버지 얘기 좀 해 줘. 할아버지도 아빠처럼 머리가 희었어?"

할머니는 일손을 멈춘 손으로 내 이마를 쓰다듬으며 벽에 등을 기댔다.

"그래! 네 할아버지도 젊을 때부터 검은 머리 반, 흰 머리 반 그랬다. 할아버지도 네 아빠처럼 점잖은 분이셨지."

할머니는 마당으로 시선을 돌렸다. 앞마당의 꽃들을 바라보는 할머니의 눈동자에는 흐물흐물한 안개가 피어올랐다. 새벽안개가 아침이 되면 연기처럼 사라지며 청초한 아침의 풍경을 드러내듯이, 갇혀 있던 과거의 기억들을 조심스레 드러내고 있었다.

할머니는 부모님과 평안남도 순천에서 농사를 지으며 살았다. 초등학교를 졸업한 할머니는 친구들이 치맛자락을 나풀대며 학교로 갈 대, 낡은 저고리에 짚신을 신고 빨래를 했다. 친구들이 중학교 책보를 메고 학교에 갈 때, 꼴망태를 멘 할머니는 소의 고삐를 쥐고 산을 올랐다. 아프신 아버지와 어린 다섯 동생 덕분에, 장날이면 배춧국을 끓이고 주먹밥을 만들어 노상에 펴 놓고 팔기도 했고, 밤이면 호롱불 아래서 짚을 꼬아 짚신을 만들었다. 수수와 옥수수를 빻아서 엿을 고아 팔기도 했고 누에를 쳐서 명주실도 뽑아야 했다.

"벼를 수확하면 80킬로그램, 열다섯 가마니를 공출해 가더구나. 남은 식량으로 먹고살기도 바빴지. 아버지도 아프시고……."

아픈 남편 대신 새벽에 장사 나간 엄마를 기다리며 볕 좋은 마당에서 병아리처럼 졸고 있던 동생들이 "언니, 언니" 부르며 뛰어와 안기는 모습을 보며 그래도 그 시절은 행복했었다고 했다. 어느 날엔가, 친구들의 손에 성적표가 쥐어져 있을 때, 할머니의 거칠어진 손에는 동생들을 위한 교육비가 쥐어져 있었다.

그러그러하게 지내던 어느 화창한 장날이었다. 갑자기 웅성웅성한 사람들이 쥐 죽은 듯이 조용해지더니, 사람들의 시선이 한곳으로 모였다. 그리고는 인파 사이로 모세의 홍해가 갈라지듯이 한 길이 나더란다. 그리고 저 멀리 사람들의 시선이 향하던 한곳에서부터 검은 점처럼 보이는 물체가 점점 가까워지더니 할머니 앞에 멈추어 섰다. 솜처럼 부드러운 털을 나부끼며 긴 다리로 우아하게 서 있는 흑갈색의 말 등에는 당시 대학생을 상징하는 사각모자에 검은 망토를 흑기사처럼 두른 남자가 타고 있었다.

"당시에는 사각모를 쓴 사람들만 봐도 시골 사람들은 피해 다녔단다.”

“왜?”

“시골에서는 대학생들을 볼 수도 없던 시절이었다. 다들 일하다가드 사각모를 쓴 사람만 보면 일손을 멈추고 멀리서 바라만 봤지. 가까이 지나가던 사람들은 고개를 숙이고 눈길을 피했단다. 배운다는 것에 대해 존경심이 대단했지.”

햇빛에 눈이 부신 건지 수려한 외모에 눈이 부신 건지 할머니는 대학생의 얼굴을 감히 쳐다볼 수도 없었다고 했다. 그 흑기사는 그날 할머니가 팔려고 내놓은 인절미를 모두 사서 다시 인파들 속으로 사라졌다. 할머니의 눈에는 잠잠히 바람에 나부끼며 멀어져가는 망토의 끝자락만이 보이더란다. 그 아름다운 실루엣은 지금까지 할머니가 할아버지 없이 험한 길을 살아올 수 있었던 버팀목이 되었다. 사각모를 쓴 대학생은 당시 열여섯 시골 소녀의 순결한 가슴속에 동백같이 붉은 즙을 얼룩처럼 뿌려 놓고 평양으로 떠났다. 그리고 방학이 되면 열차에 자전거를 싣고 대학생의 외가가 있는 순천으로 내려왔다. 열일곱이 된 소녀는 자전거를 타고 논둑길을 달리던 대학생과 마주치면 황급히 나무 뒤로 숨어 버리거나 억새밭 속으로 몸을 숨겼다.

그러던 어느 날, 산나물을 캐고 산기슭을 내려오던 소녀와 자전거를 타고 오던 대학생이 정면으로 마주쳤다. 오후의 마지막 햇살이 산등성을 넘어갈 때였다. 대학생은 흔들리는 시선을 들킬세라, 풀숲으로 고개를 돌려버렸다. 잠시 후, 대학생의 머뭇대는 눈동자의 서성임이 멈추더니 붉어진 볼을 감싸 쥔 소녀의 다래끼를 빼앗다시피 했다. 그리고 집에 바래다주겠다며 소녀를 뒤에 타라고 권하는 것이다.

"안녕하십니까? 연덕 아주머니네 큰따님이죠? 집이 어디인지 압니다."

대학생은 당황하여 어찌할 바를 모르는 소녀의 손을 덥석 잡더니 자신의 허리춤에 갖다 놓았다. 소녀는 그날 처음으로 자전거를 타 보았다. 대학생과 소녀는 자전거를 타고 보리밭 사잇길을 달렸고, 노을이 지는 강가에 앉아 남녘의 하늘을 바라보았다.

"우리 민족이 해방될까요?"

대학생이 물었다. 학교 다니는 동생들의 어깨너머로 몰래 곱셈, 나눗셈하던 시골 소녀의 얼굴이 빨개졌다. 대학생은 모자를 벗어 손가락으로 빙그르르 돌리더니 바닥에 내려놓았다.

"우리 민족은 수천 년의 역사를 견디고 일궈 낸 선하고 강인한 민족입니다. 해방되고 자주 국가가 되면 더 위대한 민족이 될 겁니다…… 궁금하지 않으십니까? 우리가 사는 세상이 어떻게 변할지요?"

대학생의 얘기를 듣고 있던 할머니가 어렵게 입을 뗐다.

"들에서 일만 하는 제가 뭘 아나요? 그저 높으신 분들이 하는 일인 걸요."

진지하게 얘기를 하던 그들은 갑자기 서로의 얼굴을 마주 보고 웃음을 터트렸다.

"뭘 해도 좋을 때 아니겠냐? 심각한 얘기를 하다가도 나뭇잎만 굴러가면 웃음이 터지던 시절이었다."

할머니가 웃었다. 할머니의 미소는 달이의 웃음처럼 해맑았다.

몇 년 후, 할머니는 사각모자를 쓴 대학생의 손을 잡고 말로만 듣던 평양 시내를 걸을 수 있었다. 얼마 후에는 아빠를 임신한 배를 끌어안고 할아버지가 다니던 대학을 구경할 수도 있었다.

어느 날부터 할아버지의 귀가가 늦어졌다. 귀가가 이르다 싶은 날 밤에는 친구들이 할아버지의 집에 도둑고양이처럼 숨어들었다. 친구들이 방에 모여 무언가를 작성하는 동안 한 친구는 문간에서 망을 보며 집 밖의 동태를 살폈다. 친구들은 새벽녘이 되어서야 충혈된 눈으로, 밤새 만든 문서들을 보물을 품듯 한 뭉치씩 가슴속에 숨기고 돌아가는 일이 잦아졌다. 이유를 알 수 없는 두려움에 싸여 있던 밤에 할머니는 칭얼대는 아빠의 입을 틀어막고, 할아버지와 친구들을 위해 열여섯의 소녀처럼 주먹밥을 만들었다. 긴장 속에 지내던 어느 날, 이른 아침에 학교로 간 할아버지가 황급히 집으로 돌아왔다.

"해방되었소. 여보! 드디어 우리 민족이 일제 치하에서 해방되었소!"

부엌에서 막 나오던 할머니와 마주친 할아버지는 아내와 아들을 끌어안고 울음을 터뜨렸다. 대문 밖에서는 "대한 독립 만세!" "대한 독립 만세!" 기쁨과 감격에 찬 사람들의 함성이 들려왔다. 그렇게 해방의 기쁨을 만끽한 기쁨도 잠시, 시국은 점점 더 불안해지고 민심은 흉흉하고, 할아버지도 왠지 모를 불안 속에 학교와 집을 오갔다.

어느 날, 할아버지가 할머니의 손을 잡고 아랫목에 앉히더란다. 여덟 살이 된 아들을 안고, 할아버지는 처음으로 눈물을 쏟아냈다.

"미안하다. 섬아, 미안하다. 미안하다."

할아버지의 흔들리는 눈빛이 파르르 떨리더란다.

"당신이 죽을 수도 있다는 것을 알았겠지. 억누를 수 없는 슬픔 아니었겠냐?"

떨리는 팔로 아들을 안은 할아버지는 슬픔이 가득한 눈으로 아내를 바라보며 어렵게 입을 뗐다.

"당분간 순천에 올라가 있어요. 곧 당신과 섬이 데리러 갈 테니까."

그리고 할아버지를 처음 본 그날처럼 검은 망토를 휘날리며 황급히 문밖을 나섰다. 할아버지가 서 있던 빈자리에 왜 그렇게 휑한 바람이 불어오던지, 할머니는 그때처럼 몸과 마음이 떨린 적이 없었다고 했다. 그런데 아들의 손을 잡고 보따리를 이고 순천으로 향하던 젊은 아내의 발걸음이 왠지 모르게 남편의 학교로 흘러가더란다. 학교 앞에는 이미 학생들의 시위가 벌어지고 있었고, 여기저기 흩어진 유인물들이 물결처럼 흘러다녔다. 할머니는 발밑으로 굴러 오는 유인물 한 장을 집어 들었다. 낯익은 글씨체였다. 할머니의 손이 떨렸다.

"자유 민주주의!"

어린 아내는 남편과 친구들이 통일 정부에 대해 피를 토하듯 토론을 하며 유인물을 만들 때, 어리둥절해하면서 주먹밥을 만들었던 기억을 떠올렸다.

떨리는 할머니의 손에서 유인물이 미끄러졌다. 그리고 뒤따라 걷던 행인의 바짓가랑이를 스치며 바닥으로 떨어져 내렸다. 남편의 글씨 체로 선명하게 쓰인 종이는 마른 낙엽처럼 뒹굴다가 사람들의 발길에 차여, 이리저리 찢겨 나갔다.

"우리는 자유 민주주의를 원한다!"

학교 안에는 구호를 외치는 학생들과 교직원들, 그들을 몽둥이와 발길질, 총으로 위협하는 순사들로 뒤엉켰다. 아들과 가족의 소식을 알기 위해 허겁지겁 달려온 어머니들이 바닥에 쓰러지듯 주저앉았다.

"내 아들…… 내 아들…… 못 보았소?"

눈길이 마주치는 사람들의 바짓가랑이를 붙들며 하소연하는 어머니. 피에 홍건히 젖어 형체도 알아볼 수 없는 시신을 붙들고 오열하는 어머니. 키 높은 느티나무에 기대서, 풀어진 실타래 같은 눈동자로 사방을 헤매고 있는 어머니. 귀가 찢겨 나갈듯한 총성이 울릴 때마다 처절한 울음소리가 뒤따랐다. 할머니는 무슨 정신에 그곳으로 달려갔는지 모른다고 했다. 우는 아가를 안고 있는 젊은 여인의 짐 보따리가 사람들의 손길과 발길에 차여 어디론가 나뒹굴었다. 어디선가 나타난 젊은 남자의 팔이 여인의 머리채를 잡았다. 지난여름 남편이 사다 준 쪽빛의 머리핀이 떨어지며, 여인의 검은 머리칼이 어깨 위로 흩어져 내렸다. 장터에서 떡을 팔던 소녀의 모습이 흩어지듯, 흑기사의 검은 망토의 끝자락이 멀어지듯이…….

여인은 자신의 어깨를 잡은 누군가의 팔을 뿌리치고 죽을힘을 다해 뛰었다. 순사들이 몽둥이와 대검 긴 총을 들고 달려가는 곳으로, 남편이 있는 그곳으로. 강당 한구석에 사상범으로 몰린 사람들이 손발이 묶인 채, 이리저리 쓰러져 나뒹굴고 있었다. 여인의 남편도 그곳에 있었다.

"자유……민주……주……원하……"

시멘트 바닥에 머리가 짓이겨진 남편의 입에서 어눌한 말이
새어 나왔다. 피범벅이 된 얼굴에 누군가의 개머리판이 치고 지나
갔다.

"서엄…… 섬이 아바지……요."

그 순간, 여인의 애끓은 소리가 강당으로 울려 나갔다. 넋이
나간 여인의 눈에는 눈물도 흐르지 않았다. 메마른 여인의 눈동자
에는 사냥감처럼 끌려가며 뒤를 돌아보는 남편의…… 순간적으로
섬광이 번쩍이던 눈동자와 피로 흥건한 손목에 힘줄이 불거지게
사력을 다해 일어나려는 남편의 몸짓이 십자가처럼 새겨져 버렸
다. 그 짧은 순간에 아내와 아들을 바라보던 눈빛과 찢어진 입술
사이로 새어나오던 마지막 말이 지금의 할머니와 아빠를, 그리고
나와 내 동생들을 있게 했다.

"남…… 남으로…… 가……오. 내…… 곧 뒤따라……가오……."

할머니는 고향 마을에서 할아버지와 함께 헤치고 다녔던 숲으
로 아들과 함께 숨어들었다. 여인이 한밤중에 산길을 내려와 철길
을 건널 때였다. 그 순간 땅을 진동하는 기적 소리에 할머니는 다
시 풀숲으로 몸을 숨겼다.

'이 오밤중에 무슨 열차가 지나가나?'

여인은 궁금해졌다. 화물열차에는 군용차와 대포, 총들과 무
기들이 실려 있었다. 끝을 알 수도 없는 긴 행렬이었다. 무기를 실

은 열차가 대이동을 하고 있었다. 새벽이 왔다. 지나가던 사람이 여인을 알아보았다.

"아이고! 이게 뉘기야? 연덕네 큰딸 아니야? 소식 못 들었소?"

"무슨…… 소식, 말입네까? 안 그래도 어마니와 동생들이 연락이 없습네다. 우리 아바지는 건강이 어떠신지…….”

"이를 어짜오…… 연덕네가…… 흐윽…… 흑…… 흑…….”

행인은 눈물만 흘렸다.

"사상범들은 원산 가막소로 끌려갔다 했소. 연덕네도…… 끌려 갔시오…… 동생들도 다…….”

행인이 넋이 나간 여인을 잡고 울기 시작했다. 울먹이던 행인이 어렵게 입을 뗐다.

"여기 이렇게 있을 때가 아니요. 전쟁이 난다 해…….”

얼마 후, 6·25 전쟁이 발발했다. 남편이 예감했던 전쟁이 일어난 것이다. 여인은 부모와 동생들을 탄광에 버려둔 채, 젊은 남편을 원산의 가막소에 남겨둔 채, 남으로 가면 뒤 따라온다는 남편의 말을 종교처럼 믿으며 폭격과 폭설로 사람들이 쓰러져 나가던 12월 1일 그날에, 남으로, 남으로 쓰나미처럼 쓸려 내려갔다.

"어떨 때는 말이다. 그리움이 가슴에 쌓이고, 쌓이고, 쌓여서 나중에는 미칠 것처럼 터져 나올 것만 같드라. 그래서 어마니랑 아바지, 니 할아버지가 보고 싶어서…… 정말 미안해서…… 그리움을 잊을라고…… 몸을 움직이지 않으면…… 일이라도 하지 않으면 그 고통을 견딜 수가 없었다."

독백처럼 내뱉는 할머니의 말에는 바위처럼 굳어버린 그리움이 무겁게 깔려 있었다.

난 안다고 말하고 싶었다. 내 슬픔을 지금 할머니가 대신 말해 주고 있다고. 가끔 정말로 가슴이 따끔따끔 거리고 무언가 울컥하고 올라와서 터질 것만 같은 거. 엄마가 죽었을 때, 사람들은 내게 말했다. 이겨내야 한다고, 씩씩하게 커야 한다고. 머리를 쓰다듬고 등을 토닥였다. 그리고 얼마 후, 그들은 잊었다. 우리의 슬픔을 잊어버렸다. 손을 내밀지도 않고, 슬픔을 이겨내는 방법을 가르쳐 주지도 않고 잊어버렸다.

"어떻게 잊겠누? 어마니…… 아바지…… 내 동생들을…… 그리고 니 할아버지를…… 생각만 해도…… 가슴이…… 터질 것만 같은데 말이다."

할머니의 입에서 깊은 절규와 호소가 기도처럼 흘러나왔다.

"해야, 할머니는 배운 것도 없이 피난 나와서도 농사만 짓던 시골 무지렁이 아니냐?"

할머니가 마른 나무껍질 같은 손으로, 울고 있는 내 얼굴을 감싸 안고 말했다.

"아무것도 모르는 이 할머니가 그래도 하나는 안다."

나는 감싸 쥔 할머니의 거친 손등 위에 내 손을 포개며 물었다.

"그게 뭔데? 할머니?"

할머니가 눈부시게 파란 하늘로 시선을 옮겼다.

"두려움을 이기면 소원이 이루어진다 하더라."

할머니의 시선이 더 높은 하늘로 향하며 탄식 같은 숨을 내쉬었다.

"죽었을까? 설마 죽었을까? 아니 살았을 거야. 강한 사람이니까 반드시 살았을 거야. 이렇게 할미는 매일매일 두려움과 싸웠단다."

만날 수 있다는 기대와 희망에 10년…… 20년…… 30년…… 40년 가까운 오랜 기다림의 세월 동안 어느 틈엔가 뿌려진 부정적인 씨앗이 슬그머니 싹을 틔워, 자조 섞인 원망과 체념이 되어 하늘로 날아갔다. 민들레 홀씨 같은 그리움의 조각들이 눈물이 되어 하늘 곳곳을 채워갔다. 잠시 후, 할머니의 얼굴에 옅은 기대감의 미소가 번졌다.

"이 믿음은 내가 죽을 때까지 변치 않을 거다!"

이제 할머니는 하나밖에 없는 사진 속, 흐릿하게 새겨진 사각모를 쓴 남편보다 훨씬 늙어 있었다. 그리고 그 아들도 사진 속의 청년보다 늙어 버렸다. 그렇게 서러운 세월은 흘렀다. 피비린 내 나는 전쟁의 기억도 흘러갔다. 그러나 전쟁 후의 상처와 아픔은 끈질기게 살아남아 남겨진 사람들의 가슴에 묘비처럼 새겨져버렸다. 사진 속의 청년만이 시리도록 해맑은 미소를 띠고 여전히 그 시간 그 자리에 머물러 있을 뿐이었다.

할머니는 오직 부모님과 동생들과 남편만을 기다리는 희망 하나로 홀로 아빠를 키우셨다. 언젠가 부모님과 남편을 만나게 되면 당당해지고 싶었다. 하나밖에 없는 아들이 의사가 되었고, 남편의 정직하기만 한 성품을 닮아가던 착한 아들도 쉬는 날이면 의료봉사를 다니는 데 여념이 없었다.

그런데 어느 날, 어느 농촌 마을의 의료봉사를 다녀온 아빠의 얼굴이 달라져 있었다고 했다. 그리고 자꾸만 그곳으로 출입이 잦아졌다고 했다. 할머니 말에 의하면 창백하기만 한 아빠의 얼굴에 소년의 볼처럼 홍조가 돌더니, 말이 없던 아들의 입에서 '휘이익' 휘파람 소리가 나고, 노랫가락도 흥얼대면서 언제부터인지 옷깃을 빳빳하게 세우고 다니더란다. 칼같이 주름을 세운 바지 주머니에 한쪽 손을 멋스럽게 찔러 넣고 옆구리에 딱딱한 의학책이 아닌, 말랑말랑한 주황빛 표지의 책을 끼고 다녔다고 했다. 할아버지처럼 언제나 일자로 걷던 아빠의 걸음이 춤을 추는 것 마냥 휘청대더란다.

어느 날, 서울의 하숙집에 가보니 하숙집으로 들어오는 골목길 옆 공중전화부스에서 동전을 계속해서 집어넣으며 누군가와 열심히 전화하고 있었다고 했다. 비가 억수 같이 쏟아지던 어느 날, 할머니는 아들의 우산을 들고 버스 정류장으로 마중을 나갔었다. 그런데 버스에서 내린 아들은 파란색 비닐우산을 펴들고 노상에 놓고 팔던 꽃 한 다발을 사서 근처 다방으로 들어가더라고 말이다.

'내 아들한테도 사랑이라는 계절이 피어났구나.'

할머니는 내심 기쁘셨다고 했다. 어느 날은 동네 피아노 학원에서 들리던 피아노 소리를 전신주 앞에 기대어 듣고 있었다나……

아빠의 어깨가 펴지고, 힘이 들어가는 것을 할머니는 처음 보았다며 당시 꿈속을 걷는 듯 어딘가를 향하던 아빠의 뒷모습을 보면 어깨가 들썩이고 흥얼거리는 노랫소리가 나는 것도 같았단다. 그때를 회상하는 할머니의 눈가에 눈물이 맺혔다. 어느 날, 아들이 흰 주름치마를 입고 단발머리를 나풀대는 여자를 데리고 와서 인사를 시켰다. 알고 보니 의료봉사를 다니던 시골 마을의 이장님 댁 큰딸과 연애를 하고 있었더란다. 당시 서른 중반이던 아빠의 나이 때문에 결혼에 대해서 시간을 두고 생각할 겨를도 없이 할머니는 그저 기쁘셨단다.

아버지 없이 살아온 아들의 처진 어깨에 힘을 주고, 아빠의 삶에 든악 같은 안식을 줄 것 같았다고 말이다. 그도 그럴 것이 청순한 얼굴에 사랑스러운 미소를 짓던 엄마는 섬세하고 부드러운 성격을 가지고 있었고, 그러한 성향은 말이 없던 아빠에게 더할 나위 없이 어울릴 짝으로 보이셨던 거다.

그런데 엄마는 당시에 이미 불치의 병을 앓고 있었고, 할머니는 그런 사실을 결혼한 지 2년 후에 알게 되셨다고 했다. 그때를 생각하면 구토와 어지럼증이 도진다고 했다. 아들에 대한 배신감에 며칠을 앓았다고도 했다. 처음 할머니에게 인사를 왔을 때 왜, 눈도 제대로 못 맞추며 의기소침해 있었는지, 명절이 되면 왜 그리도 얼굴이 창백해지는 건지, 이유를 알게 된 것이다. 일찍 남편과 헤어져 오직 아들 바라기가 되신 할머니는 하나밖에 없는 아들의 팔자가 못난 어미 같아지나 보다 했다.

그런데 엄마에게 기적이 일어났다. 아빠의 말에 의하면 엄마의 소원이 이루어진 것이라고 했다. 동화에 나오는 이야기처럼 엄마의 소원이 금 그릇에 담겨 고불고불한 머리칼을 가진 아기 천사가 하늘로 가지고 올라간 것이다. 하늘의 아버지는 조심히 금 뚜껑을 열어 눈물로 젖은 소원의 종이를 펼쳐보았고, 눈물의 편지는 하늘 아버지의 마음을 감동하게 했다.

첫아이인 나를 임신했을 때 병원에서는 아이를 낳는 것은 불가능한 일이라고 엄마를 설득했다. 엄마는 죽더라도 아이는 포기할 수 없다며 막무가내로 버텼고, 나를 출산한 이후로 아이를 둘이나 더 낳았다. 기적이 일어난 것이다. 그러나 달이가 태어난 후, 엄마에게 더 이상 기적은 일어나지 않았다. 외줄 타기 하던 엄마의 삶에 기적은 끝난 것이다.

우리 집에 왜 이런 슬픔들이 찾아왔을까? 할머니와 아빠와 삼남매에게…… 우리는 누구도 원하지 않는 이별을 하게 되었다. 굳이 알고 싶지 않고, 알아야 할 필요도 없는 슬픔을 왜 겪어야 할까? 인생이란 게 이런 슬픔의 연속이라면 산다는 건 참 힘이 들 것 같다. 앞으로 얼마나 더 아파야 슬픔이 끝이 날까? 마음속에서 끊임없는 의구심이 올라왔다.

내 머리를 쓰다듬던 할머니의 손길이 서서히 멈추었다. 나는 몸을 일으켜 할머니를 바라보았다. 할머니는 등을 벽에 기대어 가슴에 무릎을 붙이고 앉았다. 할머니는 아주 작아 보였다. 마치 떡을 팔던 열여섯의 소녀가 된 것 같았다. 아니 대학생과 헤치고 다니던 고향의 숲으로 돌아와 산속의 나무 밑에 구덩이를 파고 숨어 있는 여인처럼 보이기도 했다.

어느새 머리가 하얗게 센 할머니는 바람에 흔들리는 버드나무 잎처럼 떨고 있었다. 할머니는 전쟁의 폭격 속에서 저렇게 어린 아들을 안고 숨어 있었을까? 사냥꾼의 총부리를 피해 바위틈에 숨은 황새 모자처럼, 폭격에 쓰러진 처마 밑에서 피와 땀에 젖은 짚을 뒤집어쓴 어미 소와 송아지처럼…… 이리도 봄볕이 따사로운데 저리도 떨고 있는 할머니는 할아버지를 뒤로한 채, 외며느리를 하늘로 보내고 돌아서던 그날, 등 뒤로 불어오던 차가운 바람을 다시 느꼈나 보다. 따사로운 햇살이 우리의 마루로 가득히 들어오던 아름다운 봄날에 말이다.

3. 재회, 또 다른 시작

여름방학을 보내는 동안 나는 가끔 숲에서 만난 줄이를 생각했다.

'집이 어딘지나 알아둘걸. 멧돼지 사냥꾼은 누구였을까? 혹시 진짜 산에 사는 괴물일까? 뒤에서 귀신이라고 고함치는 소리는 대체 누구였을까?'

별의별 생각을 다 하며 그해 여름을 보낸 것 같다.

우리 집과 병원은 자동차가 더 이상 다닐 수 없는 막다른 골목에 있었다. 읍내에 있어야 할 병원이 왜 이런 곳에 있느냐고 묻는 사람들에게 아빠는 자연과 더불어 살아가며 병을 고치는 방법을 연구 중이라며 피식 웃곤 했다.

앞마당에서 보이는 산에서는 사계절이 느리게 지나갔다. 여름이면 숲 사이를 돌아다니던 산들바람이 짙푸른 녹음을 춤추게 했

고, 마당 가득히 초록의 향기를 실어왔다. 여름밤 아빠가 평상 위에서 우리를 무릎에 누이고 옛날이야기를 들려줄 때면 잠결인지, 꿈결인지 나는 이미 동화의 주인공이 되어서 파랑새를 따라 하늘을 날기도 했고, 살아 있는 플라타너스와 이야기도 나누었다. 그러다 마당 한쪽에 모깃불로 피워 놓은 쑥 태우는 냄새가 달콤한 잠을 깨우면, 나는 바스스 한쪽 눈을 겨우 뜨고 일어나, 다시 아빠의 품속으로 파고들었다. 여름날은 우리에게 특별했고, 풍성했으며 추억으로 가득한 계절이었다.

여름 숲은 물감을 풀어놓은 듯, 살아 있는 모든 것이 자유로웠고, 그 불타는 녹음은 열정적으로 우리를 유혹하며, 짙푸른 자연의 숲으로 열렬히 끌어당겼다. 여름 산은 정복자가 개척해 놓은 아름답고도 익숙한 곳이었다.

호젓하게 자리한 우리 집 앞에는 산줄기의 절벽 아래, 수심이 낮은 개울물이 흘렀다. 우리는 물속에서 돌을 뒤집어 가며 다슬기를 잡았다. 물이 얼마나 맑은지 주먹만 한 강돌 하나를 집어 들면 네댓 마리나 붙어 있었다. 별이와 내가 잡은 다슬기 바구니를 둘이서 낑낑거리며 가지고 가는 저녁이면 된장을 풀어 끓인 다슬기국의 구수한 냄새가 집안에 진동했다. 나는 그 쌉쌀한 맛에 홀려 핀으로 쫀득쫀득한 살을 빼먹었다.

초저녁에는 하루살이들이 하늘로 떼 지어 날아다녔다. 우리는

팔을 날개 모양으로 펼쳐서, 위이잉…… 윙…… 비행기 소리를 내
가며 하루살이를 쫓아 이리저리 뛰어다녔다. 입안으로 들어오는
하루살이를 뱉어내기도 하고, 그냥 삼키기도 했다. 해가 서산마루
로 넘어가고 하늘이 보랏빛으로 물들기 시작할 무렵에야 아쉬운
저녁을 뒤로하고 집으로 돌아왔다. 흙이랑, 먼지로 가득한 옷을
마루에 벗어 던지고, 고무 대야에 물을 넘치게 받아 놓고 물을 튕
기며 여름의 저녁을 마무리하는 것이다. 그래도 저물어 가는 하루
가 아쉬워 마루에 걸터앉아 별들이 하늘 위로 총총히 모여들 때까
지 앉아 있었다.

  방학이 마무리되고, 여름이 끝나갈 무렵이었다. 그날은 아빠
의 병원 대기실에 앉아 환자의 진료가 끝나기를 기다리며 책을 읽
고 있었다. 진료시간이 끝나면 아빠와 함께 읍내에 갈 계획이었
다. 간호사가 없던 우리 병원은 아빠의 진료실 의자에 환자가 마
주 앉는 순간, 접수가 진행되고 다음으로 진료 기록부가 꺼내진
다. 보통은 환자의 근황을 물으며 진료가 시작된다. 다음으로 의
사가 환자의 약에 대한 반응 여부를 검토하고, 진지한 표정으로
차트에 기록을 남기면, 심각한 표정이 된 환자는 몸을 의사 쪽으
로 기울이며 자신의 증상에 대해 묻는다. 의사가 상체를 앞으로
숙이고 팔꿈치를 책상 위에 올리며, 깍지 낀 손등 위에 턱을 괴어
전문적인 소견을 제시하면 환자는 더 심각해지기도 하고, 혹은 어

두웠던 표정이 밝아지기도 한다. 시골 의사가 약을 지으러 커튼이 쳐진 약제실로 들어가면 약제실 밖에 남겨진 환자는 벼농사나 고추농사, 혹은 산에서 캔 약초의 민간요법이나, 효능 등의 잡다한 이야기를 하고─ 대체로 약을 짓고 나서도 오랜 시간─ 시골 의사는 그의 경험과 상식선에서 농사일과 장작 패는 일, 산 약초의 효능에 대해 놀라워하거나─ 양의사였던 아빠는 당시 한의학에도 관심이 많았었다.─ 구매 여부에 대해 약제실 밖에 나와서까지 묻기도 한다. 그리고 대화가 마무리되어 갈 즈음에는 마을에서 일어나는 크고 작은 일 등에 대해 서로 관심을 기울이며 대화를 나눈다.

더 이상 그들이 공통의 주제를 찾지 못하고, 대화가 끝나갈 무렵, 의사가 약봉지를 건네주고 일어나면, 서로가 우정 어린 악수를 하거나, 인사를 주고받는 일로 진료는 마무리됐다.

그날도 진료실 안에서는 양조장에서 일하는 아저씨와 아빠의 대화가 한창이었다.

아저씨는 이런저런 집안일과 마을 일을 늘어놓고 있었다.

"참! 원장님. 별장 윤 회장님 말입니다. 이번 마을 회의 때 수건을 돌리셨더군요. 과일이랑 떡을 해서……"

"네. 병원에도 찾아오셨습니다."

"이번 군 축제 때 오신다고 하십니다. 원장님도 꼭 참석하셔야죠."

대화가 마을의 일상으로 옮겨졌다. 끝날 시간이 불과 1, 2분이면 된다. 그들은 악수하고 서로의 어깨를 두어 번 치며, 마지막 인사를 나눌 것이다.

그때였다. 병원 문이 빠끔히 열리더니, 소박한 차림의 할머니한 분이 조심스러운 몸짓으로 들어오셨다. 오후 6시가 다 되어가고 있을 때였다. 나는 속으로 '에고, 오늘 읍내 가긴 다 글렀네' 생각하며 할머니를 바라봤다. 그런데 불빛에 드러난 할머니의 얼굴이 이상했다. 마치 달이가 주물러 놓은 밀가루 반죽처럼 누군가가 일부러 한쪽 얼굴만 찌그러뜨려 놓은 것 같았다. 왼쪽 눈꺼풀이 쳐져서 눈을 덮고 있었고, 왼쪽 입술과 코의 근육이 위로 올라가, 얼굴 반쪽의 눈, 코, 입만 서로를 끌어당기는 것처럼 일그러져 있었던 것이다.

진료실 문 앞에 서 있다가 나를 보고 놀란 아저씨가 의아한 얼굴을 하고 밖으로 나갔다.

놀란 아빠도 할머니의 얼굴을 불빛 아래에서 이리저리 살폈다. 현관문을 열고 막 나가려던 아저씨가 뒤를 돌아보며 말했다.

"할머니! 진료가 늦게 끝나시게 되면 제가 오토바이로 모셔다 드리겠습니다. 원장님이 저희 집으로 연락 주십시오."

아저씨가 문을 열고 나가려다 할머니를 돌아보며 걱정스러운 목소리로 말을 했다. 아빠는 할머니의 어깨를 부축하며 진료실로 들어갔다. 나는 문틈에 귀를 갖다 댔다.

"어떻게 되신 겁니까? 어르신!"

평소보다 톤이 높아진 아빠의 목소리가 퍽 불안하게 느껴졌다.

"하도 기운이 없고 어지러워서 서울 병원에 가서 이런저런 검사를 했습니다. 원장님……."

나는 할머니의 이야기가 궁금하기도 했지만, 기다리는 동안 지루함에 졸음이 쏟아져 다시 대기실 의자에 앉아, 탁자 위에 눕혀 놓았던 책을 들었다.

얼마나 시간이 흘렀을까? 보드라운 손길이 볼을 스쳤다. 눈을 뜨니 아빠가 대기실 의자에서 잠이 든 나를 깨우고 있었다.

"해야! 해야! 일어나자. 집에 들어가서 자자."

"으응……."

눈을 비비며 일어나서 시계를 보니 7시가 다 되어 가고 있었다. 나를 내려다보는 아빠의 어깨너머로 그 할머니가 탁자에 몸을 기대어 서 있는 모습이 보였다.

"이런, 아빠랑 같이 있는 줄 알고, 옥이 아줌마가 해를 찾지도 않으셨구나."

"아빠랑 읍내 나간 줄 아시니까."

나는 기지개를 켜며 말했다.

"아빠가 할머니 집까지 모셔다 드리고 올게. 먼저 집에 가 있어."

"아빠, 할머니 모셔다 드리고 나랑 읍내 나가자! 응?"

우리는 느티나무 아래에 주차된 아빠의 차를 타기 위해 할머니를 부축하며 돌다리를 건넜다. 할머니를 실은 아빠 차의 시동이 켜지고, 초저녁의 어둠이 막 내려앉기 시작한 도로 위로 헤드라이트의 드 줄기 빛이 비쳤다. 개구리 한 마리가 불빛에 눈이 부신지 풀숲으로 펄쩍 뛰어들어갔다.

나는 차 안에서 쉼 없이 아빠에게 질문했다. 양조장 아저씨가 말한 산 약초의 효능, 군 축제 이야기, 그리고 축제에서 부를 노래에 대해, 노래에 맞추어 춤을 출 계획에 대해…… 사실, 우리 삼남매는 댄스곡을 준비하고 있었다. 갑자기 내 배에서 꼬르륵거리는 소리가 났다. 그 소리를 들었는지 아빠가 나를 보며 말했다.

"우리 해가 배가 고프구나. 할머니 모셔다 드리고, 읍내 가서 저녁 먹자."

그 말에 나는 잠시 잊고 있던 할머니가 생각나서 뒤를 돌아보았다. 할머니는 머리를 등받이에 기댄 채 눈을 감고 계셨다.

할머니의 집은, 꽤 깊은 골짜기에 있다고 했다. 할머니는 뒤에 앉아 차창 밖을 내다보며 가끔 집으로 가는 방향을 손가락으로 가리켜 주셨다. 포장이 된 길이 끝나고, 자갈길로 들어서자, 차는 쿵

쿵 소리를 내고, 덜컹거리며 이리저리 흔들렸다. 산 가운데로 난 고갯길을 겨우 넘자, 나무들 사이로 사람이 사는 것 같지 않은 집의 지붕들이 흐릿하게 보이기 시작했다. 차가 골짜기 깊이 들어갈수록, 나무들 사이로 피어오르는 외딴 농가의 짙은 연기가 선명해졌다. 어느덧 깊은 나무숲이 끝나고 들판이 나타나기 시작하자, 들판 위로 집 한 채의 형상이 흐릿하게 보이기 시작했다. 마지막 몇 채의 집들과도 한참 떨어진 채, 현관도 없고 울타리도 없이 외따로 떨어져 있는 그 집은 산을 울타리 삼고 들판을 마당 삼아 돌아앉아 있었다.

그 집의 마당에서 누군가가 서성이더니, 차의 불빛을 발견했는지 우리 차의 방향으로 뛰어오기 시작했다. 할머니도 허리를 펴고 창밖을 내다보았다.

할머니의 집은 들판보다 낮은 지형에 있어서, 우리를 실은 차는 집으로 내려가기 위해, 다시 한 번 곤욕을 치러야 했다. 헤드라이트 불빛이 들판 위로 나 있는 자전거 바퀴 자국을 선명하게 보여 주었다. 어둑한 하늘 밑, 산 밑의 초라한 집 한 채는 할머니가 1시간을 걸어서 돌아가야 하는 따뜻한 보금자리였다.

차가 집 앞의 들판으로 들어서자, 차가 쏘는 불빛이 웬 아이의 모습을 선명히 드러내 주었다. 아이는 빛을 정통으로 얼굴에 받았다.

"앗! 줄이다!"

지난달, 산속에서 만났던 주근깨 소년이었다. 나는 소년의 작은 눈동자가 나의 시선과 마주치는 순간, 소년의 시선이 묘하게 흔들리는 것을 보았다. 지금 생각해 보면 그것은 우리에 대한 달콤한 호기심을 넘어선 은근한 기대를 포함하고 있는 눈빛이었다. 아빠는 내가 줄이를 알고 있다는 사실에 놀라며, 차를 앞마당에 주차했다.

할머니가 내리자, 소년은 달려와서 할머니의 품속으로 들어갈 듯이 안겼다. 줄이의 얼굴에는 오늘 하루의 기다림과 그리움을 보상받으려는 듯, 할머니와 영원히 헤어지지 않겠다는 투정이 담겨 있었다. 할머니의 품에서 빠져나온 줄이의 행복한 표정이 지워지기도 전에 우리의 눈이 마주쳤다. 깜짝 놀라 잠시 굳어진 줄이의 얼굴에 이내, 활짝 피어나는 꽃처럼 미소가 번져갔다. 그러다 옆에 서 있는 아빠를 보고는 다시 굳어 버리는 것이다. 아빠를 보고 어정쩡한 태도로 인사를 한 줄이는 얼른 할머니의 등 뒤로 숨어 버렸다. 어쩌면 줄이는 그날 밤, 나무 뒤에 숨어서 우리 식구에게 벌어졌던 일을 몰래 훔쳐봤을지도 모른다. 그래서 아빠를 무서운 사람으로 생각할지도 모를 일이다.

할머니는 만류하는 아빠를 자꾸만 집안으로 모시려 했고, 난처해진 아빠는 뒷머리를 긁적이며, 마당의 나무 밑에 놓인 평상 위에 앉았다. 나도 아빠와 함께 평상에 앉아 그날따라 유난히 밝게 빛나던 별들이 비추는 풍경을 둘러보았다. 앞에 보이는 들판 사이로 작은 개울이 쓸쓸하게 흐르고 있었다. 낮이면 집 한 채 빼고는 온통 푸르기만 한 들판은 점점 짙어지는 보랏빛 하늘과 어우러져 동화에 나오는 마을처럼 아름답고 신비로웠다.

줄이가 나무 옆에 세워 놓은 작은 사다리로 올라가 굵은 가지 위에 걸어놓은 등의 스위치를 켰다. 마당이 대낮처럼 환해졌다.

"줄이야, 이리 와서 할머니 좀 도와라."

부엌으로 들어간 할머니가 줄이를 불렀다.

"으응! 할머니이."

줄이는 익숙하고 빠른 손놀림으로 평상 위에 놓인 상을 행주로 닦고, 다시 부엌으로 들어가서 음식이 담긴 접시를 가지고 나와 다람쥐같이 유연한 몸짓으로 상위에 올려놓기 시작했다.

"할머니가 오늘 아침에 다 만들어 놓으신 거예요."

아빠를 슬쩍 올려다보며, 반찬 접시를 내려놓는 줄이의 볼이 붉어졌다.

접시마다 참기름 향이 나는 비름나물, 통깨를 솔솔 뿌린 가지나물, 들기름에 구워 윤기가 반지르르 흐르는 김, 그리고 아빠가 좋아하는 무말랭이까지 산골음식이 정갈하게 담겨 있었다. 줄이는 캄캄한 텃밭으로 나가 상추와 풋고추를 따서 수돗가에 가지고 나와서는 가느다란 팔로 펌프질을 시작했다. 그 아이는 콸콸거리며 쏟아지는 차가운 지하수를 고무 대야에 받아서 소매를 걷고 앉아 금방 따온 채소를 씻었다. 줄이가 평상 위에 앉아서 가만히 자신을 지켜보던 아빠를 돌아보며 말했다.

"잠깐만 기다리세요. 아저씨! 할머니가 묵은지 넣고 김치찌개 끓이고 계세요. 거의 다 끓이셨을 거예요."

싱글거리며 말하는 줄이의 눈동자는 별이 들어와 있는 듯이 반짝였다. 별을 담은 눈동자가 반달로 변하더니 아빠의 말에 해님처럼 동그래졌다.

"참 착한 아이구나. 아저씨가 뭐 도울 일이 없을까?"

반달 눈이 되어 황홀한 듯이 주위를 둘러보던 시선이 점차 줄이에게로 고정되어 가던 아빠가 일어나며 줄이에게 물었다. 아마도 그때, 아빠는 어린 줄이가 기특하고 대견했으며 또한 안쓰럽기도 했을 것이다. 그러나 할머니와 손자 사이에 맑은 강처럼 흐르는 깊은 신뢰와 사랑은 어떤 사소한 감정과도 비교할 수 없는 진실한 것이기에 순간적으로 스칠 수 있는 연민이나, 동정과는 견줄 수 없었다. 줄이는 고개를 흔들고, 아빠를 향해 해맑게 웃어 보이며 부엌으로 신 나게 뛰어들어갔다.

잠시 후, 줄이는 주인에게 달려오는 강아지처럼 튀어나와 보글보글 끓고 있는 김치찌개를 상 가운데에 급히 내려놓았다. 그리고는 '앗' 하며 손을 귀에 갖다 댔다. 아빠가 줄이에게 다가가 줄이의 손을 내리고 불빛 아래에서 천천히 들여다보았다. 그리고 팔을 이리저리 살펴보더니, 조금은 엄격해진 목소리로 말을 하는 것이다.

"요 녀석! 개구쟁이로구나. 팔 전체가 상처투성이네. 저녁 먹고 아저씨가 약 좀 발라줘야겠다."

아빠가 줄이에게 눈과 코를 찡그리며 일부러 화난 얼굴로 말을 했다.

'우리에게만 하는 표정인데……'

나는 삼남매에게만 하는 표정을 지어 보이는 아빠를 의아한 눈길로 쳐다보았다. 줄이는 상처를 치료한다는 말에 겁을 집어먹었는지, 아빠의 눈을 똑바로 바라보지도 못하고 고개를 숙였다.

줄이는 어깨를 늘어뜨리고 돌아서서 부엌으로 들어가 석쇠가 올려진 화덕을 들고 나왔다. 숯불이 피워진 화덕 위의 석쇠 안에는 눈을 동그랗게 뜨고 죽은 고등어가 끼어 있었다. 줄이가 손잡이를 잡고 석쇠를 앞뒤로 뒤집어 가며 굽기 시작했다. 줄이는 이러한 일을 할머니를 대신해 능숙하게 해내고 있었다. 할머니는 이곳은 산촌이라 생선을 구하기 어려워 생선 노점이 서는 장날에는 꼭 장터에 나간다고 했다. 지글지글 구워지며 타오르는 연기가 하늘 위로 날아갔다.

아빠는 매캐한 연기가 평화롭게 흐르는 마당 한구석에 쪼그리고 앉아, 고등어를 굽고 있는 줄이를 바라보고 있었다. 아이는 고 조그마한 손으로 밭에서 가지를 따고, 무를 뽑았을 터였다. 고 조그마한 손으로 아프신 할머니의 이마를 만져보고, 잔 가지를 주워다 콜록대며 불을 지피고, 쌀독 뚜껑을 열어 쌀을 푸고, 펌프질을 하여 믈을 받아와, 고 자그마한 손으로 돌돌 거리며 쌀을 씻었을 터였다. 뜨거운 죽을 고 작은 입으로 '호호' 불어가며 할머니의 입에 떠 넣었을 터였다. 할머니의 왼쪽 얼굴이 마비되어도 고 자그마한 아이는 큰일인지도 모르고 한숨 자고 일어나면 건강해져서, 또다시 밭을 매실 할머니를 기대했을 터였다.

어쩌할까나. 어쩌할까나. 내 작은 아이야.
어쩌할까나. 어쩌할까나. 순결한 영혼아. 아름다운 영혼아.
시리도록 행복한 날을 어쩌할까나.
시리도록 서러운 날을 어쩌할까나.
나의 영혼을 비추는 투명한 거울아.
니 순결한 기쁨아.
나의 새벽을 울리는 우리의 작은 아이야……

우리는 그날 크고 작은 여름 벌레들과 싸워가며 만찬을 들었다. 경원히 잊을 수 없는 만찬이었다. 할머니는 우리에게 계속 부채질을 해주었고, 아빠는 김치찌개를 떠서 입에 넣을 때마다 매콤

하고 칼칼한 맛에 어김없는 감동을 표하며 이마에 맺힌 땀방울을 훔쳤다.

식사를 마친 아빠는 줄이가 보란 듯이 트렁크를 열어 진료가방을 꺼내왔다. 줄이가 눈을 움찔하며 뒤로 물러섰다. 아빠는 줄이를 평상 위에 앉히고 팔 여기저기에 빨간약을 바르기 시작했다. 아빠가 소독약에 젖은 거즈를 집게로 집어서, 가장 최근의 상처로 보이는 붉은 부위에 갖다 대자, "으아아아……!" 줄이는 비명을 지르기 시작했다. 전쟁 후의 폐허 같은 상처 부위에서 각종 세균이 전사하는 병사처럼 비명을 지르며 거품을 토해내자, 아빠가 마른 솜으로 죽은 병사들을 '스윽' 닦아냈다. 온통 빨간색과 흰색 크림으로 발라진 줄이의 팔다리에 반창고가 붙여졌다. 전쟁 후의 복구가 이루어지고 있었다. 줄이는 영락없는 사고뭉치로 보였다. 마지막으로 아빠는 줄이의 머리를 아빠의 가슴에 끌어안고는 꼬불꼬불한 머리칼 사이를 손가락으로 쓸어 보기 시작했다. 그리고 다시 차 안에서 무언가를 가져오더니 머리 전체에 펴 바르는 것이다.

치료가 끝난 후, 나는 마루 끝에 걸터앉아 약 냄새가 풀풀 나는 줄이와 입맛을 다셔가며 오이를 서걱서걱 베어 먹었다. 하늘은 유난히 높아 보였고, 하늘에 떠 있는 별들은 아주 밝게 빛나고 있었다. 처마 밑에 달아 놓은 새장 속에는 짝을 잃은 노랑지빠귀가 애처로운 노래를 부르고 있었다. 맞은 편 평상에 앉아 있는 할머니와 아빠의 얘기가 간간이 꿈결처럼 들려왔다.

나는 마루 위에 있던 물컵에 물을 가득 따랐다. 그러고는 숨도 쉬지 않고 물을 마셨다. 그런 나를 보던 줄이도 물통을 손에 들고 벌컥벌컥 들이켰다. 줄이는 새 사냥을 하고 집에 와서 펌프에서 나으는 물을 계속해서 받아 마셔도 갈증이 난다고 했다. 나도 산타기를 하고 돌아와서 물을 마시면 끝도 없이 들어간다고 말했다. 우리는 동시에 얼굴을 마주 보았다. 그리고 누가 먼저라 할 것 없이 수돗가로 뛰어가서 펌프에서 쏟아져 나오는 물줄기에 입을 벌렸다. 차가운 지하수가 얼굴 위로 쏟아지며 목덜미를 타고 등줄기로 흘러내렸다. 마셔도 마셔도 목마름은 가시지 않고, 오랫동안 가문 땅에 이슬만 내리듯 해갈되지 않는 갈증을 우리 둘은 함께 느끼고 있었다.

"너, 할머니랑 둘이 사니?"

"응, 근데, 요새 좀 아프셔. 한쪽 눈도 안 보이고……"

"걱정하지 마. 우리 아빠가 고쳐 주실 거야."

"참! 너희 뒷마당에 새 무덤이 있다고 했지?"

지난번에 줄이가 새들에 대해 이야기를 하던 기억이 번득 떠올라 나는 눈을 반짝이며 흥분한 목소리로 물었다. 그러다가 줄이의 슬픈 사연이 있는 뒷마당과 슬픈 영혼들의 무덤들로 가득한 묘지가 떠오르며 나는 그만 숙연해져서 고개를 떨구고 말았다.

지난번과 다르게 줄이는 말을 얼버무리며 기어들어가는 목소리로 말했다.

"글쎄…… 밤이라…… 잘 안 보일 것……같아서."

"불이 이렇게 환한데?"

나는 다시 눈을 반짝이며 줄이를 재촉했다.

"그래, 가…… 자. 불이 뒷마당까지 비추니까…… 뭐……"

줄이는 자신 없는 모습으로 어정쩡하게 일어났다. 나 역시 뒷산의 검은 산 그림자가 어쩐지 으스스했다. 그리고 눈도 감지 못하고 억울하게 묻혀 있는 새들을 생각하니 돌아서 아빠에게로 뛰어가고 싶은 마음이 드는 것이다.

나는 조심조심 줄이의 뒤를 따라 뒤꼍으로 갔다. 짚가리가 넉넉히 깔린 외양간에서는 어미 소가 송아지를 품고 평온하게 잠들어 있었다. 나는 송아지가 깰세라 조심조심 외양간을 지나 뒷마당으로 갔다. 뒷마당에는 불빛이 비친 선을 따라 기이한 무대의 조명 같은 노란 반원이 만들어져 있었다. 그곳은 미처 뽑지 못한 잡초들이 겅충한 마른 풀과 마른 꽃 따위가 그루터기만 남긴 앙상한 모습을 하고 있었다. 흙 속에는 언제부터 그 자리에 있었는지 모를 찌그러진 양동이의 반쪽이 삐죽이 나와 있었고, 미처 뽑지 못한 배추나 무 따위가 이리저리 흩어져 말라붙어 있었다. 노란 빛줄기 사이에서 부산하게 움직이는 날벌레들이 먼지처럼 떠다니다

내 주위로 몰려들었다.

앞마당에 가려진 뒷마당의 풍경은 줄이와 할머니의 고독하고 외로운 삶의 흔적을 보여 주는 듯했다. 할머니의 병세는 어쩌면 미처 정리할 수 없었던 뒷마당처럼 서서히 말라가고 있었는지도 모른다. 할머니는 손자 줄이를 위해 자신의 운명을 가늘고 긴 줄처럼 이어가고 있었을지도…… 우리 엄마처럼…… 줄이를 지키기 위해 살아내고 있었을지도.

그 서글픈 풍경 사이로 잔 가지로 만든 십자가들만이 이리저리 쓰러져서 과거의 영광스러운 풍경을 추억하고 있었다.

"뭐야, 불개미 집 같은 무덤이 없잖아. 십자가만 있네."

나도 모르게 줄이를 쏘아 보았다. 그때 이미, 줄이의 눈에는 눈물이 한가득 고여 있었다. 막 뺨을 타고 흐를 기세다. 줄이가 어린아이같이 울먹이며 띄엄띄엄 말을 하기 시작했다.

"실은…… 내 새들을…… 새들을…… 들쥐가 와서…… 다 파먹어 버렸어…… 어…… 엉엉……"

줄이가 파헤쳐진 무덤들을 향해 앉아 펑펑 울기 시작했다.

"어…… 엉……엉엉엉…… 미안……하다…… 새들아…… 어엉엉…… 다시는…… 여기다 묻지 않을게."

나는 들쥐가 없는 장소에 묻을 생각을 하느니, 애초에 사냥할 생각을 안 하는 것이 죽은 후의 삶마저도 비참했던 너의 새들을 위로해 주는 것이라고 말하고 싶었다. 그러나 아이처럼 울고 있는 줄이에게 차마 말할 수는 없었다. 흙바닥에 앉아서 울고 있는 줄이의 머리 위로 새털이 몇 개 붙은 뱃조각들이 빙글빙글 돌고 있는 것 같았다.

마을 축제를 알리는 현수막이 붙었다. 거목 높이 묶어 놓은 확성기에서 마을 잔치를 알리는 소식을 전했다. 올해 축제는 방송국에서 우리 마을 축제를 촬영하고, 전국노래자랑도 한다고 했다. 군 전체 읍이 모여서 벌이는 축제인 만큼, 마을 잔치하고는 비교할 수 없을 만큼 큰 축제인 것이다. 아빠는 언제나 우리와 함께 무대에 오르지는 않았다. 올해는 아빠가 무대에 서는 모습을 꼭 보리라 기대를 하지만, 이루어질지는 모를 일이다. 그날 우리 모든 식구는 저녁 식사 후, 벽난로 주변에 모여 앉아 아빠가 고심해서 뽑아놓은 곡명을 기다리고 있었다.

"자아, 올해는 우리 별이도 학교에 들어갔으니 음…… 작년보다 좀 더 수준 있는 곡으로 몇 곡 선정했단다. 자 발표할 테니 서로의 의견을 모아보도록 하자."

다리를 쭉 뻗고 앉아 있는 달이가 짝짝짝 손뼉을 쳤다.

"1번, 낮에 나온 반달은……!"

'엥? 또 동요?' 나는 실망하여 어깨를 늘어뜨렸다.

"2번, 오빠 생각!"

나는 고개까지 떨구어야 했다.

"3번, 나뭇잎 배!"

이런! 아빠는 또 세 곡 모두를 동요에서 뽑았다.

"아빠, 너무해요. 올해는 군에서 하는 축제잖아요. 마을 축제랑은 다르다고요. 가요 부르게 해주세요……"

나와 별이 그리고 달이까지 우리는 다리를 길게 뻗어 마룻바닥을 '탕탕탕탕……' 치기 시작했다.

"아빠! 동요는 학교에서도 부른단 말예요. 가요 부르게 해주세요."

외모만큼 고지식한 아빠였다. 다른 집은 식구들이 다 나와서 춤을 추기도 하고, 갖가지 재미있고, 우스꽝스러운 분장을 하고 연극을 하기도 한다.

그런데 이사 온 첫해부터 우리는 무대에 올라가 정렬하여 인사하고 테이프에서 흘러나오는 반주에 맞추어 양손을 허리에 대고 고개를 오른쪽, 왼쪽으로 돌려가며 동요를 불렀다. 그것도 손에 플라스틱 국자를 든 달이를 포대기에 업고 있는 옥이 아줌마와 함께 말이다.

다음 해는 달이가 무대를 왔다 갔다 하면서, 우리의 마이크를 뺏기 위해 실랑이하다가 결국, 울음을 터뜨렸다. 노래도 마치지 못하고 무대를 내려오는 치욕을 겪어야 했던 우리 남매가 아닌가! 절망감에 사로잡힌 나는 큰누나로서의 막중한 책임을 느끼며 아빠를 조르기 시작했다.

아빠는 한쪽 손을 다른 팔 겨드랑이에 끼고, 자유로운 손의 손등 위로 턱을 괴어, 잠시 생각에 잠겼다. 우리 셋은 아빠 얼굴에 어떤 생각들이 지나가는지 눈을 동그랗게 뜨고 아빠만을 주시했다. 잠시 후, 반쯤은 포기한 듯이, 약간은 허탈한 표정을 짓는 아빠가 그개를 들더니 우리를 향해 환하게 웃어주었다.

"그래, 올해는 '해' 말대로 너희가 좋아하는 대중가요를 부르도록 해라."

"와아!!!!."

삼남매는 소리를 지르며 마룻바닥 위로 발을 구르기 시작했다.

"곡목 선정은 아빠와 함께 의논하자. 먼저 너희가 좋아하는 곡을 몇 개 뽑아 놓도록 해라."

우리에게는 기분 좋은 소식을 전해 주었지만, 호주머니에 손을 넣고 돌아서는 아빠의 뒷모습은 왠지 기운이 없었다. 옥이 아줌마와 할머니는 부엌과 마루로 각자 남은 일을 하기 위해 내려갔다. 썩난로 주변에 남은 우리만이 흥분한 다람쥐들처럼 종알대며 바닥에 배를 깔고 엎드렸다. 나는 방에 가서 종이와 연필을 들고 나와, 노래 제목을 쓸 준비를 했다. 요새 우리 삼남매 입에서 떠나지 않는 최신 유행곡 몇 개를 적어 놓고 동생들에게 물었다.

"별아. 달아. 이 중에서 어떤 노래가 맘에 들어? 멀리! 기적이 우네…… 빠빰빠밤빠빰…… 기적 소리이 머얼어져 가네에헤에…… 밤차, 어떨까?"

나는 가수처럼 한쪽 손을 높이 들고 어깨를 실룩이며 노래를 부르다가 동생들을 돌아보았다. 엎드려서 바닥에 팔꿈치를 세우고 양손으로 얼굴을 감싸 쥔, 달이가 반쯤 감긴 눈으로 내게 말했다.

"근데, 누나. 나 꼭 노래해야 해? 나 춤추고 싶어."

달이는 졸음이 가득 담긴 눈을 겨우 뜨며 나를 바라보았다.

"와아…… 우리 달이! 그래 나는 네가 올해는 꼭 춤추기를 바랐어. 너는 잘할 수 있을 거야."

나는 내심 달이가 엉뚱한 곡목을 말하거나 노래를 부르겠다고 나서지는 않을까 조바심을 내고 있던 참이었다. 유치원 행사 때의 일이다. 달이의 노래는 정말 듣기 민망했을뿐더러, 노래를 하다말고 얼굴이 홍당무가 되어서는 갑자기 무대 뒤로 사라져 버리는 극적인 장면을 연출해 우리 모든 식구에게 실망을 안겨 주었었다. 손에 쥐고 있는 손수건에 물이 짜지도록 식은땀을 흘리며 부들부들 떨던 기억이 아직도 생생하다. 달이는 다른 아이들이 그동안 부모님을 위해 갈고 닦은 꼭두각시 인형극에서도 상대 여자 아이의 안무에 맞추지도 못하고, 가만히 서서 눈만 껌뻑이고 있다가, 오히려 짝꿍의 눈에 닭똥 같은 눈물을 흘리게 한 가슴 아픈 경험이 있지 않았던가!

'벌써 여자 눈에 눈물을 흘리게 하다니!'

"달아! 앞으로는 짝꿍의 마음을 좀 더 배려해 주렴." 그날 저녁, 광대 같은 분장을 한 달이는 여자 짝꿍을 눈물 나게 하면 안 된다는 다짐을 받다 말고 아빠의 품으로 뛰어들어 '펑펑펑' 울음을 쏟아내고 말았다. 그날 아빠의 풀 먹인 흰 셔츠는 달이의 눈물, 콧물, 파랗고 빨간 화장품으로 멋진 그림이 그려졌다.

나는 종이를 들고 신 나게 아빠의 서재로 향했다. 아빠의 서재는 거실 왼쪽 첫 번째에 있는 아빠의 방 옆에 있었는데, 그 서재는 아빠의 필요로 증축된 방이었다. 나는 사방 벽에 놓인 책장에 빼곡히 꽂혀 있던 책을 보며 때때로 서재가 무너져 내리지는 않을까 하는 두려움을 느끼곤 했다. 그 두려움은 언제나 아빠의 서재를 가기 위해 지나가야 하는 좁고 컴컴한 복도에서부터 시작되었다.

아빠는 병원에서 돌아오면 텃밭을 둘러보거나, 우리와 함께 동네를 산책하기도 했고, 자전거를 타기도 했다. 큰 자전거 뒤에 별이를 싣고, 작은 자전거 뒤에 달이를 실은 두 자전거는 노을이 내려앉기 시작하는 나무들 사이를 누비며, 하늘과 맞닿은 길을 달리곤 했다.

그리고 길게만 느껴지던 남은 저녁 시간에 아빠는 주로 복도 끝에 있는 서재에서 보냈다. 달이는 공부하는 아빠의 무릎에 기어오르다 때로는 아빠의 발밑에서 잠이 들기도 했고, 별이와 나는 바닥에 엎드려서 오목이나 장기를 두었다. 기어이 이겨보려고 갖은 머리를 굴리며, 오목 돌을 들고 있던 별이의 어깨너머로 나는 가끔 아빠를 건너보았다. 반백의 아빠가 콧잔등에 걸린 안경을 머리에 올리고 눈앞에 갖다 대며 공부하던 책과 노트에는 아빠의 학문에 대한 양심과 자존심이 기록되어 가고 있다는 것을 나는 자라면서 알게 되었다.

그런데 늘 예감하던 두려움이 그날 복도의 공기를 타고 내 귀로 흘러들었다. 빠끔히 열린 문틈으로 아빠의 낮은 목소리가 들려왔다.

"자네, 지금 무슨 얘기를 하는 건가?"

나는 그 소리에 걸음을 멈추고 귀를 기울였다.

"환자의 생명이 달려 있다는 걸 모르나."

"이건 단지 무게도 안 나가는 양심의 문제가 아닐세. 죽고 사는 생명의 문제야."

나는 열린 문틈 사이를 들여다보았다.

평소와 다른 분위기에 싸여 있는 아빠의 얼굴에는 핏기가 사라져 있었다. 창백한 아빠는 곧 쓰러질 듯 위태로워 보이기도 했고, 반면에 당찬 결의 같은 것이 느껴지기도 했다.

"내 곧 다시 전화함세. 그동안 고심하길 바라네."

거칠게 수화기를 놓은 손이, 책상 위로 불안하게 움직였다. 손끝이 책상을 타자 치듯이 하다가, 잠시 후, 아빠는 오른쪽 관자놀이에 손을 대고 눈을 감았다. 아빠의 무게가 온통 오른쪽 손끝으로 모여서 곧 무너져 내릴 것처럼 불안해 보였다.

나는 아빠를 부르는 게 겁이 났다. 아빠의 이런 모습은 처음 보았기 때문이었다. 잠시 후, 고개를 든 아빠는 낮은 숨을 한번 내쉬더니 의자를 창 쪽으로 돌려 앉았다. '찌리릿' 하며 전류가 뇌 신경을 타고 흘렀다. '콩닥콩닥' 가슴에서 할머니의 방망이질 소리가 들리는 것 같기도 했다. 나는 빠르게 뛰는 심장 위에 손을 얹고 아빠의 뒷모습을 한동안 바라보고 서 있었다. 그때, 누군가 내 팔을 잡았다. 별이었다. 이상한 분위기를 감지했는지 별이도 내게 속삭이듯 물었다.

"누나, 아빠 왜 그래?"

나는 아무것도 아니라는 듯이 머리를 흔들며 별이의 어깨를 안고 복도를 조용히 걸어 나왔다.

다음 날 아침, 나는 식탁에 앉은 아빠를 살펴보았다. 매우 피곤해 보이는 아빠는 신문을 읽고 있었다. 나는 조심스럽게 아빠에게 다가가 아침 인사를 건네며 물었다.

"아빠, 우리 노래 정해놨는데, 아빠가 봐 주실 거죠?"

아빠가 머리 위에 올려놓았던 안경을 내려쓰자, 안경 안에서 따스하게 반짝이는 눈동자가 슬픈 듯이 나를 바라보았다.

"우리 큰딸이 벌써 열세 살이구나. 아빠가 그동안 큰딸을 너무 아이 취급했나 보다. 올해는 아빠가 해에게 노래 고르는 걸 일임해야겠구나."

좋아해야 할 일이 분명하지만 나는 우울해졌다. 아빠에게, 혹은 아빠 주변에 무슨 일이 벌어지고 있는 게 틀림없다. 전화 통화를 한 사람은 대체 누굴까?

끊임없는 의혹들이 머릿속에서 사라졌다 나타났다 반복하며 엉키기 시작했다.

안녕하세요? 산 할아버지!

아빠 병원에는 가끔 얼굴이 유난히 희거나, 머리카락이 없어서 모자를 쓴 환자들이 보호자의 팔에 안겨서 오곤 했다. 그들은 서울의 병원에서 가지고 온 소견서나 진단서를 아빠에게 내밀며 진행 중인 병에 대해 상담을 한 후, 병실에 누워서 오전 내내 주사를 맞고 서울로 돌아가거나, 혹은 며칠씩 병실에 입원해 있기도 했다. 환자가 입원해 있는 동안에는 교회에서 일하시는 집사님 두 분이 그동안 비어 있던 병실 청소를 하고, 환자가 있는 동안 환자의 음식을 차려 주고 방을 정리해 주었다.

차를 가지고 온 환자들은 돌담길이 이어진 마을을 지나, 산으로 올라가는 길에 자리한 느티나무 아래에 주차하고 불편한 걸음을 이끌고 돌다리를 건너야 했다. 때로 그들은 난간에 기대어 다리 아래로 흐르는 개울물을 바라보곤 했다. 그들의 눈에 서서히 기쁨이 차올랐고, 우울하던 입가에는 미소가 번져갔다. 그들의 영혼은 자연에서 쏟아내는 향기를 맡고, 신선한 바람을 마시며 자신의 몸이 자연의 품 안에서 곧 회복될 것임을 예감하고 있었다.

앞마당에서 놀고 있던 삼남매는 누가 먼저라 할 것 없이 아빠에게 다람쥐처럼 달려가 이렇게 나팔수가 되곤 했다.

"아빠! 서울에서 모자 쓴 사람이 또 왔어요."

그날은 줄이가 자전거 뒤에 할머니를 태우고 병원에 왔다. 서울에서 온 환자가 오전 내내 주사를 맞고 점심을 먹은 후, 돌아갈 채비를 하던 중이었다.

"어르신 오셨군요. 줄이가 씩씩하게 할머니를 자전거로 모시고 왔네. 참 착하구나."

아빠는 줄이 앞에 아이처럼 쪼그리고 앉아 줄이의 머리가 헝클어지도록 쓰다듬어 주었다. 그리고 해, 달, 별이 아직 식사 전이니, 올라가서 함께 식사하라며, 머뭇대는 줄이를 떠밀다시피 뒷문을 열어 마루 안으로 들여보냈다. 병원 뒷문을 열면 바로 우리 집 마루가 나온다.

마루로 올라선 줄이는 특이한 집 구조를 호기심 어린 눈동자로 이리저리 둘러보았다. 우리 집 1층은 앞마당을 통해 들어오면 마루를 중심으로 왼편에는 환자들이 사용하는 침실 두 개, 그리고 환자들이 오면 사용하는 주방이 있었다. 그리고 마루 오른쪽에는 할머니 방과 옥이 아줌마 방이 있었다. 보통은 환자가 있으면 마루는 사용하지 않고 마당이나 헛간에서, 여름에는 평상에서 할머니와 옥이 아줌마가 맷돌을 돌리기도 하고, 호박을 말리거나, 배추를 씻는 자질구레한 일을 하셨다. 2층은 우리의 살림집이었는데, 내 방이랑, 별이와 달이의 방, 아빠 방과 서재까지 네 개의 방이 있었고, 벽난로가 있는 거실과 주방이 있었다. 우리가 줄이를 데리고 2층 주방으로 올라가자, 아줌마는 이미 아빠로부터 부탁받은 줄이의 식사를 차려 놓고 계셨다.

줄이는 꽤 배가 고팠는지, 앞에 놓인 음식들을 급히 먹어 치우고, 우리가 먹는 것을 흘깃흘깃 쳐다보았다. 아무래도 내가 빨리 먹기만을 바라는 눈치였다.

"너, 배고팠구나."

나는 우리가 다 먹으면 곧 뛰어나갈 나갈 기세로 의자에 비스

듬히 앉아 있는 줄이를 보고 물었다.

"아니, 할머니 때문에…… 할머니 진료 끝나면 바로 모시고 가야 해서."

나는 먹다 말고 줄이를 쳐다보며 말했다.

"할머니 오늘 오후 내내 주사 맞으셔야 해. 1층 입원실에서……."

"그래? 그럼 그동안 난 뭐하지?"

줄이가 실망한 듯이 다시 식탁 아래로 다리를 넣더니 턱을 괴고 말했다. 나는 몸을 기울여 줄이의 귀에 대고 속삭였다.

"산에 갈래? 그 물웅덩이…….."

"뭐? 누나 또 혼나려고?"

줄이는 정색 하며 말했지만, 자기 속마음을 먼저 말해주는 내게 고마워하고 있는 듯한 미소를 흘렸다. 우리는 방에 별이와 달이의 주의를 집중시키기 위해 블루마블 게임을 펼쳐주고, 주방에서 설거지하는 아줌마의 등 뒤로 까치발을 하고 살금살금 걸어서 계단을 내려와 신발을 들고 대문 밖을 빠져나오는 데 성공했다. 그리고 대문 안에 얼굴을 들이밀고 핑계 좋은 인사말을 잊지 않았다.

"할머니, 옥이 아줌마! 가게 가서 뭐 사 가지고 올게요."

시간은 12시 30분이었다. 웅덩이까지 2시간 정도 걸리니 갔다

오기에 충분한 시간이었다. 지난번 산행의 마지막 사건이 우울했었다는 이야기를 주고받으며, 서로 시시덕대며 걷고 있는데 뒤에서 우리를 부르는 소리가 들렸다.

"야! 어디가? 나도 같이 가!"

건이었다. 병원에 들렀다가 우리가 대문 밖으로 뛰어 나가는 모습을 보고 쫓아온 모양이었다. 줄이와 나는 서로의 얼굴을 쳐다보고 어깨를 으쓱이며 건이를 향해 손을 흔들어주었다. 우리의 여름 산행이 시작되었다. 우리는 숲을 살피며 걷다가 바닥에 떨어진 특이하게 생긴 돌 하나를 주었다. 건이가 넓적하고 편편한 돌에 새겨진 희미한 사물의 형체를 이리저리 관찰하기 시작했다.

"이거 화석 아닐까?"

건이가 심각한 표정으로 우리를 쳐다보며 말했다.

그때, 돌에다 코를 킁킁대던 줄이가 말했다.

"내가 보기엔 오줌 튄 자국 같아."

모든 탐구과정을 제거한, 단순히 오감으로 판단한 줄이의 사고가 받아들여졌다. 결국, 우리는 누군가 수풀 위에 싼 오줌이 바위의 파편에 튀면서 생긴 얼룩이라는 결론을 내리고는 머리 뒤로 휙 하고 던져 버렸다. 돌이 바닥에 떨어지는 순간 "찍!" 소리가 났다. 지나가던 들쥐가 돌에 맞았거나, 바위 밑에 숨어 있던 개구리가 돌팔매질로 억울하게 죽어가는 소리인 것 같다.

지난번에는 꽃봉오리들만 올라와 있던 개망초가 흰 꽃잎들을 터뜨리며 햇볕이 내리쬐는 산길을 더욱 환하게 밝혀 주었다. 나는 걷다가 발에 걸린 나뭇가지 하나를 주웠다. 일부러 칼처럼 깎아 놓은 듯이 길고 날카로웠다. 나는 건이를 향해 나뭇가지를 대각선으로 들고, 턱 끝을 붙여 눈에 힘을 주며 말했다.

"드디어 외나무다리에서 만났군. 흐흐흐흐. 복수의 칼을 받으시오!"

건이가 화들짝 놀라더니 밴드 감은 가운뎃손가락을 내 코앞으로 들이댔다.

"야아아! 이것 봐! 그저께 못에 긁혀서 너네 병원에서 치료받았어. 파상풍 걸릴까 봐 주사도 맞았는데, 너네 아빠한테 못 들었냐?"

나는 슬쩍슬쩍 내 눈치만 보는 건이에게 비소를 지으며 복수의 칼을 줄이에게로 향했다.

"흐흐흐흐. 그렇다면 당신이 대신 받으시오!"

"누나! 난 여자랑 결투 같은 거 안 해!"

줄이는 내 칼을 손등으로 치우고 유유히 걸어나가며 말했다.

'난 처음에 누나 봤을 때 남잔 줄 알았어. 아직도 누나가 여잔게 안 믿겨."

"맞아! 맞아! 쟨 진짜 좀 이상해!"

그제야 건이는 어깨를 펴더니 나를 똑바로 보는 것도 모자라 위아래로 훑기까지 했다. 나는 건이와 줄이의 등을 한 대씩 치고, 뛰어 올라가며 말했다.

"나를 남자처럼 보는 사람은 오빠랑 줄이가 처음이다. 야!"

그러나 나는 그날 내 머리 모양과 옷차림에 대해 옥이 아줌마와 진지하게 상의하고, 한 번쯤은 고민해 봐야겠다고 생각했다.

한참을 올라가는데 줄이가 갑자기 걸음을 멈추더니 자기 쪽으로 와 보라며 나를 불렀다. 나는 오던 길을 되돌아가 줄이에게 물었다.

"왜? 또 호랑지빠귀 귀신이 나타났니?"

"아니, 실은 내가 찾아낸 동굴이 있는데, 이쪽으로 가면 나와. 한번 가 볼래?"

"헉…… 헉. 동굴? 동굴?"

우리를 겨우 따라 올라오던 건이가 어느새 우리 곁으로 다가와, 무릎에 손을 올리며 헉헉대고 물었다.

"그냥 터널이라고 생각하면 돼. 원통으로 생긴 동그란 굴인데, 길이가 그다지 길지 않아서 금방 밖으로 나갈 수 있어. 동굴 밖으로 나가면 얼마나 멋진지 몰라."

건이와 나는 미심쩍은 눈길로 줄이를 쳐다보며 말했다.

"진짜? 이 산에 그런 곳이 있다고?"

“그래. 나만 아는 곳이야.”

“야아! 물고기 보러 간다고 했잖아!”

건이가 부드러운 바위 위에 털썩 주저앉자, 바위 밑에서 낮잠 자던 개구리가 짜증스러운 몸짓으로 펄쩍 뛰더니 건이를 흘겨보며 숲으로 사라졌다.

“그래! 가 보자!”

“형도 같이 가자. 정말 굉장해!”

줄이가 건이의 팔을 잡아끌며 오른쪽으로 난 샛길로 먼저 들어가기 시작했다. 나도 줄이 뒤를 따라 관목들을 헤치고 들어갔다. 뒤를 돌아보자, 건이가 잔뜩 화가 난 얼굴로 우리를 노려보고 서 있었다. 깊이 들어갈수록 키가 작은 줄이는 곧 풀숲으로 묻혀 버릴 것만 같았다. 그런 줄이는 씩씩하게 앞서 걸으며 우리에게 길을 내주었고, 나는 아까 주운 나뭇가지로 수풀을 힘차게 치며 걸었다.

얼마나 걸었을까? 바스락거리는 소리에 줄이가 걸음을 멈추고 즈위를 살피기 시작했다. 그러더니 집게손가락으로 수풀 어딘가를 가리켰다. 그곳에는 작은 새 한 마리가 떨어진 잎들 사이를 뒤지면서 먹이를 찾고 있었다. 흙바닥이 드러난 곳에 떨어진 작은 열매를 찾기 위해 열심히 주둥이를 쪼아대고 있었다. 그러더

니, 푸드덕거리며 하늘로 날아올라, 나무 둥지 위로 사뿐히 내려
앉았다.

"저 나무 위에 새 둥지 보이지? 흰배지빠귀 둥지야."

줄이가 말하는 순간, '꾜로 꾜로 꾜로로……' 거리는 흰배지빠
귀 소리가 들려왔다. 우리는 풀숲에 몸을 숨기고 앉아, 줄이처럼
가냘픈 작은 새를 관찰했다. 어미가 열심히 새끼에게 먹이를 물어
다 주고 있었다. 줄이의 말에 의하면, 흰배지빠귀는 봄에 꽃이 피
면 꽃잎도 따먹고, 꿀도 빨아 먹다가 4월이면 나뭇가지 위에 이끼
나 마른 가지로 둥지를 예쁘게 만들어서 알을 낳아 따뜻하게 품
고, 부화시켜 열심히 먹이를 물어 와서 키워내고 사냥하는 법을
가르친다고 했다.

흰배지빠귀를 바라보던 줄이가 갑자기 시무룩해졌다. 나는 그
때 줄이의 아빠와 엄마에 대해 묻고 싶었다. 그러나 상대가 마음
을 열고 먼저 자신의 이야기를 할 때까지 기다려줘야 한다는 아빠
의 말이 떠올라 아랫입술을 깨물어야 했다.

우리는 다시 일어나서 우리가 탐사할 동굴을 찾기 위해 길을
나섰다. 건이는 줄이가 내민 작고 마른 손을 잡고 바위를 건너뛰
고 산길을 오르며 잘 따라왔다. 그도 그럴 것이 가출한 집토끼가
다시 돌아가기에는 너무 멀리까지 나온 것이다.

해는 아직 중천에 있었다. 다시 얼마를 걷자, 꽤 가까이에서

물 흐르는 소리가 들려왔다. 우리는 물소리가 나는 방향으로 계속해서 걸었다. 풀숲이 끝나고 파란 하늘이 펼쳐진 공터가 나타났다. 공터 끝에는 물기를 머금은 흙이 있어서 물이 공터의 가장자리 쪽으로 흐르고 있다는 것을 알 수 있었다. 공터 끝으로 걸어가자, 사슴이 누워서 물을 마시는 듯이 희한한 형체의 나무뿌리들로 땅 위를 지탱하는 고목들이 열 그루쯤 모여 있었다. 그 사이로 밝은 갈색의 나뭇가지가 가늘고 곧게 뻗어 있었다. 나무줄기 위에는 수관이 엉켜 있었고, 그 밑에는 굵은 나무뿌리 사이로 야생화들이 흐드러지게 피어 있었다. 그 나무들 사이에 동그란 모양의 암벽 입구가 약간 허물어진 채 드러나 있었다. 가지와 이파리들이 머리칼처럼 흘러내리며 입구를 덮고 있어서 무심코 지나가는 사람들은 숲의 일부로 볼 터였다.

우리는 엉켜 있는 머리칼처럼 입구를 막고 있는 나뭇가지를 걷어서 허리를 숙이고 들어가야 했다. 갑자기 뒤에서 "쿵!"하는 소리가 들렸다. 뒤를 돌아보니 건이가 없었다.

"어! 형, 어딨지?"

갑자기 풀숲에서 이마를 움켜쥔 건이가 불쑥 일어났다. 건이의 이마에 금세 작은 혹 하나가 생겼다.

"내 이럴 줄 알았어! 이래서 계획한 일정에 따라 움직여야 한다니까."

　줄이의 말대로 암벽 같은 곳에 휴지심 같은 구멍이 뚫린 원통형의 동굴이 있었다. 굴리면 구르릉거리는 소리를 내며 굴러갈 것만 같았다. 양옆의 가장자리에서 수로처럼 동굴 밖에서부터 물이 들어와 빠져나가고 있어서 공터의 가장자리가 젖어 있던 것이다. 출구를 통해 신선한 공기와 시원한 바람이 한 줄기 들어오며 줄이의 말대로 무언가 특별한 풍경이 있을 거라는 기대감으로 마음이 부풀어 올랐다. 앞서 걷는 줄이의 머리 위로 빛이 점점 커졌다. 그리고 커지는 빛처럼 출구 앞에선 내 입도 그만 벌어지고 말았다.

　햇살에 반짝이는 모래사장 앞에는 하늘의 색을 그대로 담고 있는 맑은 물이 잔잔하게 흐르고 있었다. 산허리에 그것도 사람들의 발길이 닿지 않은 곳에 굴곡 없이 흐르던 맑은 물줄기는 마치 오래전에 우리를 위해 예비되어 있었던 듯이 아늑하게 느껴졌다. 속삭이듯 끊임없이 반짝이며 흘러가는 물줄기를 보고 있자니 마치 아름다운 꿈속의 한 길에 멈춰서 있는 것 같기도 했다. 갑자기 우리를 에워싼 세상이 아득해져 갔다.

　우리는 모래사장으로 걸어 들어갔다. 그때였다. 모래사장 끝에 있는 풀숲에서 부스럭거리는 소리가 나더니, 수풀 위로 사람의 형체가 올라왔다. 건이와 나는 깜짝 놀라 한걸음 물러났다. 그런데 줄이가 그 사람에게 반갑게 인사를 하는 것이다.

　"할아버지, 안녕하세요?"

할아버지가 풀숲에서 허리를 세우고 일어나며 우리를 돌아보자, 널따란 모자 그늘에 가려진 할아버지의 얼굴이 드러났다. 회색빛이 도는 주름진 셔츠와 빛바랜 듯이 보이는 풀색 바지를 편안하게 입은 할아버지는 장화의 뒤축을 털퍼덕거리며 걸어 나왔다.

"하하, 우리 줄이로구나. 그동안 잘 지냈니? 나는 지금 약초를 캐고 있었단다."

할아버지는 어깨에 멘 다래끼를 내려놓으며, 우리에게로 시선을 돌렸다. 우리를 보던 할아버지의 눈빛은 맑은 구름을 품고 있는 하늘 사이로 몇 가닥 쏟아지는 햇살 같은 것이었다. 그것은 영혼의 기억이나 감각의 추억으로만 느낄 수 있는 어떤 향기로움 같은 것이었고, 그 향기는 점차 나를 감싸며 꿈같은 평화로움 속으로 젖어들게 했다. 나는 한눈에 선한 얼굴을 가진 할아버지가 좋아졌다. 할아버지 팔에 안겨 있던 줄이가 잊고 있던 우리가 생각난 듯, 우리를 할아버지에게 소개했다.

"이 누나는 언덕 마을에 사는 해라고 해요. 여자라고 미리 말하지 않으면 헷갈릴 수 있으세요. 학교에서 고구려 광개토대왕을 배웠는데 저는 꼭 이 누나가 생각났어요. 칼싸움도 잘하고 힘도 엄청나게 세요."

내가 줄이를 흘겨보며, 등을 한 대 치자 줄이의 가슴이 새처럼 올라갔다.

“그리고 이 형은 윤건이인데, 미국에서 왔어요. 아빠랑 엄마랑 저기 아랫마을 별장에 살고요.”

우리는 산에서 들려오는 새소리를 듣고, 야생화의 싱그러운 향기를 맡으며 모래사장 가장자리에 있는 미루나무 군락 그늘 밑에 나란히 앉았다. 할아버지는 이곳에 송어가 얼마나 많은지 줄이처럼 물때를 잘 아는 아이들은 물속에 손만 담가도 송어를 잡을 수 있다고 하셨다. 할아버지의 말씀이 끝나자마자, 줄이가 갑자기 웃옷을 벗더니, 검은색 반바지만을 입고 모래사장을 달려 물속으로 뛰어들었다.

“송어 잡아 올게.”

줄이의 얼굴과 목소리가 물속에 잠기듯이 아득히 멀어졌다. 줄이의 목소리가 떠다니던 공간에 할아버지의 조용한 목소리가 향기처럼 메워졌다.

“참 아름답지 않니? 내 고향에도 이런 곳이 있었단다. 산허리에 이곳처럼 동굴 같은 큰 터널이 있었는데, 물이 터널 안에서 계속 쏟아져 나왔어. 물길을 콘크리트로 막아 농로로 빼서 논에 물을 댔단다. 물이 얼마나 맑았는지, 뱀장어, 가재, 붕어들이 헤엄치는 게 다 보였지. 물가에 뿌리내린 큰 나무 밑의 진흙 구덩이에다 손을 집어넣고 뱀장어를 잡기도 했단다. 옆에는 입구가 좁은 동굴이 있었는데, 몸을 아주 낮게 해야 겨우 들어갈 수 있었단다. 그런

데 들어갈수록 통로가 점점 넓어지는 거야. 동굴 중간쯤 들어가면 꽤 넓은 물줄기가 흘렀지. 끝없이 이어지던 동굴이라 들어갈 때면 준비해 온 짚을 바닥에다 조금씩 떨어뜨리고 갔단다. 행여나 입구를 잃어버릴까 봐 말이다. 산 높은 곳 어딘가에서 시작된 샘에서부터 물이 아래로 흐르고 흐르며 동굴로 흘러들고, 또 흘러 강으로 흐르다가…… 바다로 가겠지…… 자연은 참으로 신비하고 아름답지…….”

할아버지의 눈가에도 짙은 안개가 연기처럼 피어올랐다. 아이들의 감각은 놀라울 만큼 예리하게 상황을 감지한다. 상황에 대한 판단은 어른이 되어서야 비로소 하게 되지만, 그날 아이의 영안은 안갯속에 감춰진 아련한 그리움을 보고 있었다. 할머니의 눈가에 피어나는 그리움을 본 것처럼.

“지금 이 물줄기는 내 고향에 있던 동굴을 지나 흘러온 물이 아니겠니? 북에서 남으로 흐르니 말이다.”

나는 무릎에 팔꿈치를 올리고 손으로 턱을 괴어 할아버지를 바라보았다.

“할아버지 고향이 어디신데요?”

“이북에 있단다. 아주 아름다운 곳이지…….”

“어? 우리 할머니랑 아빠 고향도 이북이세요.”

그때, 햇살에 반짝이는 물 위로 줄이의 얼굴이 달처럼 떠오르더니, 달딱이는 물고기를 하늘 높이 들어 올렸다. 물속에서 빠져나온 줄이가 온몸에 물을 뚝뚝 떨구며 우리를 향해 달려왔다.

서을에서 사업하던 할아버지는 5년 전에 이곳에 내려와서 외로운 사람들과 함께 가족을 이루며 살고 있다고 했다. 어디선가 할아버지의 가족이 고독하고 외롭게 살아가고 있다면 할아버지처럼 누군가와 도움을 주고받으며 살기를 바라신다고 말이다.

우리가 평화롭게 흐르는 강물을 바라보며 이야기하는 동안 건이는 나무들 사이를 이리저리 기웃대며 돌아다니고 있었다.

할아버지가 강가에 드리워 놓았던 낚싯대가 흔들렸다. 할아버지가 낚싯대를 채자, 큰 붕어 한 마리가 대롱대롱 매달려 있었다. 할아버지는 낚싯줄에 걸린 붕어를 빼서, 통발에 넣고 낚싯대를 다시 강물 위에 띄었다. 물살에 잠시 휘청이던 낚싯대는 제자리를 찾고 흘러가는 물결 따라 넘실넘실 춤을 추기 시작했다. 할아버지가 풀숲으로 들어가서 나뭇가지를 한쪽 팔 가득 주워왔다. 그리고 익숙한 손놀림으로 불을 지피기 시작했다. 줄이와 건이가 주워온 돌들을 불 위에 올려놓자, 할아버지는 다래끼 안에서 노란빛의 마가린통을 꺼내어 제법 큰 돌 위에 한 조각을 떼어 바르기 시작했다. 그러자 '치이익' 소리와 함께 고소한 냄새가 올라왔다.

할아버지는 돌 위에 배를 딴 붕어와 송어, 통발 안으로 스스로 들어와서 놀고 있던 멍청한 피라미 몇 마리를 함께 올렸다. 타닥타닥 잔 가지가 타는 소리, 지글지글 거리며 마가린에 구워지는 송어 냄새에 다들 군침을 삼켰다.

"옛날엔 이런 마가린이나 있었나? 그저 소금만 뿌려서 구워먹어도 맛있었지. 먹어보렴."

우리는 할아버지가 나뭇잎을 싸서 건네주는 송어를 한 마리씩 받아들고 먹기 시작했다.

산은 순수한 영혼을 가진 아이들을 금기된 구역으로 유혹하며, 상상할 수 없는 놀라운 비밀들을 알려주고 있었다. 아빠는 우리가 이미 미개척지를 정복했다는 것을 알고 계실지도 모른다. 아빠는 내가 어느 시기가 되면 삶이라는 거대한 산줄기 속의 미개척지에 대한 불안하고도 달콤한 정복의 시간을 보내게 될 것이고, 그런 시간을 통해서 두려움을 이겨내고 진정한 어른이 되어간다는 것도 알고 있을 테니 말이다. 약간의 문제가 있다면 그런 시기가 아빠의 생각보다 빨리 찾아왔다는 사실이었다.

우리는 평화로운 한낮에 은빛으로 반짝이는 강을 바라보며 앉아 있었다. 어느덧 해가 서쪽으로 기울어 가기 시작했다. 우리는 엉덩이를 털어내고 어두컴컴한 동굴을 통과해야 했다. 할아버지는 어깨에 낚싯대와 통발을 걸치고, 줄이는 약초가 들어 있는 다래끼를 맸다. 산 아래로 내려갈수록 우리의 그림자는 길어지고, 마을에 도착했을 때는 이미 장밋빛의 노을이 마을 위로 짙게 깔려 있었다. 마을에 도착하는 것이 아쉬운 것은 처음이었다.

병원이 내려다보이는 언덕 마루에 서서 우리는 할아버지께 아쉬운 작별 인사를 해야 했다.

"할아버지! 다음에 또 뵙고 싶어요."

"우리 집을 줄이가 알고 있으니, 언제든지 오렴."

할아버지의 기분 좋은 미소에 나는 쓸쓸한 표정을 감추며 고개를 그덕였다. 할아버지는 할머니께 달여 드리라며 풀잎에 말은 약초를 줄이에게 건네주었다. 나는 언덕을 내려와 뒤를 돌아보았다. 우리가 작별 인사를 하고 헤어진 그 자리에는 할아버지가 우리의 고습을 지켜보며 그림자처럼 우두커니 서 있었다.

병원 앞 나무 의자에 앉아 있던 아빠와 줄이 할머니가 우리를 보자 자리에서 일어났다. 줄이는 할머니를 자전거 뒤에 태우고 하늘 아래에 그들의 보금자리, 깊은 골짜기 외딴 집을 향해 힘껏 페달을 밟았다. 우리는 줄이와 할머니를 태운 자전거가 우리의 시야에서 멀어질 때까지 바라보고 서 있었다. 갑자기 마음 한쪽이 허전해졌다. 할아버지도 가시고, 줄이도 서둘러 떠났기 때문이었다. 그런 마음을 아는지 모르는지 건이는 어깨를 들썩이며 유난히 경쾌한 발걸음으로 휘청휘청 별장으로 향했다. 나는 마지막으로 그들을 돌아보며 쓸쓸한 마음을 뒤로하고 아빠와 함께 집으로 들어갔다.

2층으로 올라가니, 별이가 소파에 앉아 있었다. 입술은 턱까지 축 늘어뜨리고 서러운 눈물을 머금은 눈동자는 나를 쳐다보지도 않는다. 팔짱을 끼고 앉아 있는 자세만이 도도할 뿐이었다. 달이는 블루마블 게임판에 얼굴을 묻고 엉덩이를 천장높이 쳐든 채 잠이 들어 있었다. 어디선가 중얼대는 소리가 들려왔다.

"말도 없이 지들만 갔다 왔구먼."

아무래도 별이의 말투가 걱정이다. 아줌마와 할머니를 닮아가고 있으니 말이다.

신 나는 노래자랑

얼마나 오랫동안 연습했던가! 그날 아침, 나는 긴장이 되어서 아침도 제대로 먹지 못한 채 점심때가 오기만을 기다렸다. 그리고 무대에서 부를 노래 테이프를 카세트에 넣고 계속해서 돌려 들었다. 아빠는 함께 가자며 졸라대는 우리에게 오전 진료를 마친 후, 바로 행사장으로 가겠다며 옥이 아줌마와 할머니에게 삼남매를 부탁했다.

우리는 상쾌한 8월의 아침 햇살과 신선한 바람을 맞으며 돌다리를 건넜다. 다리 아래로 개울물이 졸졸졸 흐르는 소리로 잘 다녀오라는 인사를 한다. 바람에 흔들리는 수양버들의 무성한 이파리들도 사각사각 소리를 내며 우리를 배웅했다.

우리의 행렬 맨 뒤에서 걷던 나는 다리 한가운데 멈춰 서서, 아빠 홀로 남은 집을 돌아보았다. 마당 옆의 무성한 플라타너스 잎 속에서 여름의 끝을 예감하는 매미들이 쩌렁쩌렁 울어대는 소리가 돌다리까지 들려왔다. 삼남매의 괴성과 할머니와 옥이 아줌마의 분주한 일상이 사라진 텅 빈 마당 한가운데서 아빠가 우리를 바라보고 있었다. 아빠는 좀 더 오랫동안 우리 모습을 지켜보기 위해 한층 발돋움하며, 우리의 초라한 행렬이 시야에서 멀어질 때까지 손을 흔들었다.

버스를 타고 읍내로 나온 우리는 행사장으로 향했다. 행사장에서 들려오는 징소리와 꽹과리 소리, 테이프에서 흘러나오는 대중가요의 시끌시끌한 소리가 정류장까지 들려와 벌써 나를 들뜨게 했다. 행사장 입구에는 윗마을, 아랫마을의 농가에서 나온 아주머니들이 과일이랑 채소를 소쿠리에 담아와 노상에 펴 놓고 있었고, 우리 마을의 낯익은 아주머니들은 깨, 콩, 녹두, 통도라지 등 갖가지 곡식과 약초들을 펴 놓고 옹기종기 모여 있었다.

"형님, 오셨구려."

"아이고! 옥이네, 오랜만이야."

옥이 아줌마와 할머니는 반가운 얼굴로 손을 잡고 이런저런 이야기를 나누었다. 잠시 후, 그녀들은 할머니와 옥이 아줌마의 치맛자락을 붙들고선 우리 삼남매에게로 고개를 돌렸다. 달이는 투박하고 거칠지만 따뜻하고 순박한 아주머니들의 손과 품으로 이리저리 옮겨 다녔고, 별이와 나는 100원짜리 동전을 몇 개씩 받아들고 그녀들에게 눈물 나는 감사의 인사를 했다. 주머니에서 울리는 짤랑짤랑 소리는 언제나 별이와 나를 들뜨게 했다. '오늘 여기서 뭘 살까?' 생각하며 우리는 이곳저곳을 기웃거렸다.

장터 한가운데로 들어가자, 다른 지역에서 온 전문 상인들이 천막을 치고 있었다. 그들 중에는 긴 가발을 쓰고 풍선을 넣은 가슴을 한껏 부풀린 채, 치약이나 칫솔 같은 생필품을 판매하는 여장 차림을 한 남자도 있었고, 엿판 줄을 목에 걸고 가위질하며 노랫가락에 맞춰 춤을 추는 엿장수도 있었다. 누군가는 두꺼운 판자에 상품 이름을 적은 간판을 달고 있었고, 또 누군가는 한쪽이 기울어진 천막 안에서 철근 지지대를 세우느라 안간힘을 쓰고 있었다.

우리는 행사장 가운데 모여 있는 상인들의 가판대를 지나 모퉁이를 돌았다. 그 순간, 우리는 초점 잃은 똥그란 눈동자와 마주치고 말았다. 껍질이 벗겨져 혈관까지 다 드러난 사슴 두 마리가 쇠고리에 대롱대롱 매달린 채 우리를 쳐다보고 있었다. "꺄아악!!" 우리가 소리를 지르자 그 모습을 음흉한 눈길로 쳐다보던 사슴주인은 목젖이 다 드러나도록 웃어 재꼈다.

"누나, 저거…… 목이 길어. 사슴 맞지? 꽃사슴 말이야."

그 순간, 어제 아빠와 함께 읽었던 동화책에서 사냥꾼의 총에 맞은 꽃사슴이 달이의 눈앞에서 껍질이 벗겨진 처참한 모습으로 나타난 것이다. 비참한 동화의 결말이 실현되는 순간이었다.

"으아앙…… 꽃사슴이…… 진짜루…… 죽었어."

달이는 주저앉아 다리를 흔들며 살려내라고 고함을 질렀다. 그리고는 손에 집힌 돌멩이를 사냥꾼을 향해 마구마구 던져 대는 것이다. 그동안 달이의 모습을 재미있다는 듯이 지켜보던 사냥꾼의 얼굴이 점차 심각하게 일그러지자, 우리는 할 수 없이 몸을 활처럼 휘고 버텨대는, 달이의 양팔을 붙들어 질질 끌고 그 자리를 벗어나야 했다. 모퉁이를 돌자, 우리는 또다시 선명한 눈동자와 마주쳐야 했다. 물이 얼마나 좋은 곳에 살다 왔는지, 천막 지붕 아래에 마치 살아 있는 듯한 눈동자를 가진 굴비 떼가 노끈에 매여, 바람결에 헤엄치듯 몸을 흔들고 있었다. 옥이 아줌마가 치맛자락으로 잽싸게 달이의 눈을 가리고는 황급히 반대방향으로 몸을 돌렸다.

노래 테이프를 파는 가판대에는 "못 찾겠다. 꾀꼬리. 꾀꼬리…… 꾀꼬리. 나는야 어디로 숨을까……" 가수가 라디오 안에서 열심히 꾀꼬리를 찾으라고 소리를 질러대며, 주변의 시끌시끌한 음향효과와 싸우고 있었다. 역시 아이들은 단순했다. 꽃사슴을 애

도하며 눈물을 쏟아내기 무섭게, 노래 가판대 앞에선 달이가 노랫
가락에 맞춰 몸을 이리저리 흔들어 대는 것이었다.

해가 우리 머리 위에서 내리쬐기 시작했다. 옥이 아줌마가 시
계를 보더니 우리를 재촉했다. 1시에 아빠와 행사장 입구에서 만
나기로 약속한 것이다. 우리는 왔던 길을 되돌아 행사장 입구를
향해 걸었다.

행사장 입구에 우리를 기다리며 서성이는 아빠의 모습이 보였
다. 달이가 먼저 아빠를 향해 뛰어가자, 아빠도 반백의 머리를 날
리며 달려와 달이를 들어올렸다. 별이와 나는 아빠의 허리를 끌어
안고, 장터에서 본 풍경들을 큰 소리로 말하기 시작했다. 그때마
다 아빠는 허리를 숙인 채, 우리 말에 주의 깊게 귀를 기울이다 말
고 큰소리로 "뭐라고? 달맞이꽃이…… 뭐? 사슴이 됐다고……?"
아이처럼 눈을 동그랗게 뜨고 되물었다.

테이프 가판대의 녹음기 안에서 꾀꼬리를 찾던 그 아저씨는
이제 "한 많은 이 세사앙 야소옥 하아입니이다아……" 타령조의 노
래를 구슬프게 부르고 있었고, 노래의 곡조나 가사가 사뭇 마음에
와 닿는 토종닭들은 '꼬오꼭' 슬픈 듯이 비명을 지르며 이곳저곳으
로 팔려나갈 자신의 운명을 한탄하고 있었다.

우리는 점심을 먹기 위해 음식 파는 곳으로 갔다. 모든 식당마
다 문전성시를 이루고 있었다. 우리는 이미 사람들로 발 디딜 틈

없이, 붐비는 국밥집으로 들어갔다. 다행히 식당의 구석진 곳에 빈자리가 남아 있었다. 손님이 방금 나갔던 자리인지 우리는 탁자 주변에 흩어져 있는 나무 의자를 끌어다가 앉아야 했다. 아빠는 벽에 붙은 차림표를 살펴보며 할머니와 옥이 아줌마에게 주문할 음식을 여쭤보았다. 오랜만의 외출에 들뜬 듯이 가벼운 미소를 지으며 식당 안의 사람들과 탁자 위의 음식들을 살펴보던 할머니와 옥이 아줌마가 음식을 주문하자, 얼마 후, 남색 바탕에 흰색으로 '1989 양구군 축제'라고 씌여진 앞치마를 두른 젊은 남자가 음식 접시가 놓인 은색의 스테인리스 쟁반을 들고 왔다. 친절하게 웃고 있는 남자의 시선은 도토리묵, 취떡, 메밀전이 담긴 접시를 탁자 위에 내려놓으며 아빠와 우리 남매들을 살피고 있었다.

남자는 아빠의 무릎에 앉아 있던 달이의 볼을 손가락으로 '톡' 하고 건드리더니 아빠, 엄마는 같이 안 왔느냐고 물었다.

"이 사람이 우리 아빠고요. 우리 엄마는 하늘나라에 있어요."

달이가 아빠의 셔츠 사이로 살짝 드러난 가슴을 손가락으로 콕콕 찌르며 대답하자, 당황한 그 남자는 멋쩍은 미소를 짓고 얼른 뒤를 돌아 멀찍이 사라져갔다.

점심 후, 우리는 노래자랑을 하는 무대가 마련된 공터로 갔다. 방송국 차량 앞에는 많은 사람이 분주하게 움직이고 있었다. 방청석에는 무대를 중심으로 반원 형태로 의자들이 놓여 있었는데, 의자가 얼마나 많은지 별이와 나는 서로의 얼굴을 쳐다보며 놀라워했다. 오늘 1등을 거머쥘 우리 삼남매의 무대가 눈앞에서 광명하게 빛나고 있었다.

사람들이 한 사람 두 사람 모여들며 자리를 메우기 시작하고, 우리는 무대 뒤편의 대기실로 향했다. 대기실이라야 천막을 쳐 놓은 곳에 간이 의자 몇 개가 놓인 곳이었다. 화장품 가방을 들고 있는 젊은 여자 몇 명이 우왕좌왕하며 대기실과 무대를 오르내렸다. 점퍼 차림의 야구 모자를 쓴 남자가 대기실 의자에 앉은 사람들을 일일이 호명하며 번호표를 나눠주기 시작했다.

"지금 들고 있는 번호가 여러분의 번호입니다. 호명되면 나오시기 바랍니다. 자 2시간가량 남았습니다. 준비들 하십시오!"

대기실은 고운 한복을 입고 나타난 노인들과 허벅지가 드러나는 진달래색 치마를 입은 언니, 어깨가 넓고 살랑거리는 블라우스를 입은 여자들, 청바지를 입고, 흰색 셔츠에 청재킷을 걸친 젊은 남자들이 있었다. 그런데 사람들 사이에서 고개를 치켜들고 우리를 쳐다보는 누군가가 있었다. 건이가 히죽 웃으며 우리를 향해 기다란 손가락으로 브이 자를 만들어 보이고 있었다.

"어어! 건이 오빠! 오빠도 왔어?"

나는 사람들을 헤집고 건이에게 다가갔다.

"응! 나 실은 오랫동안 준비했어."

철제 교정기가 끼워진 치아 전체를 드러내며 호탕하게 웃던 건이가 자신 있게 어깨를 펴더니 자기 옷을 가리켰다.

"텔레비전에 나온다고 옷도 가을 색으로 사 입었어. 멋지지?"

나는 대기실을 나와 방청석을 살펴보았다. 옥이 아줌마와 할머니가 가장 앞줄에 앉아 부채질을 하는 모습이 눈에 들어왔다. 학교 친구들과 동네 주민들의 모습도 드문드문 보였다. 아빠는 대기실 뒤의 느티나무 아래에 서서 우리를 지켜보고 있었다. 본격적인 노래자랑이 시작되었다. 이미 방청석은 사람들로 가득 찼고, 무대 앞에는 카메라의 빨간 불빛이 반짝였다. 대기실에 있는 사람들은 긴장을 감추기 위해 대화를 나누거나 발성 연습을 하는 등 우왕좌왕하고 있었지만, 달이만이 대기실 한쪽 구석에 우두커니 서서 므언가를 유심히 관찰하고 있었다. 달이 앞에는 짧은 치마 아래 현 다리를 드러낸 언니가 손거울을 보며 화장을 하고 있었던 것이다.

밖에서 "와아!" 하고 함성이 터지자, 사회자의 인사말이 시작되었다. 잠시 후, 참가 번호 1번의 이름이 호명되었다. 그러자, 달이 앞에 있던 언니가 숨을 한번 내쉬더니 달이의 어깨를 밀치고 뛰어갔다. '콩' 소리를 내고 주저앉은 달이는 긴 머리를 나풀대며 나비처럼 뛰어가는 언니의 뒤꽁무니를 아쉬운 듯이 쳐다보고 있었다.

나는 대기실과 무대 사이에 늘어진 커튼을 살짝 걷어 까치발로 무대 위를 올려다보았다.

"밤이면 밤마다 네 모습 떠올리긴 싫어…… 싫어…… 싫어…… 싫어……."

언니의 노래는 살짝살짝 흔드는 어깨춤과 함께 시작되었다. 무대 뒤에는 반짝이는 원피스에 긴 머리를 묶은 세 명의 여자가 어깨와 허리를 부드럽게 돌려가며 코러스를 넣고 있었다. 노래가 중반으로 가면서 언니의 동작도 점점 커졌다. 마이크를 이 손에서 저 손으로, 머리를 좌우, 앞뒤로 흔들고 다리를 앞뒤로 재빨리 바꿔가며 텔레비전에 나오는 진짜 가수처럼 춤을 추는 것이었다. 언니의 과감한 동작과 현란한 춤에 관객석에서는 숨소리조차 들리지 않았다.

노래가 절정에 이르렀다. 간주가 흐르는 동안, 언니는 한쪽 손을 하늘로 쳐들고 고개를 뒤로 한껏 젖힌 채, 박자에 맞추어 엉덩이와 허리를 왼쪽, 오른쪽으로 절도 있게 꺾었다. 그 절도 있는 동작은 다시 시작된 노래와 함께 부드러운 물결처럼 고요해지더니 다시 격정적인 불길처럼 타들어갔다. 어깨와 허리와 엉덩이를 폭풍 맞은 수양버들처럼 흔들어대는 것이다. 사람들이 무대에서 일어나 박수를 치고 열광적인 환호를 보냈다. 아빠가 어느 샌가 내 뒤에 와서 춤판을 벌이는 무당처럼 흥분의 도가니에 빠진 언니의 무대를 지켜보고 있었다. "쯧쯧…… 저러다 탈골되면…… 어찌나……" 진심으로 걱정하는 아빠의 목소리가 들렸다.

사회자는 시원시원한 가창력과 카리스마 넘치는 퍼포먼스였다며 언니를 칭찬하기에 여념이 없었다. 언니는 눈을 내리깔고 손으로 이마를 가리며 빠른 걸음으로 무대에서 내려왔다. 그녀는 고개를 숙인 채, 대기실로 들어와 탐스러운 머릿결을 나부끼며 사람들의 무릎에 부딪히지 않도록 엉덩이를 살짝살짝 피해 자신의 자리에 앉았다.

다음은 청재킷을 입은 청년들의 무대가 시작되었다. 그들은 기타를 메고 있었고, 그중 한 사람은 목에 하모니카 줄을 걸고 있었다. 그들은 무대 위에 준비된 의자에 앉아 "퉁퉁퉁……" 기타 줄을 튕기기 시작했다. 아름다운 기타의 선율이 시작되자, 객석은 조용한 분위기에 잠기기 시작했다.

"꼬가야아…… 꽃신 신고 강가에나 나가보렴, 오늘 바암엔 민들레 듿빛 춤출 텐데. 너는 드을리니. 바람에 묻어오는 고햐앙 빛 노래 소리이 그건 아마도 불빛처럼 예쁜 마음일 거야……."

아빠가 우리를 평상에 누이고 밤하늘을 볼 때면 가끔 흥얼대던 노래였다. 잔잔한 통기타의 선율과 청년들의 맑은 화음이 무대 전체로 퍼져갔다. 그 연주가 얼마나 아름다운지 그 소리는 내 어린 시절의 추억과 이어져 지금도 내 귓전에서 울리고 있는 것 같다. 기타 연주가 애잔한 소리를 내며 끝나가자, 한 청년이 목에 걸고 있는 하모니카를 슬픈 듯이 연주하기 시작했다. 아빠는 그들의 노랫소리와 통기타의 선율, 구슬피 들려오는 하모니카 소리에 매료되어 꿈을 꾸듯 황홀한 눈빛으로 무대를 바라보았다. 아빠의 시선이 허공을 따라 먼 하늘로 옮겨갔다. 옆에서 바라본 아빠의 얼굴은 마치 청년의 모습처럼 아름다웠다. 내 눈동자에 가득 찬 아빠의 얼굴이 빛을 냈다. 그 빛들 사이로 순수한 소년의 얼굴이 흐릿하게 비쳐 왔다. 아빠의 눈동자에 투영된 소년의 모습이 하늘로 쏘아졌다. 흐릿한 구름이 비켜간 하늘 위로 반짝이는 빛들이 별처럼 빛을 냈다. 동화책에 그려진 샛별과도 같은, 개밥바라기별과도 같은 무수한 빛이 소년의 주변으로 몰려들었다. 내 눈에만 보였을까? 맑은 얼굴의 곱슬머리 소년이 언덕 위로 뛰어오르는 모습이. 내 귀에만 들렸을까? 그 언덕 넘어 끊임없이 들려오는 소리가. '돌아와. 순결하던 시절로. 돌아와. 바로 그날, 그 시간으로……'

어느새 청년들의 무대가 끝이 났다. 그러자, 기다렸다는 듯이 사회자의 호명이 있기도 전에 건이가 무대 위로 올라갔다. 당황한 사회자가 건이를 물끄러미 쳐다보았다. 동시에 객석에서는 자지러지는 웃음소리가 들려왔다. 무대 한 가운데 갈색의 가을철 방아깨비가 꾸벅거리며, 물오른 수양버들처럼 서 있었다. 겁쟁이 건이가 수많은 사람 앞에…… 그것도 혼자 마이크를 들고 서 있는 희한한 광경을 나는 눈을 부릅뜨고 지켜보았다.

"나의 살던 고향은 꽃 피는 사안골…… 복숭아 꽃 살구우 꽃 아기 진달래…… 울긋불긋 꽃 대궐 차린 동네…… 그 속에서 놀던 때가 그립습니다……."

건이의 목소리는 인정하고 싶지 않았지만 맑고 청아한 울림이 있었다. 노래 가사와 건이의 미성은 정말 잘 어울렸고, 들뜬 관중석의 분위기를 차분하게 진정시키고 있었다. 불만스러운 눈빛으로 건이를 쏘아보는 나와 달리 아빠는 따스한 미소를 지으며 건이의 노래를 중간중간 따라 불렀다.

몇몇 노인들이 손수건으로 눈물을 훔치는 모습이 보였다. 또 누구는 대견하다고 칭찬했고, 누구는 일어나서 손뼉을 쳤다. 해맑던 유년시절을 꿈꾸게 했다는 사회자의 말과 함께 건이의 무대가 끝이 났다. 다음으로 우리의 이름이 호명되었다.

"해 달, 별 언덕 마을의 대표 주자! 사랑스러운 삼남매를 소개합니다!"

별이와 나는 달이의 손을 하나씩 잡고 흰색으로 꾸며진 무대로 걸어나갔다. 그 순간 하늘에서 환영인 듯한 어떤 형상이 보이는 것만 같았다. 그것은 구름 사이로 하늘이 열리면서, 쏟아져 내리는 빛 속에서 달이같이 곱슬곱슬한 머리칼에 나비넥타이를 맨

아기 천사가 피아노를 치는지, 두들기는지 여하간 그런 모습이었다.

무대 앞에 서자, 수많은 사람으로 빼곡히 들어찬 관중석이 보였다. 갑자기 다리가 후들후들 떨리고 눈앞이 아찔해지며 사람들이 물결치듯 흔들렸다. 시야가 점점 흐려졌다.

"다다…… 다다다…… 다라…… 별…… 벼라……"

나도 모르게 옆에 있는 달이의 어깨를 잡고 달이를 곁눈질했다. 달이는 무대 앞을 이리저리 고개를 돌려가며 바라보다가, 손뼉을 치더니 관중석의 누군가를 손가락으로 가리켰다. 그저 집 안방에 있는 것처럼 편안해 보이는 다섯 살 꼬마의 태도에 나도 안심해야 했다. 반주가 시작되었다. 이제 곧 우리의 화려한 춤 실력을 보여줘야 할 차례였다. 나는 한쪽 허리에 손을 대고 다른 팔을 하늘 높이 올렸다.

"멀리이 기적이 우네…… 빠빰 빠밤……"

관객석에서 함성에 섞인 약간의 웃음소리가 들려왔다. 나는 박자에 맞춰 브이 자를 만든 손가락으로 하늘을 찌르기 시작했다. 성실하기만 한 별이도 연습한 대로 허리를 돌려가며 하늘 여기저기를 바쁘게 찔러댔다. 그런데…… 우리 달이가…… 달이가…… 드디어 또다시 얼음놀이를 시작했다. 술래가 잡으려는 순간, '얼음'을 외치고 움직이지 않으면 잡지 못하는 놀이를 이 무대 위에서

하는 것이었다. 유치원 재롱대회나 마을 잔치가 아니었다.

'여기가 어떤 무대라고…… 이 녀석이…… 깡충깡충 뛰라고 그렇게 일렀건만……'

내가 정신을 차린 건 사방에서 쏟아지는 웃음소리 때문이었다. 관객석에서 "달이야. 뛰어야지." 안타까운 옥이 아줌마의 목소리도 들렸다. 내 시야에 앞에 앉은 노인들이 손뼉을 치고, 허리를 꺾어 가며 웃고 계신 모습이 선명하게 들어오자, 부끄러움이란 감정의 빨간 신호가 깜박이기 시작했다. 나의 춤과 노래는 줄이의 날개 꺾인 종달새처럼 힘을 잃기 시작했다.

사회자가 달이의 옆에 와서 섰다. 달이와 똑같이 서 있다가 달이가 집게손가락으로 할머니와 옥이 아줌마를 지목하자, 아저씨도 그대로 손가락을 올린다. 달이의 그림자놀이를 하는 것이다. 관객은 더 웃어댔고, 나와 별이만이 눈물을 머금고 이 황당한 무대에서 아무도 눈여겨보지 않을 것 같은 공연을 끝까지 마쳐야 했다. 노래와 춤으로 성실하게 공연을 한 우리는 조연이었고, 얼음이 되어 눈만 껌벅이던 달이가 무대의 주인공이 된 것이다. 아까 눈앞에 펼쳐진 영상은 가까운 미래를 정확히 예측했다. 나비넥타이까지 맨 달이 천사는 피아노를 친 게 아니라, 두들겨대다 마침내 부숴버린 것이다.

달이는 사회자의 품에서 토끼처럼 뛰어내려, 무대 아래에 있는 아빠에게로 깡충깡충 뛰어갔다. 여하튼 피날레는 토끼 춤으로 장식하긴 한 것이다. 나는 울상이 되어 얼른 무대 뒤로 도망가야 했다. 아빠의 품에 안긴 달이는 자기가 무슨 일을 벌였는지도 모른 채, 우리를 보며 깔깔대고 웃고 있었다. 우리 뒤로 계속해서 몇 사람의 무대가 이어졌다. 조금 전의 엉뚱한 공연을 잊은 객석에서는 여전히 환호와 갈채가 계속되고 있었다.

모든 순서가 끝나고 드디어 마지막 순위 발표의 순간이 왔다.

"두두두두두두두두……"

드럼 치는 소리가 긴장감을 더해 가고, 3등이 발표되자, 구부정하게 앉아 있던 할아버지가 청년처럼 허리를 세우고 일어나 아이처럼 무대 위로 뛰어 올라갔다. 1등이 발표되는 순간이었다. 모두의 긴장된 침묵 속에서 갑자기 낯익은 이름이 호명되었다.

"윤 건이! 우리 모두에게 그리운 고향의 봄을 기억나게 해준 소년입니다."

건이가 긴 뒷다리로 펄쩍 뛰어 무대 위로 오르자, 사회자가 건이의 어깨를 감싸 안았다. 그 모습을 억울하게 지켜보던 내 주먹은 벌벌 떨고 있다가 세상모르고 잠들어 있는 달이의 머리를 쥐어박고 말았다. 그때였다.

"언덕 마을의 해달별!"

우리의 이름이 호명되었다. 인기상이었다. 나와 별이는 흥분해서 무대 위로 뛰어갔지만, 아빠의 품에 안겨 잠이 든 달이만이 무대로 올라오지 못 하고 있었다. 사회자가 달이를 안고 있는 아빠에게 올라오라는 손짓을 했다. 아빠가 손사래를 치자, 사회자와 관객들의 호응이 시작되었다. 그 반응에 아빠는 얼떨결에 무대 위로 올라왔다. 아빠가 멋쩍은 미소를 띠고 머리를 긁적이며 무대 가운데로 걸어 나오자, 사람들은 아까보다 더 큰 환호를 보냈다. 어디선가, "병원 원장님이다", "아이고 우리 병원 원장님이네……" 아빠를 아는 반가운 목소리가 이곳저곳에서 들려왔다.

"귀여운 자녀들을 두셨습니다. 아버님 되시지요?"

사회자가 물었다.

"네에, 그렇습니다."

"자, 우리 잠든 막내 대신 자녀들과 노래 한 곡 하시지요?"

사회자의 갑작스러운 요청에 아빠는 손을 내둘렀지만, 또다시 시작된 관객들의 환성에 마지못해 마이크를 잡아야 했다. 아빠가 오늘 1등을 한 건이와 함께 앙코르 송을 부르겠다고 말하자, 건이가 아빠 옆으로 나왔다.

나는 한쪽 팔로 달이를 안고, 한 손으로 마이크를 잡고 있는 아빠의 얼굴을 바라보았다. 그날 아빠는 건이와 함께 무대의 주인공, 아니 당신 인생의 주인공이 되어 있었다. 아빠는 어른이 되어 가면서 잃게 될지 모를 순수함을 지키고자 노력했던 사람으로 나는 기억하고 있다. 당시 반백의 청년은 자녀들을 끌어안고 시골로 내려와 세상이 기대하는 삶이 아닌, 자신이 진정으로 원하는 인생을 살아내며 그런 삶의 방식을 우리에게 보여주고 있었다. 아빠는 그의 청년 정신을 삼남매를 안고 어쩌면 초라해 보일지 모를 반백의 홀아비가 이 무대 위에서 용감하게 노래를 부르고 있는 것으로 증명해 내고 있었다.

달이가 눈을 비비며 하품을 한 번 하더니, 아빠 품에서 토끼처럼 뛰어내렸다. 그리고 주변을 둘러보며, 갑자기 연습한 안무가 생각난 듯, 토끼 춤을 추기 시작했다. 잔뜩 신이 난 달이는 캥거루처럼 껑충껑충 뛰어다니며, 무대 끝에서 끝을 휘젓고 다녔다. 토끼에서 캥거루로 진화한 달이가 갑자기 무대 한가운데 멈춰 섰다. 그리고 다리를 마름모 모양으로 벌리고 서서, 한 손으로 이마를 쳐가며 개다리춤을 추기 시작했다.

그날 애틋한 가사가 모두의 마음을 울리는 무대 한가운데서, 다섯 살 꼬마는 땀이 나도록 이마를 쳐가며 다리를 흔들어댔다. 그때였다. 사람들 사이를 헤집고 무대 앞으로 누군가가 뛰어 나오는 모습이 보였다. 고불고불한 머리칼을 바람에 날리며 주근깨 가득한 소년이 손을 흔들었다. 내가 무대 위로 올라오라는 손짓을 하자, 줄이는 기다렸다는 듯이 계단을 성큼성큼 올라왔다.

해가 지자, 출연가수와 방송국 직원들은 방송국 차를 타고 노을이 내려앉는 아스팔트 너머로 사라졌다. 아빠는 우리를 끌어안았다. 바구니가 된 아빠의 팔에 줄이까지 들어오자 헉헉대던 우리는 팔에서 풀려나와서야 기분 좋은 숨을 몰아쉴 수 있었다.

"원장님! 노래 실력도 대단하십니다. 하하하."

뒤에서 누군가의 목소리가 들렸다. 뒤를 돌아보자, 별장 아저씨가 아빠 쪽으로 서둘러 걸어오고 있는 모습이 보였다.

"아아! 윤 회장님!"

그날도 머리를 왁스로 빳빳이 세운 아저씨는 갈색의 카디건 위로 트로피를 안고 있는 건이와 함께 우리 앞으로 걸어왔다. 아저씨가 아들의 어깨 위로 무거워 보이는 팔을 올리자, 건이가 다리의 중심을 잃고 잠시 휘청거렸다.

"우리 건이가 1등을 했어요. 이 영리한 녀석이 언제 준비했는지도 모르겠습니다. 하하하 기특한 녀석!"

아저씨가 아들의 어깨를 '툭'하고 건드리자, 건이는 잽싸게 한쪽 다리를 벌려 무게 중심을 잡았다. 그러더니 자못 여유로운 미소를 우리에게 지어 보였다.

비너스의 주인

우리 일행은 저녁을 먹기 위해 읍내 중심가에 있다는 돈가스 집으로 걸음을 옮겼다. 읍내에도 사람들이 붐비기는 마찬가지였다. 흰 얼굴을 선글라스로 가리고, 차양 있는 모자를 쓰고 있는 청바지 차림의 관광객들이 꽤 눈에 띄었다.

우리는 별장 아저씨를 따라 입구부터 담쟁이덩굴로 둘러싸인 이상한 식당에 들어가야 했다. 그 식당의 이름은 '비너스'였다. 안으로 들어가자 우리는 더 별스럽고 괴상한 풍경과 마주쳤다.

한마디로 지루한 정형미와 딱딱한 형식을 파괴한 곳이었다. 자유롭고 솔직한 느낌을 주려고 최선을 다한 흔적 또한 엿보였다. 어쩌면 자유를 넘어 방종에 가까워 보이기도 했다. 중구난방으로 놓여 있는 탁자와 어디선가 한 짝씩 주워 온 듯이 도저히 짝을 이룰 수 없는 의자들, 식당 중간에는 계절에 맞지 않게 먼지 쌓인 난로가 덩그러니 놓여 있었고, 유일하게 두 사람이 앉을 수 있는 빨간 소파가 바깥 풍경이 보이는 큰 창을 향해 앉아 있었다. 주인 아저씨 말에 의하면 연인들만이 앉을 수 있는 '사랑의 의자'라고 했다. 체크무늬 베레모를 쓰고, 파이프를 입에 물고 있는 주인 아저씨는 구레나룻을 쓰다듬으며 자신은 철학가이자 화가이고, 시인이며 음악가라고 소개했다. 그제야 나는 그 비밀 아지트 같은 식당 풍경을 이해할 수 있었다. 창가 옆의 기다란 테이블에 어른들이 자리를 잡고 앉자, 아빠도 탁자 모서리 부분에 의자를 끌어다 앉고는 달이를 무릎 위에 앉혔다. 아빠의 자리에서 내다보이는 풍경은 깎인 산자락이 훤히 드러나 서늘한 기운이 느껴지다 못해 을씨년스럽기까지 했다. 달이가 아빠의 팔에서 벗어나, 자꾸만 창가 쪽으르 가려고 하자 반백의 아빠는 달이의 이마에 당신의 이마를 맞대고 눈동자를 가운데로 모아 달이를 억지로 웃게 만들었다.

우리 네 명의 아이들은 한쪽 모서리만 둥글게 깎인 이상한 모양의 케이블에 앉았다. 그날 제일 신이 난 건이가 뿔테 안경을 올려 쓰며 말했다.

"야! 내가 1등을 했어. 히히히. 이 트로피는 우리 거실 중간에 있는 선반 위에 올려놓을 거야."

건이가 품에 안은 트로피를 쓰다듬으며 말했다. 겁쟁이 건이의 신상에 무슨 일이 있었던 것일까 나는 궁금했다. 책벌레 건이가 그동안 우리와 산과 들로 쏘다니다 정신이 이상해진 것은 아닐까? 소심하기만 한 건이가 무슨 배짱으로 노래자랑에 나갈 용기를 갖게 되었는지 모르겠다. 나는 홍조가 도는 얼굴이 제법 건강해 보이기까지 하는 건이를 주의 깊게 관찰하기 시작했다.

"내가 나갔으면 내가 1등 했을 거야."

줄이가 노래자랑에 대한 정보도 주지 않은 우리를 원망하듯 뾰로통한 목소리로 말했다. 건이는 미국에서 자기가 살던 지역의 날씨와 거리, 주변상가와 사람들에 대해 이런저런 이야기를 하다가 트로피를 안겨준 우리 마을이 최고라는 찬사로 마무리했다. 우리는 무심히 고개를 끄덕이며 탁자 위에 왕처럼 놓인 빛나는 트로피만 바라보았다.

"전에 산에 갔을 때 정말 좋았는데……"

건이가 고향 생각에 잠긴 노인들처럼 턱을 괴고 말했다.

그러자 줄이가 생각났다는 듯 산 중턱에 있는 터널과 그 주변을 흐르는 강에서 있었던 일, 그리고 따뜻한 물웅덩이에 사는 은백색의 물고기 그리고 처녀 귀신을 응징했다는 위대한 산골 총각의 전설 등에 대해 침을 튀겨 가며 이야기하기 시작했다. 자신의 전문분야에 대해 자랑스럽게 떠벌리는 줄이의 목소리에는 산골 매력에 대한 짙은 호소와 산에 가겠다는 건이의 말만 떨어지면 언제든 동참하겠다는 결의, 그리고 그동안 건이를 겁쟁이로 본 것에 대한 미안함이 담겨 있었다. 또한, 산에 대한 놀라움과 기대감, 혹은 황홀함으로 가득 찰 건이의 표정을 기대하는 눈치가 포함되어 있었다.

한참을 주의 깊게 듣고 있던 건이가 안경을 올려 쓰더니, 줄이의 기대와는 사뭇 다른 눈빛으로 우리를 바라보았다. 그때, 건이의 눈빛에는 어른들에게서나 볼 수 있는 깊은 성찰과 깨달음의 경지를 통과한 해탈의 눈빛 같은 것이 스쳤다.

"음…… 너는 사막에서 신기루를 찾아낸 듯이 설쳐대며 말하는데……, 있잖니? 세상을 살아가는 데는 지식이 필요해. 상상만으로 지식을 얻을 수는 없어. 순수한 사유만으로도 어떤 지식에 이를 수가 없어. 이론적인 분석이 따르지 않는 경험적인 사실만 가지고는 과학의 개념을 끌어내지 못해. 내 지식 안에서 내려진 판단과 개인적인 견해로는 너희가 발견한 것들은 과학이야."

줄기와 나는 동시에 서로의 얼굴을 쳐다보다가 다시 건이에게로 시선을 돌렸다.

"형도 그날 '신기하다. 신기하다' 그러면서 좋아했잖아."

"그동안 네가 산과 들로 뛰어다니며 감성이 풍요로워졌다는 사실은 부정하지 않겠어. 그러나 이제 너는 공부를 해야 해. 풍부한 상상력과 감성만으로는 이 세상을 이해하며 살아갈 수 없어. 어떤 문제에 대해 이론을 끌어내어 결론을 도출할 수 있는 능력을 키워야 한다는 뜻이야. 알았냐?"

건이는 어리둥절한 얼굴로 자기를 바라보는 줄이를 향해 검은 뿔테 안경을 올려 쓰며 말을 이어갔다.

"내가 집에 가서 백과사전을 찾아본 결과, 산 중턱에 있는 터널은 보조 여수로였어. 폭우가 쏟아질 때, 수문만으로 수위 조절이 불가능하게 되면 터널 같은 커다란 하수구, 즉 보조 여수로를 통해 방류해서 홍수 조절을 하는 거지. 이곳에 있는 댐은 수도권에 인접해 있기 때문에 댐의 기능이 상당히 중요해. 그러나 그 터널은 오랫동안 사용하지 않아 댐의 기능을 상실한, 그저 방치된 터널 하수구에 불과할 거야. 그리고 너희가 본 뜨거운 물에 사는 물고기는…….”

건이가 말을 끊더니 우리를 보고 물었다.

“혹시 물속에서 뽀글뽀글 방울이 올라오지 않디?”

“응! 맞아! 맞아! 정말 신기해!”

줄이가 엉덩이를 들썩이며 대답했다.

“세상은 워낙 신비로운 생명체가 많잖니? 생존 수온이 0에서 43도씨로 온도 적응 범위가 상당히 넓은 닥터피쉬라는 물고기가 있는데 하천 수역에 서식하거든. 그 물고기가 아닐까? 그리고 어쩌면 그 물은 온천수일 수도 있어. 누군가 개발하면 큰돈을 벌겠지? 마지막으로 처녀 귀신을 쫓아냈다는 멋진 총각은 조선 시대 인물인 임꺽정 이야기일 거야. 이 지역 근처에 고석정이란 곳이 임꺽정의 전설을 가지고 있지. 몰락한 농민과 백정, 노비들을 규합해서 지배층의 수탈정치에 저항한 조선 중기의 대표적인 의적이지. 아마도 그런 영웅의 이야기가 구전되어 오다가 사람들에 의해 처녀 귀신까지 합세해서 변형된 이야기 같아.”

건이가 손수건을 꺼내 이마에 맺힌 땀방울을 훔치더니 안경을 벗어서 닦기 시작했다. 줄이는 입을 반쯤 벌리고 앉아, 안경알에

“하아하아” 입김을 불어대는 건이를 바라보았다. 줄이의 눈동자에서 경외심으로 가득한 감정들이 떨어져 내렸다. 건이가 다시 안경을 쓰고 고개를 들자, 줄이가 식당이 떠나갈 듯이 고함을 질렀다.

“형! 건이 형! 진짜 대단하다. 나는 형이 겁쟁이인 줄만 알았어. 그런데 형은 사람들 앞에서 노래도 잘하고, 아는 것도 많고…… 형은 우리 선생님보다 훨씬 똑똑해…… 형은 정말 대단해. 그동안 몰라봐서 미안해. 혀엉!”

감정에 덧셈 뺄셈이란 게 없는 줄이는 건이의 양손을 하늘 높이 올려 잡고 진심 어린 찬사를 보내며 수선을 피워 댔다.

“사람은 공상에만 빠져 있으면 발전이 없어. 가설을 세우고 인과관지를 밝혀내는 연습과 훈련을 해야 해.”

나는 자신감에 넘치다 못해 거만한 미소를 짓고 있는 건이와, 건이의 한 마디 한 마디에 감탄해 마지않는 줄이를 바라보다가 건이에게 말했다.

“오빠 말이 일리가 있는 것 같기도 해. 집에 가서 나도 백과사전 찾아볼게.”

건기가 나를 쳐다보며 말했다.

“그런데 넌 오늘 같은 날도 남자처럼 입는구나. 달이는 나비넥타이도 맸던데…… 쯧쯧.”

‘아뿔싸!’

나는 옥이 아줌마와 내 머리 모양과 옷에 대해 의논한다는 것을 그동안 잊고 있었다는 사실에 대해 또다시 한탄해야 했고, 또다시 이마를 쳐야 했다.

어른들 사이에 가로놓인 벽, 그 벽을 허물 수는 없을까?

수수한 라일락의 향기로 가득하던 청순했던 봄날이 지나고, 짙은 녹음들 속에서 풀들의 향취를 풍기던 여름날의 열정도 사라졌다. 산은 이제 겨울을 대비한 마지막 잔치를 벌이고 있었다. 화려한 가을 산은 다채롭고 매력적인 빛깔만큼이나 풍성한 열매들을 토해냈다. 옥이 아줌마와 함께 덤불을 헤치고 밤을 주워오면 할머니는 주워 온 밤으로 약밥도 만들고 송편도 빚었다. 그리고 토실토실한 밤들은 겨우내 화로에 구워 먹을 간식으로 저장해 놓곤 했다.

가을이 깊어지자, 반대편 산 입구에는 등산하기 위해 도시 사람들이 몰려들었다. 산으로 올라가는 큰길 입구에 단체관광객이 타고 온 관광버스, 부부나 가족, 연인들이 타고 온 자동차나 자전거들이 길 입구를 막을 정도로 발 디딜 틈이 없었다. 그들은 산으로 올라가는 입구 옆 풀밭 위에서 준비해 온 도시락 김밥을 먹기도 하고, 빙 둘러앉아 노래를 부르고 손뼉을 치며 수건돌리기를 하기도 했다.

때로 그들은 호기심을 참지 못하고 등산로 반대편으로 한참을 걸어가야 나오는 동네까지 들어왔다. 그리고 그들은 약속이나 한 듯이 한쪽 팔로 느티나무를 끌어안고, 한쪽 다리를 올리면서 손가락으로 브이 자를 그렸고, 그러면 사진을 찍어주는 사람은 대체로 만족스러운 미소를 짓거나 '오케이' 사인을 보내며 셔터를 눌렀다. 또한, 그들은 도랑에서 졸졸졸 흐르는 물에서 빨래하는 여인들의 모습을 지켜보며 정취를 즐겼고, 구멍가게의 주인 아주머니와 거스름돈을 주고받으며 마을 입구에 있는 고목에 서린 이야기도 나누곤 했다. 또한, 젊은이들은 정자나무 아래 평상에 모여 앉아 부채질하며 담소를 나누는 어른들이나, 장기를 두는 노인들의 모습을 흡사 오래된 박물관에 걸린 그림이나 기념품처럼 쳐다보았다. 우리 삼남매 역시 그런 눈길을 피할 도리는 없었다.

우리는 그날 할머니가 주신 동전을 주머니에 넣고 짤랑거리는 소리를 들으며, 나지막한 담장이 골목길로 이어진 길을 걸어 구멍가게로 막 들어서고 있었다. 아까부터 우리를 지켜보던 웬 젊은 연인 한 쌍이 호기심이 가득한 눈빛을 반짝이며 우리에게 다가왔다.

"어머나! 귀여워라. 너희 여기 사니?"

어젯밤, 옥이 아줌마가 유난히 짧게 잘라준 앞머리 아래 넓은 이마를 드러낸 달이가 내 옆에 바짝 붙어 섰다. 자다 말고 급히 따라나서느라 할머니의 슬리퍼를 질질 끌고 나온 별이는 남자의 손에 들린 카메라를 황홀하게 쳐다보았다.

"네, 여기 살아요."

"어머, 너네 삼남매니? 너무 귀엽다. 꼭 박수근 그림 속에 나오는 애들 같다. 얘."

우리는 그날 60년대 그림 속의 주인공이 되어서 전쟁 후, 남편들을 대신해 일터로 뛰어든 우리의 어머니들을 위해, 동생들을 돌보는 누이가 되거나, 누이의 등에 업혀 손가락을 빨아대는 불우한 아이들의 이미지, 혹은 그들의 할머니에게서 들은 옛날이야기의 주인공이 되어야 했다.

그들은 우리가 빙과 하나씩을 입에 물고 돌아서 골목길을 지나, 돌다리를 건널 때까지 한참 동안을 다정한 눈길로 지켜보다가, 그 눈길은 문명의 혜택을 받지 못하고 자라는 우리에 대한 측은함으로 바뀌더니, 이내 자신들이 가진 환경과 수혜에 감사하며 룰루랄라 하고 돌아서는 것이다. 이제 그들은 도시로 돌아가서 또다시 매연과 업무와 공부에 시달리다 가끔 휴식 같은 우리를 떠올리며 미소를 지을 것이다. 시골 사람들은 그들의 노스텔지어에 자리한 박물관 그림이고, 관광지 기념품이며, 동화책 주인공들이었다.

"아빠! 우리는 왜 시골에서 살아요?"

그날 나는 아빠의 진료실 의자를 빙그르르 돌리고 앉아 지나가는 말인 양 아빠에게 물었다.

"그건, 시골에는 나무도 많고 하늘도 가까이에서 볼 수 있고, 밭에서 금방 딴 싱싱한 채소도 먹을 수 있고…… 좋지 않니?"

팔꿈치를 아빠 책상 위에 올려서 주먹 쥔 작은 손을 양쪽 귀에 대고 시무룩하게 앉아 있던 별이가 말했다.

"그래도 나는 서울에서 살고 싶어요. 저번에 아빠랑 줄이 형 선생님이랑 같이 갔던 놀이동산에 또 가고 싶어요. 그리고…… 그리고……."

별이의 아랫입술이 부풀어 오르다가 아래턱을 향해 축 처진다. 곧 울음이 터질 듯이 울먹거리며 겨우 말을 이었다.

"서울에서 햄버거도…… 먹고…… 싶고. 선생님이 사준 햄버거 말이에요."

"선생님? 엉? 아하! 하하하하하하…… 이 선생님 말하는구나. 요 녀석."

아빠가 고개를 갸우뚱거리며 기억을 더듬어내자, 그제야 생각이 난 듯 진료실이 떠나가게 웃음을 터뜨렸다. 아빠의 웃음소리에도 아랑곳하지 않고 별이는 책상 위로 겹친 양팔 위에 얼굴을 묻고 엉엉엉 울기 시작했다.

"어……엉엉…… 선생님도 좋은……데…… 어……엉……엉 아빠가 여자 친구 생기면…… 어 엉엉…… 우리 엄마는 어떻게……요…… 엉엉엉."

당황한 아빠가 별이를 일으켜 세우려고 했다. 그런데 팔에 힘을 잔뜩 준, 별이 녀석이 아빠를 강하게 거부하며 얼굴을 팔 안으로 깊이 파묻고는 도대체 나오려고 하지를 않는 것이다. 별이는 한동안 질질 짜며 겁먹은 거북이처럼 웅크리고 있었다. 그동안 아빠는 다정한 목소리로 계속해서 별이를 위로했고, 아빠는 별이의 정수리부터 등까지 뽀뽀해 주어야 했다. 평소에 엄마에 대해 거의 말을 하지 않던 별이었기에 아빠는 더 놀랐고, 그래서 더 진지하게 상황을 설명했고, 더 진실한 말로 위로했다.

"별아, 걱정하지 마. 그 선생님은 줄이 형 선생님이야. 줄이 형네 할머니가 아프시니까 걱정이 돼서 아빠랑 서울 병원에 같이 간 거야. 아빠는 우리 해달별이를 정말 사랑해. 앞으로도 영원히 말이다."

아빠의 마지막 말은 겁먹은 거북이를 안심시켰고, 거북이는 슬그머니 모가지를 빼고 나와 코를 훌쩍이며 아빠를 바라보았다.

그대였다. 문밖에서 현관문이 열리며 누군가 들어오는 소리가 들렸다. 가벼운 발걸음이 진료실 문 앞에 와서 멈췄다.

"계시나요?"

밝고 경쾌한 여성의 목소리가 들렸다. 별이의 머리를 쓰다듬던 아빠가 일어나서 문을 열자, 문밖에는 검은 머리의 웨이브가 물결처럼 넘실대는 젊은 여인이 서 있었다.

"어어…… 이 선생님 아니십니까? 연락도 없이 어쩐 일이십니까?"

여인을 보고 반갑게 인사를 하던 아빠가 뒤를 돌아 별이의 눈치를 살피기 시작했다.

"선생님! 요새 자주 뵙죠. 이 근처에 등산 왔다가 잠시 들렀어요."

선생님이 물결치는 긴 머리를 뒤로 젖히자, 여인의 화사한 얼굴과 흰 목덜미가 드러났다.

'아뿔싸! 큰일 났다. 울보 별이가 또 울게 생겼다.'

지난달, 어린이 대공원에 함께 간 줄이 선생님이었다. 하필 오늘, 이 시간에…… 피할 길도 없이.

'이런…….'

나는 별이를 슬쩍 쳐다보며 눈치를 살폈다. 그런데 이미 눈물이 마른 별이는 아무렇지도 않은 듯이 선생님과 아빠를 번갈아가며 쳐다보고 있었다. 아빠의 아까 그 진심 어린 말이 별이의 가슴에 진짜 별처럼 콕 박혔나 보다. 별이는 적잖이 위로를 받은 듯했고, 충분히 안심하고 있었다.

선생님은 우리에게 반갑게 인사를 하며, 콧물이 번진 별이의 볼에 뽀뽀 세례를 했고, 달이는 선생님의 풍만한 가슴에 얼굴을 묻어야 했다. 아빠와 선생님이 진료실에서 이야기를 나누는 동안, 삼남매는 주머니에 손을 찌르고 괜히 복도를 어슬렁거렸다.

얼마 후, 뒷문을 열고 들어온 옥이 아줌마가 별이와 달이를 데리고 집에 들어가자, 텅 빈 대기실은 미묘한 감정들이 기류를 타고 흘러다녔다. 두 분의 대화가 듣고 싶어서 마음이 조급해진 나는 진료실로 살금살금 다가가 문틈 가까이 귀를 댔다.

"그래도 괜찮으시겠어요?"

선생님의 부드러운 음성이 들려왔다. 선생님의 목소리에는 아빠에 대한 연민과 걱정이 담겨 있는 듯했다.

잠시 후, 아빠 특유의 저음이 이어졌다.

"할머니라도 잘못되는 날엔 아이는, 더 이상 갈 데가 없어요. 최선을 다해서 지켜내야 합니다."

"아이가 너무 안쓰러워요. 아빠는 몇 해 전에 사고사하셨고, 엄마에 대해서는 정확히 모르겠습니다. 가출한 상태로 기록되어 있기는 하지만……."

줄이의 얘기다. 사랑을 속삭이는 밀담이 아니었다. 나는 호기심이 커지면서 아예 문을 열고 들어가 함께 대화하고 싶은 충동을 억누르기 힘들었다. 그때였다. 그 순간 문이 덜컹 열리면서 나는 앞으로 쓰러지고 말았다. 그러면서 선생님의 물컹한 젖가슴에 머리를 파묻고 말았다. 가슴에서 무언가 울컥하고 올라왔다.

바다 위로 잔잔히 흐르던 물결을 몰아치는 바람이 집채만큼 높이 솟는 파도를 만들 듯…… 예기치 않은 사건이, 잊고 지낸 그리움을 순식간에 걷잡을 수 없는 슬픔으로 만들어 버리듯…… 그것은 알고 있지만, 어느 순간 터질지 예상할 수 없고, 품고 있지만, 어느 순간 깨질지 의식할 수 없는 무형의 두려움이었다.

더구나 몸서리게 안타깝고, 치 떨리게 두려운 것은 터지고 깨져도 그리움을 현실로 풀 수 없는 차가운 벽이 버티고 서 있다는 것이었다.

그러나 그날 그 벽 앞에 남겨진 무력한 아이는 제발…… 제발 잠시라도 좋으니 엄마의 젖가슴 같은 파도 속에 조용히 묻혀 있고 싶었다.

그런 감정을 실은 파도들이 무방비 상태의 아이에게 순식간에 닥쳐와 소용돌이치며, 울컥 눈물이 나게 하는 것이다.

"우리 해가 선생님이 좋나 보다. 선생님도 해가 참 좋단다."

선생님은 아무 말도 묻지 않고, 아무 말도 하지 않으며, 나를 바다 같은 품 안에서 오랫동안 안아주었다. 나는 파도가 치듯 심장이 뛰는 소리를 들으며 바다 안으로 깊이 잠겨 들어갔다.

그날은 아침부터 삼남매가 분주했다. 아빠와 함께 서울에 가기로 한 것이다. 우리는 학교에서 돌아와 오전 진료를 마치고 우리를 기다리던 아빠와 함께 서울로 향했다. 창밖으로 제법 선선한 가을바람이 들어왔다. 낮은 돌담길로 이어진 골목길을 지나고, 차는 마을 입구에 있는 관우물 옆을 지났다. 커다란 초가집 옆에 아직 열기가 식지 않은 잿불 속에서 감자 굽는 냄새가 차 안으로 들어왔다.

나는 이미 마당 가운데 불을 지핀 화덕 위에서 콩나물을 섞어 넣은 브리밥 익는 냄새에 익숙해 있었다. 그 냄새가 돌담을 넘어 골목길을 채워가는 풍경의 향취가 좋아지고 있었다. 이곳에서 우리는 서울에 드리워진 외로이 투병하던 엄마의 고독했던 삶의 그림자를 지워 갔고, 동네에 남겨진 우리를 향한 사람들의 안타까운 시선에서 벗어나, 자유로이 산과 들을 뛰어다니고 계곡을 헤엄쳐 다녔다.

시글에서의 삶을 온몸으로 받아들인 아빠의 회복은 우리에게도 아름다운 영향을 미쳤고, 이제 우리 가족의 생명력은 대지의 수액을 빨고, 하늘의 에너지를 마시며 따사로운 자연의 품 안에서 끈질기게 버티며, 힘차게 자라 갔다. 아빠는 자연으로부터 쏟아지는 영혼의 위로를 받으며 한 번 더 세상과 사람을 사랑하고자 했다. 우리를 지켜갔고, 삶을 살아내고 있었던 것이다.

열세 살이 된 아이는 아빠에게 어깨를 내어 주고 싶었다. 아빠의 힘이 되어 주고 싶었다. 놀이동산에 가는 일보다 더 중요한 아빠만의 일이 있음을 막연히 느끼고 있기에, 그 중요한 일에 아빠의 편이 되어 주고 싶었다. 그래서 꼬마는 놀이동산 입구에서 만난 이 선생님에게 별이와 달이를 맡기고, 아빠를 따라 서울병원으로 향했다.

아빠는 긴장할 때마다 오른손으로 턱을 괴고, 왼팔을 겨드랑이에 낀 채 걷는 버릇이 있다. 아빠는 그날도 그렇게 연구실 앞을 서성였다. 잠시 후, 문이 열리자 아빠가 걸음을 멈추고 고개를 들었다. 간호사 언니가 문을 열어주며 옆으로 비켜서자, 아빠가 내 손을 잡고 연구실로 들어섰다. 안으로 들어가니, 흰 벽과 철제 책상, 의학 서적으로 빼곡한 책장이 있는 전형적인 연구실이 나타났다. 시가지가 내려다보이는 큰 창 앞에 서 있던 선생님이 뒤를 돌아보았다. 뜻밖에도, 책상 앞으로 걸어 나오며 우리를 보는 그의 얼굴에 엷은 미소가 지어져 있었다. 아저씨가 우리에게 앉으라고 말하며, 자신도 검은색의 넓고 푹신한 소파 안으로 몸을 숨기듯이 들어갔다. 한 손으로 턱을 받치고 등받이에 다른 팔을 비스듬히 올리고 앉아 있는 그의 모습에서 근심과 갈등의 그림자가 얼핏 비쳤다. 우리는 모두 어색해하고 있었다. 아저씨가 한 손으로 입을 가리고 헛기침을 하더니 허리를 세우고 앉아 아빠를 쳐다보았다.

"한 선생! 큰딸인가 보군. 그새 많이 자랐어. 아주 총명하고 영특해 보이는군. 자넬 닮았나 보네."

"씩씩하고 건강하게 자라줘서 감사할 뿐이지."

나를 내려다보는 아빠는 다행히도 밝게 웃고 있었다. 둘 사이에 흐르는 어색한 냉기류를 중화시키려는 듯이 선생님은 커피를 마시며, 주변 인물들의 안부를 전해주고, 묻기도 하며 잠시 시간을 지체하고 있었다.

드디어 본론으로 들어가기 위해 준비하는 어른들만의 자세가 나오기 시작했다. 선생님은 손에 들고 있던 커피잔을 탁자 위에 내려놓고, 의자 깊이 들어가 앉아 소파 팔걸이에 손을 올렸다.

"자네가 보내온 소견서 잘 받았네."

"가인적인 의견일세. 자네는 어떻게 생각하나?"

"우리 병원에서 환자에게 내린 처방에 대해 미덥지 않은 모양이더군. 어떤 근거를 가지고 그런 소견서를 작성했는지 궁금하네. 한 선생!"

아빠가 허리를 세우고 다리를 고쳐 앉더니 평소보다 한 톤 높은 어조로 대답했다.

"환자는 오랫동안 고혈압을 앓았고, 그동안 우리 병원에서 치료를 받았네. 6년 전에 뇌에 양성종양이 발견되었으나 그동안 몸에 어떤 이상 증상도 발견되지 않았어. 더구나 종양의 크기는 6년

전이나 지금이나 차이가 없네. 단지 환자의 왼쪽 얼굴의 마비증
상이 종양 때문이라고만 보기에는 여러 미심쩍은 정황들이 나타
나고 있지 않나? 잡혀 있는 수술 일정을 취소하고, 처음부터 다시
원인을 밝혀 주기를 바라네."

의자 안으로 깊이 들어가 있던 선생님이 허리를 세우고, 아빠
를 향해 몸을 기울였다. 둘의 얼굴이 가까워졌다. 언뜻 보면 친한
친구 사이인 듯 보였다. 둘이 미소만 짓고 있었다면 말이다.

"자네가 우리 병원을 떠난 게 몇 년이나 되었는지 기억하나?
자넨 지금 대한민국 최고의 의료진이 내린 처방을 믿지 못하고 있
군그래. 우리 병원에서 허위 진단서라도 작성했다는 건가? 아님,
우리 병원이 오진이라도 했다는 건가?"

선생님의 목소리가 조금씩 떨리기 시작했다. 그러자 아빠가
나를 보며, 잠시 나가 있으라고 말했다. 나는 주춤거리고 일어나
조심스럽게 문을 열었다. 다행히 문밖에는 아무도 없었다. 나는
얼른 문틈에 귀를 갖다 댔다.

"여긴 자네가 근무했던 대한민국을 대표하는 병원이야. 최고
의 병원에서, 최고의 의료진에 의해 병명은 밝혀졌네. 더 이상 이
문제에 대해서 거론하지 말게."

"병원을 음해하거나, 권위에 도전하거나, 의료진을 무시하는
것이 아니야. 자네 병원의 연구 결과로 얼마나 많은 사람이 회복

되고 완치되었나? 그 중심에 자네가 있다는 것은 이미 언론을 통해서 알고 있어. 그런 자네의 연구 실적을 존중하네. 그러나 내 환자에 대해서만은 의심쩍은 부분이 있는 것도 사실이야. 현재 환자의 종양은 수술하기에 매우 위험한 곳에 있다는 것을 자네가 더 잘 알지 않나? 명확한 원인을 밝혀내지도 않고 수술을 한다는……."

아빠가 미처 말을 마치기 전에 선생님의 목소리가 들렸다.

"그 환자가 자네 병원 환자라고 했나? 자네가 그 시골구석 동네 의원에서 무슨 진단을 내리고, 어떻게 처방한다는 거야. 기껏해야 감기 환자나 볼 자네가 말일세. 그 얄팍한 감성은 여전하구먼. 의사는 말일세. 주제 파악부터 해야 하네. 능력이 안되면 능력 있는 의사에게 일임하게. 한 생명이 의사의 손에서 죽을 수도 있고, 살 수도 있다는 걸 아직 모르는 것 같군."

흥분한 선생님의 목소리가 점점 커지고 있었다. 아빠의 자존심을 갈기갈기 찢는 날카로운 목소리가 끝나자, 기다렸다는 듯이 아빠의 목소리가 이어졌다.

"알고 있네. 주제 파악! 그리고 환자의 생명에 대한 의료진의 책임도! 흰 가운을 어색하게 차려입고 실습실로 들어온 첫날, 우리는 법률이나 의료법보다 우선은 환자의 생명이라 배웠네. 더구나 병원의 이익이나 권위가 불쌍한 환자의 생명을 앞서 갈 수는 없어. 지금 환자는 이 병원 의료진을 하늘같이 믿고 수술받을 날 짜를 기다리고 있네. 환자의 의무를 다하고 있지. 환자의 권리도 존중해주게. 자네는 잊었을지 모르나 나는 생생히 기억하고 있어. 자네의 환자에 대한 애정과 헌신을 말일세…… 그때, 자네는…… 눈부셨어."

호소하듯 말하는 아빠의 마지막 말은 울먹임처럼 들렸다. 선생님은 한동안 말이 없었다. 그리고 잠시 후, 선생님의 목소리가 희미하게 들리는가 싶더니, 갑자기 등 뒤에서 문이 열리는 소리가 들렸다. 황급히 뒤를 돌아보니, 간호사 언니가 어색한 미소를 짓고 서 있었다.

나는 당황하여 얼른 창가 쪽으로 걸어갔다. 창밖의 거리에는 찻길 사이로 시원하게 뻗은 가로수가 나 있었다. 이제 막 가을의 색으로 변하는 가로수 사이를 크고 작은 차들이 바삐 움직이며 도심 속 이곳저곳으로 흩어지고 있었다. 그때, 어린 나의 눈에도 거리는 참 많이 변해 있었다.

사람도 변하겠지. 길도 차도 집도 바뀌는데 사람만 변하지 않으면 이상한 일이다. 어릴 때 엄마가 읽어주던 동화에는 아름다운 사람들이 만들어 가는 세상에 대한 이야기들로 가득했다. 책을 선정할 수 있는 나이가 되면서 읽게 된 책에는 불의에 대항해 승리한 영웅들이 있었다. 그러나 어른이 되면서 내가 부딪힌 세상은 동화의 아름다운 이야기들과 책의 이론이 말하는 진실을 뒤집었다.

어른이 된다는 것은 우리 삶에서 발생하는 이해 불가한 현상, 곧 정의만으로는 세상을 바꿀 수 없다는 사실을 인정하는 것같았다. 그것을 이해하는 과정의 골이 깊고 험해서 고통의 몸부림이 아무리 클지라도, 모든 것은 신의 뜻대로 움직인다며 낙관할지라도, 혹은 그 믿음이 무기력이나 태만함에서 기인한 것이라 비판할지라도 모두에게 고통이 수반되는 과정은 같을지 모른다. 어떤 절박한 필요에도 신의 다정한 손길이 외면할 수 있고, 정의가 실현되지 않을 수 있는 현실을, 체념하거나 냉정해지거나 혹은 관대해지는 과정 말이다.

잠시 후, 연구실의 문이 열리자 약간은 지친 듯한, 무거워진 눈꺼풀을 올리며 나를 찾는 아빠의 모습이 보였다. 나와 눈이 마주친 아빠는 그제야 안도한 듯, 등을 문에 기대고 서서 눈을 감고 관자놀이에 손을 올렸다. 간호사 언니가 헛기침을 하자, 아빠는 눈을 뜨고 몸을 추슬렀다. 우리는 쓸쓸한 걸음으로 계단을 내려가 냉랭한 기운이 감도는 병원 밖을 나섰다. 아빠는 가로수 너머로 한 조각 드러난 하늘을 올려다보았다.

나무들 사이로 차가운 바람이 불어왔다. 아빠가 우리가 살던 동네를 한 바퀴 걷자고 했다. 손을 들고 건너다니던 건널목은 사라졌고, 찻길 위로 육교가 나 있었다. 우리는 육교를 걸어 내려와 좁은 골목길로 들어섰다. 출입문이 골목으로 나 있던 집들의 모습은 여전했다. 어떤 집은 열린 창틈으로 텔레비전 소리가 새나왔고, 몇 집은 녹슨 자물쇠로 굳게 잠긴 채 인기척이 없었다. 이 골목길은 낮이면 우리들의 놀이터가 되었고 석양이 질 무렵에는 동네 아주머니들의 사랑방이 되곤 했다. 골목 모퉁이에 있는 구멍가게도, 언제나 그 앞에서 골목길을 감싸듯이 서 있던 고목도 여전했다. 아빠와 나는 한동안 가게 앞에 서 있었다. 빛바랜 파라솔 아래에 앉아 있던 아주머니 한 분이 부채질을 하다말고 우리를 유심히 지켜보았다. 그 눈길을 느낀 아빠가 얼른 내 손을 잡고 아주머니를 지나 연립주택이 있던 자리로 걸어갔다. 그러나 그곳에는 아무것도 없었다. 단지 튼튼하게 세워진 철근들 사이로 바쁘게 흙을 이어 나르는 인부들만 있을 뿐이었다. 그 앞에 단발머리를 찰랑거리며 소녀 같은 미소를 짓고 있는 엄마가 우리를 바라보고 서 있는 것 같았다. 우리는 서글픈 미소를 흘렸다. 어긋난 소망에 대한 미련을 품고 현재에 서 있던 우리는 과거에 머물러 여전히 화사한 웃음을 짓고 있는 엄마와 그렇게 마주 보고 서 있었다.

아빠와 나는 집터 뒤, 돌계단을 올라 소나무 숲으로 이어진 산길을 올라갔다. 나는 꿈을 꾸는 것 같았다. 초록 빛깔이 짙은 소나무 숲은 여전했다. 송진 냄새가 코끝으로 들어오며 퍼뜨리는 맛도 여전했다. 나무 사이를 날아다니는 새들의 소리도, 반짝이는 이파리들 사이로 퍼져가는 숲의 향취도 여전했다. 우리의 볼을 스치고 하늘로 날아가는 바람의 느낌도 여전했다. 산속 할아버지의 말처럼 산과 나무는 변하지 않았다. 변하는 건 사람뿐이었다.

4. 제발… 소원이 이루어지기를…

한밤중이었다. 갑자기 "쾅!"하는 소리가 들렸다. 폭풍이 지나 갔나 싶을 만큼 큰 굉음에 나는 잠에서 깼다. 이불을 걷어차고, 문을 열고 나가보니 아빠가 급하게 계단을 내려가는 모습이 보였다. 나도 얼른 점퍼를 꺼내 들고 아빠를 따라가며 다급히 물었다.

"아빠! 아빠! 무슨 일이에요?"

아빠가 마당으로 뛰어가다 말고 나를 돌아보았다. 흥분한 아빠가 상기된 얼굴로 내게 말했다.

"줄이! 줄이…… 줄이 할머니가 쓰러지셨다는구나!"

아빠는 따라가는 나를 말릴 새도 없이 돌다리로 달려갔다. 우리는 차를 타고 외로운 골짜기로 달리기 시작했다. 포장이 끝난 도로가 끝나자, 아빠는 오직 헤드라이트의 불빛과 그날 유난히도 선명했던 별빛만으로 목동처럼 길을 찾아야 했다. 바짝 마른 입술

을 깨물고 있는 아빠의 이마에 송골송골 땀방울이 맺혔다. 어느새 골짜기가 끝나고 어디선가 뚝 떨어진 듯이 홀로 서 있는 농가 한 채가 보이기 시작했다. 차가 마당 안으로 들어가자, 마루에서 맨발로 뛰쳐나온 줄이가 아빠의 팔을 잡았다.

"아저씨! 아저씨이! 하아아…… 하아알머니가…… 숨을 안 쉬어요. 쓰러지셨는데…… ."

줄이는 눈도 껌벅이지 않은 채 초점 없는 눈동자를 가까스로 아빠에게 맞추며 가쁜 숨을 몰아쉬었다.

"그래! 그래! 알았다. 줄이야…… 그래!"

아빠는 신발을 벗어 던지고 방안으로 들어갔다. 방안에는 쓰러져 있는 할머니가 몸이 빳빳하게 굳은 채 눈을 치켜뜨고 경련을 일으키고 있었다. 아빠가 할머니의 눈동자를 확인하자, 동공은 무심히 허공만을 응시했다. 아빠가 나무토막처럼 굳어진 할머니를 둘러업고, 마당으로 급히 뛰어 나갔다. 줄이가 차의 뒷문을 열자, 나는 들고 있던 아빠의 신발을 바닥에 내동댕이치고, 아빠와 함께 할머니를 뒷좌석에 눕혔다. 아빠는 할머니를 차에 태운 후에야 숨을 내쉬더니 흙바닥에 나뒹구는 신발에 겨우 발을 맞췄다. 나와 줄이는 아빠의 옆자리로 함께 들어갔다. 차가 골짜기를 빠져나와, 읍내를 지나서, 도립 병원으로 갈 때까지 줄이는 돌아앉아 비틀어진 입술 사이로 무슨 말인가를 끊임없이 중얼대는 할머니를 바라보고 있었다.

차가 도립병원 응급실 앞에 멈춰 서자, 이미 연락을 받은 병원 직원들이 우리 차로 달려와 뒷문을 열었다. 건장한 체격의 한 남자가 할머니를 업고 안으로 들어가자, 아빠도 허겁지겁 그 뒤를 따라서 들어갔다. 그리고는 우리에게 응급실 밖에 있는 대기실 의자를 가리키며 앉아 있으라고 말했다. 아빠는 응급실 안으로 서둘러 들어가, 할머니의 상태를 확인하는 젊은 의사에게 급하게 무언가를 말하기 시작했다. 심각한 표정의 아빠는 간간이 머리를 흔들며 말하다가 손등으로 턱을 받치고 고개를 숙인 채, 상대 의사의 말에 귀를 기울이기도 했다. 그러다가 돌아서는 젊은 의사의 어깨를 잡고 계속해서 그를 설득하려 했다. 그러나 단호한 표정의 젊은 의사는 고개를 좌우로 흔들며 차갑게 돌아서 버렸다. 아빠는 공중전화 부스로 들어가 어딘가로 전화를 걸기 시작했다. 나는 의자 옆에 서서, 양손을 꼭 쥐고 앉아 있는 줄이를 내려다보다가 통화를 하는 아빠에게 조심스레 다가갔다.

"김 선생! 혈압약을 바꾸다니 말이 되나? 적어도 내게 한 번쯤은 물었어야 하지 않나? 혈압약에 대한 이상 반응인 것 같네. 어서 이 병원으로 전화해서 자네 병원에서 처방한 약을 복용하지 못하도록 하게."

언제나 침착하던 아빠가 분개하고 있었다. 아빠는 전화기를 내려놓고 다시 응급실 안으로 들어갔다. 나도 아빠의 뒤를 따라서 들어갔다. 아빠는 내가 투명 인간이 된 것처럼, 나를 의식하지 못하고 있었다. 아빠가 담당 의사를 향해 물었다.

"환자가 치료받고 있는 병원 담당의와 통화하셨습니까?"

"네, 병원에서 연락을 받았습니다. 환자가 수술받기 전까지, 종양으로 인한 쇼크가 재발하지 않도록 입원시키라고 하셨습니다."

젊은 의사는 사무적인 목소리로 담담하게 말했다. 아빠의 아랫입술이 바들바들 떨렸다.

"그동안 환자는 쇼크로 인해 죽을 수도 있습니까?"

아빠가 묻자, 담당의는 차트만 들여다볼 뿐 대답이 없었다. 아빠는 가져온 서류가방에서 검은색 필름을 꺼내어 의사의 눈앞에 들이대듯 펼쳐 보였다.

"환자의 종양 부위를 찍은 필름입니다. 당신 가족이라면 이 상태라도 수술을 권하겠습니까? 어떤 의사도 이 정도라면 자신의 가족을 수술시키지 않을 겁니다. 수술하기 위험한 부위란 건 선생님도 아시지 않습니까? 쇼크의 원인은 다른 곳에 있습니다. 분명히 말하지만, 환자가 오늘 밤 일으킨 발작은 약으로 인한 이상 증상이 분명합니다."

화면의 볼륨을 높인 듯이 아빠의 목소리는 주변 사람들이 다 쳐다블 정도로 커져 있었다. 담당의는 차트에서 눈을 떼고 아빠를 바라브며 대답했다.

"우리는 3차 병원에서 인계받은 대로 처방할 뿐입니다!"

젊은 의사는 급히 문을 열고 나가 버렸다. 문밖에서 휑한 바람이 병실 안으로 들어왔다. 차가운 바람이 들어오는 문밖에는 눈에 눈물을 가득 머금은 작은 소년이 우리를 바라보고 있었다. 호랑이를 피해 도망가다 막다른 길에 몰린 토끼처럼 소년의 어깨는 축 처져 있었고, 얼굴은 희망의 빛을 상실해 있었다.

"눈에 먹구름이 가득하구나. 줄아, 이리 오렴."

아빠가 힘겨운 듯이 팔을 들고 줄이에게 손짓을 하자, 줄이는 조금도 주저하지 않고 병실로 뛰어들어와, 아빠의 넓은 가슴에 안겼다. 작은 아이는 그제야 참고 있던 울음을 터뜨리고 말았다. 줄이도 울고, 나도 울었다. 할머니는 손자의 모습을 보시는지, 손자의 울음소리를 들으시는지 여전히 초점 잃은 시선을 천정에 고정한 채, 의미 없는 말들만 중얼대고 있었다.

다음 날 아침, 우리 병원에서 환자가 입원해 있는 동안, 일을 도와주시는 교회 집사님 두 분이 병원에 오셨다. 아빠는 그분들께 할머니의 간호를 부탁한 후, 우리를 태우고 집으로 향했다. 집으로 가는 내내, 줄이는 뒷좌석에 앉아 유유히 지나가는 창밖의 풍경만을 바라보고 있었다. 열린 창문에서 가을바람이 들어와 그나

마 답답한 마음을 시원하게 해주었다. 아빠는 다른 생각에 빠져 내 말을 듣지 못하고, "응? 뭐라고 했니? 미안하구나." 이렇게 몇 번이나 말해야 했다. 어느새 차가 느티나무 아래에 다다르자, 줄이는 내리고 싶은 마음이 없는 듯 차의 손잡이를 잡고 머뭇거렸다. 아빠가 줄이에게 진료를 끝내면, 집으로 데려다 주겠다고 안심을 시킨 후에야 줄이는 힘없이 문을 열고 밖으로 나왔다.

나는 집에 도착하자마자, 가방을 챙겨 들고 자전거를 타고 학교에 갔다. 수업을 듣는 내내 할머니의 일그러진 얼굴이 머릿속에서 떠나지 않아 애써 그 모습을 지우기 위해 자주 창밖을 내다보아야 했다. 수업을 마치고 집으로 돌아와 병원 앞마당에 자전거를 세워놓았다. 급한 마음에 문을 박차듯이 열고 들어가자, 병원 안은 지난밤에 있었던 일이 무색하리만큼 평온하고 고요하기만 했다. 안채의 마루로 연결된 문만이 반쯤 열려 누군가가 있음을 느끼게 할 뿐이었다.

병원 안에 흐르는 보드라운 정적을 깨뜨릴세라, 나는 살그머니 문을 열어 조심조심 마루로 올라갔다. 안채의 입원실에서 낮고 조용한 목소리가 가만가만 들려왔다. 나는 소리가 나는 입원실로 발걸음을 옮겼다. 병실 안에는 팔에 주삿바늘을 꽂고 힘없이 누워 있는 작은 아이가 있었다.

줄이의 머리맡에 앉아 있던 아빠가 인기척을 느꼈는지 뒤를 돌아보더니, 나를 향해 팔을 활짝 내밀었다. 나는 그제야 들고 있던 가방을 마룻바닥에 던져놓고 아빠에게 뛰어들어갔다.

"고생했다. 너희 둘 때문에 내가 할머니를 병원에 모셔다 드릴 수 있었단다. 고맙구나. 얘들아."

아빠의 말은 힘을 잃은 듯이 낮고 조용했지만, 그 말은 아빠가 우리를 깊이 신뢰하고 있음을 알게 해주었고, 우리 같은 아이들도 어른들에게 의지가 되고, 힘이 될 수가 있음을 어렴풋이 느끼게 해주었다.

줄이는 우리의 집에서 지내며, 시간이 날 때마다 할머니의 병원에도 함께 갔다. 그러나 바람과 달리 할머니의 병세는 빨리 호전되지 않았다. 그럴 때마다 실망하는 줄이의 모습을 보며 나 역시 우울한 시간을 보내야 했다.

그러던 어느 날, 토요일 오전 수업을 마친 후, 할머니의 병원에 가기로 약속한 날이었다. 돌다리를 막 건너려는데 느티나무 아래에 낯선 승용차 한 대가 주차 된 모습이 보였다. 돌다리를 단숨에 건너와 집에 오니, 아니나 다를까 마루 밑에 낯선 신발 한 켤레가 놓여 있었다. 과일 접시가 담긴 쟁반을 가지고 계단을 오르던 옥이 아줌마가 나와 마주치자, '쉬잇'하며 집게손가락으로 입을 막았다. 나도 아줌마를 따라 까치발로 2층 계단을 밟아야 했다.

우리에게 등을 보이고 앉아 있는 아빠의 맞은편에 점잖은 신사의 얼굴이 보였다. 아빠처럼 금테 안경을 쓰고 반듯하게 머리를 정리한 신사는 지난번 병원에서 만난 아저씨였다. 아줌마가 과일과 차를 식탁 위에 올려놓고 내려가는 사이 나는 책장에 꽂힌 책을 꺼내어 거실 구석에 놓인 의자에 가서 앉았다. 내가 있다는 것을 눈치채지 못한 두 분의 대화는 계속 이어졌다.

"자네 병원에서 환자들에게 처방하는 혈압약의 제조 회사가 CM이더군. 세계적인 제약회사지."

아빠의 차분한 말소리가 약간은 냉정하게 들려왔다.

"무슨 말을 하고 싶나?"

아저씨의 목소리는 유리잔에 금이 갈 때 나는 소리처럼 차가웠다.

"CM에서 제조한 약에 부작용을 호소하는 환자들이 간간이 있다는 걸 모르나?"

아빠는 여전히 침착함을 잃지 않았지만, 아저씨는 상당히 당황하고 있는 듯했다.

"나는 내 환자를 위해서 분명히 알아야겠네."

아저씨는 의자 뒤로 몸을 빼더니 얕은 숨을 내쉬었다.

"심순분님은 이제 우리 병원의 환자가 되었고 지병에 관한 모든 약을 조절해서 처방해야 한다는 걸 자네가 모르는 건 아니겠지? 자칫 약이 중복될 경우, 함께 복용하면 위험을 유발하는 약들이 있기 때문 아닌가?"

"지금 환자가 일으키는 발작이 종양 때문이라고 보나? 6년 전에 밝혀졌던 종양은 그동안 커지지 않았고, 지금까지 그것으로 인해 환자의 몸에 어떤 이상 증상도 없었네. 종양을 제거해도 안검하수증이 회복되지 않는다면…… 혹은 수술을 받다가 사망하게 된다면…… 환자는 갑상선 호르몬 저하로 인해 안검하수가 생긴 것이 분명하다고 보네. 당장 내분비내과로 옮겨 환자를 다시 진단하도록 하게."

"이번 학회에서 발표하기로 결정되었네. 이번 케이스를 채우지 못하면 더 이상 전공의도 받을 수가 없어."

"학회에 발표하기 위해서? 전공의를 채우기 위해서? 그렇다면 자네의 욕심 때문에? 김 선생은 자신의 실력을 과대평가하는 것 같군. 학회에서의 존재감을 그렇게 느끼고 싶나? 불쌍한 환자는 그런 자네의 욕망에 억울하게 희생되어야 하나? 환자의 수술 성공 가능성을 얼마나 두고 있지?

아빠의 목소리가 떨렸다. 아저씨는 처음과는 달리 점점 힘을 잃어 가고 있었다.

"완치를 예상하고 수술하는 의사도 있나? 자네는 여전하구먼. 여전히 멀었어."

"우리 병원의 환자가 된 이상, 혈압약은 CM 제품을 처방할 수

밖에 없어. 이 약으로 인해 병이 호전되고 있는 사람은 수없이 많아. 만약 자네가 계속해서 이런 식의 억지 주장을 한다면 자넨 지금 CM이라는 거대기업을 의심한다는 거야.”

“그 약으로 인해 병이 호전되는 환자들도 있겠지, 그러나 그 약의 부작용도 발생하고 있다는 걸 잊지 말게. 그 부분을 모르는 척하지 말게. 다시 한 번 말하지만 먼저 수술일정을 미루고, 환자를 내분비내과로 옮겨주게.”

아빠와 아저씨 사이에 건널 수 없는 강이 흐르는 것 같았다. 누가 먼저 쪽배를 띄우고 노를 저어 건너편 강 둔치에 닿을 수 있을까?

한동안 말이 없던 아저씨가 굳게 닫고 있던 입을 열었다. 다시 차분하게 돌아온 아저씨의 목소리는 아빠 안의 감성, 그 약하고 보드라운 부분을 건드릴 듯이 위태로웠다.

“자네가 병원에서 적응하지 못하고 방황하던 날들을 기억하고 있네. 이곳에서는 잘 적응하는 듯 보이는군.”

“난 만족스럽고, 행복하네.”

“그럼, 자네 자녀들도 행복해할까? 아빠 때문에 어린 자녀들이 이곳으로 끌려온 것은 아닌가? 자네는 이곳에 살면서 자녀들에게 얼마만큼 훌륭한 교육환경을 제공해 줄 수 있지? 얼마만큼의 문화생활을 하도록 배려할 수 있나? 자네만 마음을 바꾸고, 다

시 우리 병원으로 들어온다면 자네 자녀들도 지금과는 비교할 수
없는 환경에서 교육받고 문화혜택을 받을 수 있어.”

당당했던 아빠가 갑자기 허공으로 시선을 돌려버렸다. 옆모습
이 살짝 드러난 아빠의 표정에 무거운 책임감이 그늘져 들어왔다.

‘아빠랑만 같이 있으면 우리는 어디에서 살든 행복해.’

‘아빠!’라는 이름 하나만으로 우리는 세상을 다 얻은 거니까.
아빠와 함께 있는 이 세상이 얼마나 든든한지를 알기 때문에, 엄
마가 있었다면 평생 알지 못했을 아빠의 가치를 알기 때문에…….

나는 아빠에게 뛰어가 아빠를 안아주고 싶었다.

“얼마 전에 우연히 텔레비전에서 자네 가족이 함께 노래하는
모습을 봤어. 그것이 이곳에서 자네가 해 줄 수 있는 유일한 문화
생활인가?”

허공으로 시선을 돌리고 있던 아빠가 다시 아저씨를 바라보
았다.

“이곳이 내가 해 줄 수 있는 최선의 곳이야. 때가 되면 아이들
이 원하는 곳을 선택하겠지. 나는 스스로 선택할 수 있는 지혜를
갖도록 지켜봐 주고…….”

아빠가 말했다.

“자네가 어떻게 생각할지 모르지만 난 최선을 다해서 내 환자
들을 돌보고 있어. 내 진심과 그동안 이룬 성과까지 간과하진 말

게."

아저씨가 말했다.

"알고 있어. 자네니까 이런 말도 할 수 있고."

아빠가 아저씨의 어깨를 치며 대답했다.

"자네 어디 한번 말해 보게. 60억 인구가 각기 다르듯이 체질도 달라. 모든 사람에게 완치를 보장하는 약은 세상에 없어. 앞으로도 없을 걸세. 어떤 사람에게는 치료 효과를 주는 약이 또 다른 사람에게는 이상 반응을 일으킬 수도 있네. 모든 사람을 완치하는 완전한 신약! 차라리 불로장생약을 만들면 어때. 그 신기루를 찾을 텐가? 어디 한번 찾아보게. 한 선생! 웬만한 건 덮고 가게! 세상의 흐름에 따라 살게나. 제발 좀, 사회의 변화에 익숙해지게! 사회의 요구대로 살면 모두가 편하지 않나? 조선 시대에도 충직한 신하가 유배되고, 청렴한 선비가 굶기도 했지. 제발 적당히 살게!"

안경 너머로 아저씨의 눈빛이 반짝였다.

"……자네 뭐가 그리 두려운가? 순간적인 실수로 인한 오진이었음을 인정하는 그 한 마디가…… 그리도 겁이 나나?"

작은 목소리로 흐느끼듯 말하는 아빠의 목소리는 슬퍼하는 짐승의 몸부림, 작은 절규와도 같았다. 그런 아빠의 목소리가 계속 이어졌다.

"우리…… 정말로…… 편하게 살면 안 될까? 세상의 흐름이 아닌 자연의 흐름대로 말일세. 실수할 수 있는 연약한 사람임을 인정하면 안 될까? 의사는 신이 아니지 않나. 무슨 체면이 그리도 중요한가?"

"CM은 우리 병원에 엄청난 연구비를 지원하고 있어. 그 덕분에 우리나라 의료계가 획기적으로 발전하고 있고, 사람들은 그런 연구 결과로 놀랍게 치료되고 완치되고 있어. 그 대단한 업적을 자네가 무시할 수는 없지."

아저씨의 목소리가 자못 진지해졌다.

"내게는 그 눈부신 결과보다 내 이웃의 건강이 더 걱정되네."

"나는 우리나라의 의료기술이 선진국 이상으로 발전해 가기를 바라네. 그것이 내 사명이고 의무야."

다시 흥분한 아저씨의 목소리가 이어졌다.

"인정하는 그 한마디? 말이야 쉽지. 혹여나 약의 부작용에 대해서 말하고, 오진을 인정한다면, 앞으로 내 환자들이 과연 나를 믿겠나? 그동안 그 약을 복용해 온 환자들이 경미한 이상 증세만 보여도 부작용이니 뭐니 하며 나를 고발한다고 하겠지. 조금만 증상이 심해져도 오진이라고 할 걸세. 세상은 그동안 우리의 노력과 헌신으로 이만큼 발전한 의료기술에 대해서는 까맣게 잊고, 실수를 보란 듯이 떠벌리며 나를 거짓말쟁이로 몰겠지. 난 그게 두려워. 나 역시 세상 사람들이 두렵네. 그동안 쌓아 올린 내 노력, 내

업적, 내 이미지가 한꺼번에 무너지는 게 말일세."

"자네가 실수했어도 자네는 여전히 훌륭한 의사야. 잘하려는 과정에서 생긴 실수는 누구든 용서하네. 일부러 그런 게 아니지 않나?"

갑자기 아저씨의 얼굴에 흐릿한 홍조가 돌았다. 드디어 아빠의 입술에도 미소가 지어졌다.

"김 선생! 나는 홀어머니 밑에서 외롭게 자랐네. 열등감으로 가득한 소심한 산골 소년이었어. 나는 의사가 되면 열등감이 없어질 알았네. 결혼하면 사라질 줄 알았어. 아이들이 태어나면 모든 것이 완벽해질 줄 알았네…… 그런데 아내가 떠난 후, 힘겹게 쌓아올린 모래성이 무너져 내리는 기분이었지. 학벌, 명예, 돈 무엇으로도 내 안에 있던 열등감은 사라지지 않는 걸 깨달은 거야. 그러고 나니 정말로 내가 원하는 삶이 무엇이었는지 돌아보게 되었어. 나 자신을 사랑하지 못한 채, 남을 사랑한다는 건 자칫 집착이 될 수 있겠더군. 내가 진정으로 원하는 게 무엇인지 모른 채, 이룬 것은 모래성이 될 수도 있고 말일세."

아빠의 말은 계속 이어졌다.

"처음에는 내려놓는 것이 두려웠어. 그래서 한 손에 있는 것부터 내려놓았지. 일단 시작하니까 숨 쉬는 것만큼 쉽더군……"

어쩌면 엄마는 진즉 힘겨운 삶의 가느다란 줄을 놓고 싶었는

190

지도 모른다. 오히려 사랑하는 사람이 영영 사라져 버린다는 두려움, 혼자 남겨지는 상실감, 홀로 자녀를 키워야 하는 책임감, 그런 아픔들을 이겨낼 수 있을 때까지 아빠의 손을 잡고 힘겨운 삶을 버텼을지도. 아빠가 스스로 엄마의 손을 놓을 때까지 기다리고 있었는지도 말이다. 아빠는 엄마가 떠난 후, 우리를 업고 독수리 같은 날갯짓으로 창공을 날아올라 이곳에 와서 둥지를 틀었다. 우리 가족이 진정한 위로를 받고 회복되어 삶의 진정한 이유를 발견할 수 있을 이곳으로 말이다.

아빠는 이곳에서 두려움의 껍질을 하나하나 벗겨 가며 그 근원을 찾아가는 여행을 시작했다. 그리고 그 여행의 끝에서 삶의 이유를 발견했고, 그 이유가 가리키는 이정표대로 걸어가며 행복해했으며, 모든 속박과 굴레에서 벗어나 진정한 자유를 찾았다. 그런 아빠에게 진실한 열정의 빛이 다시 빛나기 시작했고 그것은 지든 소박하고 진솔한 것들을 지키려는 노력으로 승화되고 있었다.

별장 야간 파티

초저녁 무렵, 아빠와 우리는 줄이와 함께 건이네 별장으로 향했다. 별장에서 저녁 초대를 한 것이다. 우리는 가을바람이 솔솔 불어오는 낮은 돌담길을 걸어갔다. 집집이 감나무가 가지마다 잎을 내어 열매를 달고 담장 밖으로 뻗어 나와 있었다. 골목길에는 드문드문 채 익지 않은 감이 지난번 태풍에 떨어진 채 나뒹굴고 있었다. 그런 폭우에도 이장님 댁 마당의 석류는 붉은 이를 드러내고 풍성하게 맺혀 있었다. 돌담길이 끝나자 산 아래 별장으로 난 언덕길로 접어들었다. 길 한쪽에는 수확을 끝낸 마른 옥수수 대가 빽빽이 차 있었고, 다른 쪽은 넓은 들판이 그림처럼 펼쳐져 있었다. 이제 완연한 가을로 접어들면서 들판을 가로지르며 불어오는 가을바람은 그 어느 때보다 우리의 가슴을 시원하게 해 주었다. 갑자기 바람이 옥수수 대에 부딪혀 반대 방향으로 세차게 불어왔다. 달이가 아빠의 품으로 파고들었고, 우리 셋은 몸을 웅크리고 어깨를 부딪쳐가며 걸어야 했다.

별장에 다다르자, 집 밖으로 서울 번호판이 붙은 고급 승용차들이 세워져 있었다. 아빠는 달이를 내려놓더니 셔츠의 단추를 채워 넣고 머리를 쓸어 넘겼다. 그리고 달이의 바지를 추켜올리고, 별이의 셔츠 밑단을 바지에 집어넣으며 줄이와 내 머리를 아빠의 손가락으로 쓸어내렸다.

안으로 들어가자, 흰색 레이스로 장식된 테이블들이 정원 한가운데 있는 분수를 중심으로 조화롭게 놓여 있는 모습이 눈에 들어왔다. 그 사이로 정원에 흐르는 클래식의 선율과 어울리는 차림의 사람들이 편안하게 오가며 이야기를 나누고 있었다. 대체로 그들의 걸음걸이는 느렸고, 와인 잔을 들고 있는 손은 집게손가락이 대체도 상대를 향해 뻗쳐 있었으며, 웃을 때에는 대체로 살짝 고개를 돌리며 손등으로 입을 가렸다. 아빠는 몹시 당황하여 우리에게 말했다.

"얘들아, 아빠는 간단한 저녁 식사인 줄 알았는데, 외국 영화에서나 보는 파티인 것 같구나. 너희도 얌전히 있어야 할 것 같다. 달이가 굴러다닐 듯한 잔디밭으로는 안 보이는구나."

때마침 우리를 본 아저씨가 우리 쪽으로 성큼성큼 걸어왔다. 여전히 왁스 바른 머리를 빳빳이 세운 아저씨는 체격에 맞는 세련된 정장을 갖춰 입어서인지 넓고 아름다운 흰색 담으로 둘러싸인 별장과 아주 잘 어울렸다. 머리칼이 바람에 날리는 아빠와는 달리 아저씨의 머리칼은 옥수수 대처럼 서서 한 올도 흐트러지지 않았다. 아저씨가 금색 단추가 번쩍이는 셔츠 깃을 세우면서 말했다.

"오랜만에 사업 친구들을 초대했습니다."

아저씨는 아빠의 팔에 손을 걸고 사람들이 둥글게 모여 서서 담화를 하는 쪽으로 아빠를 이끌었다.

정말로 영화에서 보던 풍경이 작은 산골 마을에서 펼쳐지고 있었다. 정원 한쪽에서는 바비큐 기계 안에서 입을 풍선처럼 부풀린 돼지 한 마리가 네 발이 묶인 채 재미있다는 듯이 눈웃음을 치며 빙글빙글 돌고 있었다. 흰 천막을 친 넓은 탁자 위에 멋지게 단장한 음식과 과일들이 접시마다 마치 작품처럼 놓여 있었다.

정원 한쪽에서는 요리사 몇 명이 즉석에서 음식을 불판 위에서 만들어 내어, 사람들이 내미는 접시 위에 스테이크와 구운 해산물 등을 올려주고 있었다. 우리는 눈이 휘둥그레져서 서로의 얼굴을 쳐다보며 그곳으로 달려갔다.

분수 옆 테이블에 앉아 국수 가락을 입 안에 넣고 있던 건이가 우리를 보자, 반갑게 손을 흔들었다. 우리는 건이를 보는 둥 마는 둥 하며 탁자 위에 쌓인 접시를 하나씩 들고, 음식을 담기 시작했다. 줄이가 까치발을 하고 스테이크를 굽고 있는 요리사 코앞으로 접시를 올리자, 요리사는 접시를 손가락으로 정중하게 내리며 그 위에 작은 고기 한 조각을 올려 주었다.

"아저씨! 두 개 더 주세요."

나도 반들반들 윤기나는 음식들을 살펴보며 접시 위에 이것저것 담느라 바빴다. 그러다가 바비큐 기계 앞에서 별이와 달이가 쪼그리고 앉아 있는 모습을 발견했다. 노을이 지는 하늘 아래, 조그마한 두 어깨를 나란히 기대어 앉아 있는 모습을 잠시 바라보았다. 어디선가 불어온 스산한 바람이 꼬마들의 머리를 쓸쓸히 날려 주었다. 달이가 힘없이 손가락을 올려 낮은 하늘 어딘가를 가리켰다. 그곳에는 신비로운 보랏빛으로 물들어가는 한 조각 구름이 흐

릿한 형상을 만들어 가고 있었다. 갑자기 가슴이 뭉클해져 왔다.

나는 음식을 담은 접시를 내려놓고 꼬마들에게 다가갔다. 바비큐 앞으로 가까이 다가가자, 둘이서 말하는 소리가 희미하게 들려왔다.

"혀엉! 저 돼지 코에 전기 코드 꽂아 봐도 돼?"

"와아! 진짜로, 그럼 빨리 익겠다!"

다시 보니 하늘 위에는 보라색 돼지가 둥둥 떠다니고 있었다. 코에서 콧바람이 새어 나왔다. 나는 등을 돌려 불고기와 스테이크, 바비큐가 담긴 접시를 들고 사냥감을 포획한 육식동물처럼 줄이와 건이에게로 잽싸게 달려갔다. 빈 접시가 우리의 앉은키 높이만큼 쌓여가고 있었다. 별이와 달이도 아저씨와 아빠 옆에 앉아 음식을 호로록 거리며 간간이 바비큐 쪽을 힐긋대며 킥킥거리고 있었다. 접시 위로 얼굴을 묻고 있던 줄이가 고개를 들더니 갑자기 놀란 얼굴로 나를 가리키며 소리쳤다.

"누나! 입술에 피 났어!"

나는 혀끝으로 입술 주변을 핥았다.

"단백질 응고현상 때문에 고기는 덜 익혀야 제맛이야!"

그리고는 소매 끝으로 입술을 '스윽' 닦아냈다. 갑자기 옆에서 '끼이익, 끼이익'거리며 철제 기구를 움직이는 소리가 났다.

건이가 눈을 동그랗게 뜬 채, 뻣뻣해진 자세로 의자를 줄이 쪽으로 끌어가고 있었다. 줄이는 잔 가지를 주워 나무껍질을 가늘게 벗기고는 어른들처럼 이를 쑤셨다. 그러더니 나와 건이에게도 하나씩 건네는 것이다. 줄이는 이를 쑤시고 나는 부른 배를 툭툭 치며 건이의 뒤를 따라 집 안으로 들어갔다. 현관문을 열자 광장처럼 넓은 거실이 나왔다. 나팔 부는 천사 모양의 크리스털로 장식한 샹들리에가 우아하게 돌아가며 쾌적한 공기를 가르는 거실 아래 모든 것들이 조화롭게 정렬되어 있었고, 드나드는 사람들도 그곳과 어울리는 편안한 몸짓으로 움직이고 있었다. 깊고 넓은 황갈색의 가죽 소파 앞에만 납작하게 눌어붙은 호랑이가 갈지자로 뻗은 채, 무기력한 모습으로 자빠져 있을 뿐이었다. 소파 옆에는 나선형의 계단이 곡선을 그리며 2층으로 올라가는 계단을 부드러운 몸짓으로 친절하게 안내하고 있었다. 거실 곳곳에는 우아한 모양의 크고 작은 가구들이 진열된 상품처럼 반짝반짝 빛을 내며 미끈하게 놓여 있었다.

"형! 집이 진짜 크다. 난 이런 집은 한 번도 못 봤어. 형네는 진짜 부자구나."

건이가 집안을 이리저리 기웃대며 말하는 줄이 뒤로 살금살금 다가갔다. 그리고는 갑자기 다리를 걸어서 줄이를 이빨 빠진 호랑이 위로 넘어뜨렸다. 건이 밑에 깔려서 오만가지 자세로 버둥대던 줄이가 겨우 일어나서, 건이의 어깨에 올라타더니 건이를 넘어뜨리기 위해 안간힘을 쓴다. 그러자 어디선가 나타난 꼬마 영웅들이 소리를 지르며 형들 위로 달려들자 그들은 뭉개진 샌드위치처럼 이리저리 나뒹굴었다. 어미 호랑이 위에서 깔깔거리며 부둥켜안고 뒹구는 모습은 초원에서 뛰노는 새끼 호랑이들처럼 보였다.

어린 날의 풍경과 이야기들은 우리가 의식하지 못한 사이 우리의 영혼 깊이 스며들어 와 어른이 된 어느 날, 불현듯 데자뷔와도 같은 신비로운 체험들을 하게 만든다. 그래서 아이들의 과거는 투명한 기억들로 채워져야 하고, 현재는 맑고 신선한 감각들로 깨달아가야 하며, 그로 인해 미래는 푸른빛 희망들로 가꾸어져야 한다. 어린 시절은 푸른색이 묻어나도록 깨끗해야 했고, 유리알처럼 투명해야 했으며, 흐르는 시냇물처럼 막힘이 없어야 했다.

나는 거실 유리문을 통해 정원 밖의 풍경을 바라보았다. 어느덧 달빛이 물결치는 정원에는 연회복을 입은 사람들이 고상한 음악의 선율에 맞추어 손을 가볍게 잡기도 하고, 이마를 맞대기도 하며 나름대로 독특한 친밀감을 표현하고 있었다. 그들 중에서 정장을 입지 않아 어색해하는 아빠의 모습이 유독 눈에 들어왔다. 아빠는 아저씨와 정원 한쪽의 가로등 아래서 대화 중이었고, 그 대화의 내용은 몸짓이라든가 경청하는 모습으로 보아 가볍지 않은 주제라는 것을 짐작할 수 있었다. 무의식적으로 나는 그들의 대화가 긍정적으로 마무리되기를 기도했다.

그때였다. 언덕 아래서 사람들의 머리가 반달처럼 떠오르는가 싶더니 어느 순간 기타를 든 몇 명의 젊은 남자들이 나타나서 정원을 가로질러 왔다. 그 뒤를 앰프를 실은 작은 트럭 한 대가 따라와 정원 끝에 멈추어 섰다. 달빛 아래 드러난 그들의 차림은 놀라웠다. 한 명은 허리까지 내려오는 머리에 검은색 가죽 바지와 재킷을 입고 있었고, 은색 체인이 쨍쨍 소리를 내는 검은 장화를 신고 허리에 채찍처럼 보이는 긴 끈을 달고 있는 사람은 자칫 위험해 보이기까지 했다. 짧은 머리를 동여맨 한 남자는 발목까지 내려오는 베이지색 트렌치코트를 펄럭이며 서 있었다. 마치, 범죄자들처럼 달밤에 수상쩍은 썬글라스를 착용하고 있는 그들은 자신들의 차림새를 상당히 자랑스럽게 생각하고 있는 듯 보였다. 범죄자들은 둔덕에 자리를 잡고 트럭 뒤에서 앰프를 내리기 시작했다. 그중의 한 사람이 기타 줄을 안채로 가지고 들어와 전기 코드에 연결하는 순간, 어디선가 "삐이익" 하며 신경질적인 소리가 들려왔다. 사람들의 시선이 그곳으로 모이자, 그들은 더 신이 난 듯이 어깨를 들썩이며 점검한 악기들을 하나씩 집어 들었다.

때마침 클래식 선율이 멈춘 정원의 분위기가 순식간에 그들에게 압도되어 갔다. 이런 점잖은 신사 숙녀들이 최신 유행곡에 어떤 반응을 보일지 궁금해하기는 아이들도 마찬가지였나 보다. 어느샌가 몰려다니고 깨물고 뒹굴고 비벼대던 새끼 호랑이들이 내 옆에 서서 바깥 풍경을 바라보고 있었다.

갑자기 마이크를 시험하는 소리가 정원으로 울리더니, 잠시 후, 힘찬 드럼 소리를 시작으로, 전자건반 소리, 날카로운 전자기타 소리를 따라 최신 유행곡이 연주되었다. 순식간에 변해버린 정원의 풍경은 아마도, 그곳에 가득했던 방울꽃 향기와 풀벌레 소리에 신사 숙녀들이 잠시 중독되어 정신을 잃었을 것이라고 나는 확신한다.

점잖은 신사 한 분이 어깨에 재킷을 걸치고 나와, 타이를 느슨하게 풀고는 가수 앞에 서서 타이를 느슨하게 풀었다. 그러더니 가수가 추는 춤을 천천히 흉내 내기 시작하는 것이다. 헤드뱅잉을 시작으로 슬슬 준비운동을 시작하던 그가 재킷을 하늘로 깃발처럼 흔들며 그 방향을 따라 머리와 허리를 회전시켰다. 어디선가 변덕쟁이 바람이 그 가을 남자의 가슴에 불어왔나 보았다. 그는 갑자기 몸을 돌려 재킷을 관중석으로 던지더니 사람들을 향해 팔을 꺾고 다리를 흔들며 자신을 보고 있는 사람들에게 나오라고 이리저리 손짓하는 것이다. 용기 있는 몇 사람이 그 분위기에 동참하기 시작하자 잠시 후, 정원에 깔린 고상한 잔디는 순식간에 사람들의 발길질에 쓰러져버렸고, 여자 남자 할 것 없이 달빛 아래 광란의 저녁 파티를 시작했다. 사람들은 서로의 팔꿈치에 찔려가며 머리를 흔들어 댔고, 그 모습에 더 신이 난 가수가 고개를 앞뒤로 흔들며 무대 위를 방방 뛰어다녔다. 전기 기타를 연주하는 사람이 한쪽 다리를 난간 위로 올리자, 은색 장신구가 사납게 흔들리며 오란한 소리를 내기 시작했다. 그는 무릎 위에 기타를 받치고, 고개를 하늘로 쳐들고는 기타 줄을 사정없이 뜯었다. 드러머가 채를 앞뒤로 돌려가며 드럼을 부숴 버릴 듯 때려 대자, 그때마다 여자들은 "꺄아악" 괴성을 지르며 드럼 채의 박자에 맞춰 머리와 어깨와 그리고 온몸을 흔들었다. 그들 중에서 유독 검고 긴 머리에 흰색 원피스를 입은 한 여인이 눈에 들어왔다. 그녀는 달밤에 흰 옷자락을 떨며 때때로 우리가 있는 집안으로 고개를 돌렸다. 창백한 얼굴에 초점 없는 그녀의 시선과 마주칠 때마다 나는 소스라치게 놀란 심장을 가라앉혀야 했고, 줄이로부터 들은 처녀 귀신 여기를 머릿속에서 지우느라 안간힘을 써야 했다. 유난히 감정 기복이 심하던 건이 엄마가 그 당시 갑상샘 항진증으로 고생하고 있었다는 사실을 나는 몇 년이 지난 후에야 아빠에게서 들을 수 있었다. 그러니까 짧은 목 위에 동그란 얼굴이 얹어진 건강하고 마음 좋은 건이 아빠는 비쩍 마른 버드나무 한 그루가 아니라 두 그루를 아빠에게 배양시켰던 거였다.

어느새, 아저씨와 아빠가 거실로 들어왔다. 그들은 소파에 앉아 심각한 얼굴로 잠시 침묵했다가, 의미 있는 시선으로 줄이를 바라보기도 했고, 서로의 머리를 기웃거리며 간간이 이야기를 주고받았다.

　우리는 어른들의 대화를 방해하지 않기 위해 2층으로 올라갔다. 그곳에는 책으로 가득찬 건이의 방과 책장에 대여섯 권의 책이 꽂혀 있는 아저씨의 서재가 있었다. 서재 옆에 있는 방문을 열고 들어가자, 나는 흠칫 놀라 뒤로 물러서야 했다. 갓을 쓰고 긴 수염을 기른 웬 할아버지가 쓴웃음을 지으며 우리를 노려보고 있었기 때문이었다. 그러나 다행히도 그 노인은 사진틀에 갇힌 채, 벽에 걸려 있었다. 그분은 건이의 증조할아버지라고 했다. 조상이 사용하던 물건들이 진열된 방은 흡사 작은 박물관과도 같았다.

　"건이 오빠! 이게 다 오빠네 거야?"

　"형네는 옛날에도 부자였구나!"

　줄이와 내가 동시에 건이를 보자, 건이가 자랑스러운 듯이 가슴을 펴고 고개를 끄덕였다. 그러다가 갑자기 문밖을 살피더니 우리에게 얼굴을 가까이 하며 말했다.

　"이건, 비밀인데, 우리 할아버지랑 아빠는 일제 강점기에도, 전쟁이 났을 때도 쌀밥만 드셨대. 아빠가 절대로, 아무한테도 말하지 말랬어."

　우리는 완벽한 조상의 역사와 튼튼한 별장과 그 울타리 안에서 아빠, 엄마와 함께 사는 건이를 부러운 시선으로 흘끔거리며 그 방에서 나와야 했다.

　어느덧 정원에서는 도발적인 가수들의 무대도 끝이 났다. 벌게진 얼굴로 재킷을 벗어 던진 사람들은 잔디 위에 주저앉아 시시덕대기도 했고, 몸이 쳐지고 어깨가 기울어지는 여인들은 고개를 숙이고 앉아 마지막 남은 술잔들을 들이켜고 있었다. 세련되고 고상한 풍경들은 이미 사라진 지 오래이지만, 이미 무장 해제 된 그들은 어쩌면 가슴속에 숨겨 놓았던 진솔한 이야기들을 나누고 있을지도 모른다. 그들은 이제 우리 기억 속에 신선하고 파격적인 이야기 한 편에 자리 잡게 될 것이다. 우리는 전쟁의 잔재처럼 곳곳에 남아 있는 그들을 피해 우리의 추억을 더욱 풍요롭게 해 줄 따스한 보금자리로 발걸음을 옮기기 시작했다.

5. 푸르른 초원을 달리다

아저씨는 누구세요?

그날도 아빠와 할머니, 옥이 아줌마까지 줄이 할머니가 입원해 있는 병원에 가기 위해 바삐 움직이고 있었다. 할머니는 줄이 할머니가 드실 호박죽과 동치미, 마른반찬들을 챙기고 달이와 별이를 우리에게 아주 간곡히 부탁하고 차에 올랐다. 할 수 없이 우리는 전에 약속한 대로 아랫마을 할아버지의 집에 골칫덩이를 데리고 갈 수밖에 없었다. 형과 누나의 세계에 뛰어들었다는 기쁨에 달이는 한껏 들떠서는 노루 새끼처럼 폴짝폴짝 이리저리 뛰어다녔다.

우리는 산의 오솔길을 따라 걷다가 새로운 꽃을 보거나, 반짝이는 돌멩이, 색깔이 특이한 곤충들을 발견할 때마다 기대에 찬

얼굴로 건이를 바라보았다. 우리들의 척척박사 건이는 동생들의 기대에 부응하기 위해 눈동자를 굴러가며 식은땀이 흐르는 이마를 손수건으로 몇 번이나 훔쳐야 했다.

오랜만에 초원에 풀어놓은 망아지처럼 뛰어다니는 달이를 우리는 팔과 목덜미를 잡아서 몇 번이나 제지해야 했고, 나중에는 줄이가 달이를 결박한 채 끌고 와야 했다. 달이의 인기척이 없어서 돌아보니 줄이가 잠든 달이를 업고, 흐느적거리며 힘겹게 걸어오고 있었다. 줄이의 좁고 연약한 어깨 아래로 고불거리는 달이의 머리칼이 흘러내렸다.

산 중턱에 이르자, 어디선가 이상한 소리가 들려오기 시작했다. 비음 섞인 그 소리는 뻐꾸기의 노랫가락을 따라 일정한 리듬을 타고 들려오다가 갑자기 고음으로 변하더니 곧이어 발성연습으로 변했다.

"아하……! 허어……! 아하……!"

새 소리처럼 반복적인 음률에 따라 들리던 그 소리가 그치더니 흐르는 물소리와 뒤섞여 불규칙하고 무질서한 소리로 바뀌면서 우리의 의심 섞인 호기심을 자아내고 있었다. 우리는 덤불로 무성히 덮인 바위를 넘고 나무 뒤에 숨어 소리가 나는 곳을 살펴보기 시작했다. 굵은 나뭇가지 사이로 언뜻 한 남자가 보였다. 시냇물이 급경사를 이루어 흐르는 곳에 검은 두루마기를 입은 웬 남자가, 검은 갓 아래 길게 묶은 머리를 바람에 날리며 서 있었다. 그의 뒷모습은 퇴마사 같기도 했고…… 은둔자 같기도 했으며…… 진짜 길렵꾼 같기도 했다. 때마침 갓을 쓴 밀렵꾼이 우리를 기다리기라도 한 것처럼 뒤를 돌아보았다.

"어어! 학생들! 꼬마도 있네?"

나는 뾰족한 나무칼을 허리 뒤로 감추고 나무 뒤에서 걸어 나왔다. 내 뒤를, 달이를 업고 있는 줄이, 손가락을 물고 있는 별이, 마지막으로 건이가 머리를 긁적이며 슬금슬금 기어 나오기 시작했다.

"가을 산을 보러들 오셨구먼!"

그 사람은 커다란 검은색 부채로 손바닥을 한 번 내려치더니 잔인한 미소 같은 것을 띠며 우리를 바라보았다. 그 웃음은 그의 얼굴을 더욱 흉악하게 만들었다. 언제 깼는지 달이가 내 엉덩이 근처에 서서 울먹이기 시작했다. 그는 키가 매우 컸고, 염소 수염 같은 회색의 뻣뻣한 수염을 가지고 있었다. 위험에 접근하면서 나는 처음 보는 그 사람의 얼굴을 더 자세히 볼 수 있었다. 넓은 흉터 하나가 그의 갓에서부터 내려와, 감겨있는 눈꺼풀을 지나고 평평한 그의 오른쪽 눈가를 스치면서 수염 속으로 사라지고 있었다. 이 밀렵꾼이 갑자기 네 발자국 정도 앞에서 멈춰 섰다. 그러더니 그 검은색 부채를 하늘로 뻗은 채, 할 수 있는 한 높이 부채를 들

더니 갑자기 자신의 흉측한 얼굴 위로 활짝 폈다. 뜻밖에 그의 입에서는 이런 화색이 도는 말이 흘러나왔다.

"나도 잊고 있던 흉터를 때론 상대방의 표정이 일깨워 주기도 하지요. 지금부터 20여 년 전, 베트남 두코에서 야간 침투 작전 중에 있었던 적의 마지막 공격 때문이지요. 막대기 끝에 뾰족한 칼을 달아서리…… 하지만 학생들은 군인의 용기를 높이 평가하기에는 너무 어리군요. 고저 잔소리쟁이 여편네의 손톱자국쯤이라 생각하면 되겠구만요. 어허허허……."

"여기서 뭐 하세요?"

나는 나무칼을 쥐고 있는 손에 힘을 주고 물었다.

"싈은 나는 창을 하는 사람이지요. 호는 돌영, 이름은 판석! 돌영 최 판석이요. 반갑구만요. 학생들은 그저 나를 촌부라 부르시면…… 허허…… 겸손한 표현이지…… 요…… 허허허."

"창이요? 그럼 아저씨는 혹시 예술가세요?"

건이가 물었다.

"흐음…… 그렇다고 할 수 있지요. 아주 오랜 꿈을 드디어 이루었다고 볼 수 있어요."

밀렵꾼은 속내를 감추기 위해 위장전술을 사용하고 있었다. 예술가라니? 은둔자나 퇴마사라면 모를까? 밀렵꾼은 우리를 슬쩍 곁눈질하더니 하늘과 숲, 그리고 흐르는 시냇물로 가증스러운 눈길을 옮겨갔다. 우리의 시선도 그가 보는 곳을 따라갔다. 하늘을 바라보던 그 남자가 갑자기 주문을 외듯 중얼대기 시작했다.

"한없이 후회스럽구먼. 안개 낀 봉화산 정상에선 누구나 신선이 될 수 있다던 그때 그 어르신의 말씀을 왜 귀 기울이지 않았는지 참으로 후회스럽구먼. 바람 같은 인생이 세상을 움켜쥐고 봉화낙월의 미련을 왜 그리도 못 버리는지…… 아! 자주포의 불꽃이여…… 사선을 너울 타듯 넘나들던 인생이여. 갈 곳은 정해졌는데…… 아직 떠날 준비가 덜 됐어. 슬프구먼. 슬퍼. 아으! 봉화산아! 네가 원망스럽구나……."

주문을 끝낸 아저씨가 지그시 눈을 감았다. 얼마간의 정적이 흐른 후, 슬그머니 눈을 뜬 아저씨는 자신에게 집중된 눈동자들을 보고 흠칫 놀라는 눈치를 보였다.

"참! 학생들이 있었구만. 잠시 잊고 있었네요. 음…… 이 아름다운 가을의 정취를 즐길 줄 아는 우리 고상한 학생들의 꿈은 뭔가요?"

갑작스러운 아저씨의 질문에 우리는 서로의 얼굴을 쳐다보며 머뭇거렸다. 밀렵꾼의 손가락이 우리 하나하나를 가리킬 때마다 아이들은 부르르 떨며 뒤로 한 발짝씩 물러났다. 곧 그 무시무시한 손가락은 나와 건이 사이에서 어깨를 웅크리고 있는 별이를 지목했다.

"거기, 도둑고양이처럼 웅크리고 있는 학생! 학생은 꿈이 뭔가요? 자신 있게 말해 보도록 하세요."

잠시 머뭇대던 별이가 눈썹을 찡그리며 눈동자를 굴리더니 이내 작은 소리로 중얼거렸다.

"…… 도둑…… 아니…… 면…… 경찰요."

시선이 별이에게 고정되어 있던 아저씨의 표정이 순간 멈췄다. 그 얼굴에는 난처한 심경을 숨기려는 표정이 역력했다. 아저씨가 미간을 찌푸리며 한쪽 입술을 실룩이자, 빠진 송곳니 사이로 당황감을 실은 불규칙한 높낮이의 음성이 들려왔다.

"듣…… 특별한 꿈이에요. 으음…… 철학적 깊이를 담은 꿈이라고 봐요. 흐음…… 인상적인 대답을 해주어서 고맙군요. 그러나 될 수 있으면 경찰이 되도록 하세요. 도둑이 있기에 경찰이 있고, 경찰이 있기에 도둑이 있지만, 경찰의 가치를 높이기 위해 구태여 도둑이 되면서까지 자신을 희생할 필요가 있나요? 학생의 정신적인 헌신만 받도록 하겠어요. 그런데 참! 누구나 경찰이 되면 도둑은 누가 하나? 도둑이 없으면 경찰도 필요 없고…… 경찰이 없으면 도둑도 없어지나? 음…… 이쯤 되니 러시아의 대문호, 톨스토이의 바보 이반. 그 이반 선생이 떠오르는구먼…… "

내 옆에 숨어 있던 별이가 손에 얼굴을 묻고 무슨 말인가를 하려고 끙끙댔다.

“사실은…… 도둑 잡는…… 경찰이라고…… 말하려고 했는데, 잘못 말한…… 거예요.”

아저씨의 얼굴 표정이 또다시 멈춰 버렸다. 이번에는 꼬마의 불안감에 휘말리지 않고 평정을 잃지 않은 그 남자의 목소리가 조금은 단호하게 들려왔다.

“모든 말은 자신의 내면을 반영하지요. 실수한 말에도 자신의 영혼을 들여다보고, 내면에 숨겨진 의미를 매처럼 잡아내는 지혜를 가지도록 하세요. 학생! 지금은 이해하기 어렵겠지만 언젠가 이 허름한 촌부의 말을 이해할 때가 있을 거예요.”

아저씨의 말에, 아까부터 엉덩이를 경망스럽게 들썩이던 건이가 기어이 한 마디 내뱉었다.

“아저씨는 혹시 영화에 나오는 도인이나, 현자! 진짜 그런 분이세요?”

“으음…… 학생들! 나는 육군 대위 출신으로 6.25와 베트남전에 참전했지요. 학생들은 화려한 강남의 네온보다 M7 자주포의 불꽃이 더 아름다운 것을 아는가요? 흐음…… 알 턱이 없지. 어디 전쟁을 겪어 봤어야지. 학생들! 기억하세요. 우리 군인들은 최선을 다해 전투에 임했지요. 무가치한 관념 때문에 싸우는 전쟁이 아닌 자유의 공화국을 지켜내려는 전쟁이었기에 우리는 자부심이 대단했습니다.

그러나 전쟁은 몸과 영혼까지 황폐화할 만큼 잔인했습니다. 지속된 전쟁을 겪으며 하나님의 존재마저 의심하게 되더군요. 무지비학 학살과 폭격으로 피에 젖는 산하를 보고 울부짖으며 하나님께서는 이 장면을 마치 불꽃놀이 정도로 구경하시는 건 아닌지 원망했습니다. 끊임없이, 끊임없이 기도했어요. 이 전쟁을 그쳐달라고…… 제발…… 제발…… 우리를 살려달라고……. 학생들! 3년 만에 하나님은 저의 기도를 들어주셨지요. 그러나 너무 많은 것을 잃은 후였어요. 어허허허…… 가족과 이웃을 잃다 못해…… 어허허허 내 정신까지 잃은 건 아닌지.”

하늘을 바라보며 말하는 아저씨의 시선에 원망이 담긴 눈물이 얼핏 비쳐왔다. 건이와 나만이 눈을 동그랗게 뜨고 아저씨의 얼굴을 주시하고 있었다. 잠시 후, 우리에게로 고개를 돌린 아저씨의 얼굴어 금세 화색이 돌더니 갓 태어난 사슴과도 같은 눈망울로 우리 한 사람, 한 사람을 돌아보았다. 흙을 파고 있던 별이와 줄이, 달이까지 그제야 아저씨를 향해 고개를 들었다.

“학생들! 나는 그런 전쟁이 싫어서 인생행로를 바꾸었어요. 학생들어 보다시피 이런 예술가가 되었어요. 예술가들은 지상에 살면서 하늘 위, 곧 천국을 그려내는 사람들이라고 할 수 있어요. 예술가들의 맑은 영혼은 글과 음악, 그림으로 표현되어서 황폐해진 세상을 천국의 원형, 태초의 에덴동산으로 회복시켜 가지요. 나는 노래할 때마다 느끼고 있어요. 내 노래가 나의 영혼을 실어 대자연 속으로 자유롭게 날아가는 것을 말이지. 어떤 기계적인 장치도 필요 없이 중력의 법칙마저 무너뜨리고 저 우주 속으로 물결치듯 날아가 온 우주를 어머니의 가슴으로 따사롭게 감싸 안고 싶어요. 그렇게 이 세상을 노래로 덮어가는 것이 나의 꿈이라네. 학생들! 허허허……"

여기까지는 좋았다. 아저씨는 비범해 보이는 현인의 자세로 우리에게 감동을 주고 또한 설레게 했다. 만나는 사람이 한정된 시골 마을에서 자라는 우리에게 군인에서 예술가로 변모한 아저씨와의 만남은 특별하고 신선했다.

아저씨가 쑥스러운 듯이 수염을 한 번 쓰다듬더니 우리를 향해 말했다.

"참, 학생들! 시간이 괜찮으면 내가 뽑아내는 소리를 들어줄 수 있을까요? 아마 듣게 된다면 학생들에게는 더할 나위 없는 영광이 될 거라고 생각해요. 내가 하는 판소리는 아주 특별하지요. 그 이유는 듣다 보면 알게 될 거고……."

아저씨는 우리의 대답을 듣기도 전에 북채로 북을 한번 내려치며 바로 창을 뽑기 시작했다.

"옛날, 옛날 어느 고을에 아! 순덕이라는 소녀가 살았는데, 얼쑤…… 아! 그 고운 소녀에게는 말 못할 고민이 있었네그려. 아!

얼쑤! 그 고운 소녀의 집이 얼마나 찢어지게 가난했던지 아! 봄이 되면 지천에 난 산나물에…! 아! 여름 되면 보리죽에! 아! 가을 되면 감 서리에, 밤 서리!! 아! 겨울 되면…… 아이고… 아이고… 굶어 죽네 그려어…….”

아저씨가 봄, 여름, 가을까지는 신명 나게 어깨춤을 추어 가며 소리를 하더니 갑자기 겨울이 되자, 허리를 바닥에 닿도록 굽혀서는 한 손에 얼굴을 묻고, 한 손으로는 땅을 치며 울부짖기 시작했다. 새들도 어딘가에 숨어서 이 괴상한 무대를 지켜보는지, 한 마리도 노래하지 않았고, 푸드덕거리는 날갯짓도 하지 않았다. 무심한 계곡 물만이 신경질을 내듯이 “콸콸”거리며 아래로, 아래로 흘러갈 뿐이었다. 이제는 산세까지 뚫을 듯한 그 기괴한 소리가 다시 시작되었다.

“매앰…… 매앰……”

아저씨가 갑자기 나무에 기대어 엉덩이를 빼고 서서, 날갯짓하며 매미 소리를 내기 시작했다.

“매미가 울어 대는 어느 여름이었네. 그려어! ‘탁’ 아! 글씨! 그 고을 뒨님 눈에 아! 글씨! 아리따운 순득이가 대번에 들어왔네그려어어어어어……”

아저씨는 추임새를 넣을 때마다 북채를 휘두르며 나무를 때려 댔다. 아저씨는 기쁜 소식을 알리는 나팔수가 되어 얼마나 숨을

참을 수 있는지 내기하는 사람처럼 끝음절을 끊임없이…… 끊임없이 이어가고 있었다. 그 울림은 얼굴이 빨개지고, 푸르뎅뎅해지다가 갑자기 눈동자가 뒤집히고, 얼굴색이 검어지더니, 숨이 넘어가는 순간에 '딱' 멈춰 버렸다. 아찔한 순간이었다.

그때였다. 얼굴색이 붉으락푸르락 변하던 달이가 기어이 '으아앙' 하고 울음을 터뜨리고 말았다.

"누나, 나…… 오줌 쌌어."

달이가 퉁퉁한 소시지 같은 다리를 어정쩡하게 벌리고 서서 어깨를 들먹거리고 훌쩍이며 내게 애원하는 눈빛을 보냈다. 아저씨는 달이의 본능적인 욕구나 두려움에도 아랑곳하지 않고 뻔뻔한 프로의식으로 이 비극적인 희극을 계속해서 이어갔다.

"아! 글씨, 고을 원님과 선 보기로 한 그날도, 아! 글씨, 보리죽을 먹고 나갔는데 아! 글씨, 이이이이이이…… 캐에캑……캑캑."

아저씨가 목에 뭔가 걸렸는지 캑캑거렸다. 그러더니 이 배우는 북을 한번 세게 내리치며 다시 한 번 우리의 주의를 집중시켰다.

"이게 웬일이더냐아아아아아!! 원님의 질문에 꾀꼬리 같은 대답 대신 '뿡' 또다시 질문하자, '뿡' 한 번 더 질문하자, '뿡, 뿡' 아! 글씨, 방귀 소리만 요란하더라아아아아아아아아아……"

아저씨가 또다시 숨 오래 참기를 시작했다.

"아! 글씨 원님이 세어보니 뿡뿡 소리만 열입곱 번! 아! 글씨 순덕디 고년, 그날로 비밀이 들통 나 부렀네에에. 순덕이는 방귀 소녀 되었네그려여여여여어어어어어……"

달이가 바지에 오줌을 지리고, 순덕이는 비밀이 들통 나는 서글픈 장면으로 마지막을 장식한 희극이 막을 내렸다. 줄이의 뒤를 따라 어기적거리며 걸어가던 달이는 저 멀리 나무 밑에 앉아 줄이와 함께 개미집을 파고 있었다. 아저씨는 아저씨의 일거수일투족을 주시하는 어린 관객의 의심 가득한 눈동자들이 지켜보는 가운데 무대의 피날레를 장식했고, 그 초롱초롱한 눈동자들은 아저씨의 마지막 행보까지 주의를 놓치지 않았다. 웃음과 눈물이 한꺼번에 터질 듯한 동요가 이는 가운데 객석의 광경은 그야말로 비참했다. 그때였다. 갑자기 건이가 뒷다리를 쭉 뻗고 일어나더니 손뼉을 치기 시작했다.

"브라보! 브라보! 정말 훌륭하세요. 특히 숨을 안 쉬고 길게 이어지는 부분은 인간의 한계에 대해 고뇌하는 철학자의 몸부림처럼 느껴져요. 정말 감동적이었어요."

느닷없이 감동을 표현하는 건이를 향해 맑고 순진무구한 눈동자들의 의심 어린 시선이 쏟아졌다.

"그렇지 않니?"

줄이가 어기적어기적 걷고 있는 달이와 함께 우리 쪽으로 걸어오며 말했다.

"난 좀…… 이상한 것 같아."

이번에는 오감에 충실한 줄이의 의견에 맞장구를 안칠 수가 없었다.

"너무 숨을 안 쉬셔서 저는 숨이 막혀서 혼났어요."

줄이의 말에 고개를 돌려버린 아저씨가 내 평가는 마음에 들었는지 갑자기 나를 향해 흥분한 어조로 말했다.

"학생! 내가 숨을 쉬지 않고 소리를 이어갈 때, 학생도 숨이 막혔다는 것은 감정이입이 이루어졌다는 거네. 관객과 하나가 되는 순간이지요. 내가 바로 기대했던 평가야. 나의 예술세계는 타락한 이 세상을 회복하고자 하는 종교적 신념 그리고 인간성 회복이라는 철학적 깊이가 담겨있지요. 그걸 드디어 발견했구먼…허허허… 훌륭해… 용트림이 엿보이는 새내기구먼. 내 무대를 우연히 보게 된 것에 대해서 학생들이 대단히 영광스러워할 시기가 곧 올 거라고 믿어요. 고맙군요, 학생들!"

아저씨는 두루마기 자락을 한 손으로 여미고, 북을 들고는 뒤도 안 돌아보고 황급히 산길을 내려갔다.

"저, 아저씨! 아저씨! 또 언제 뵐 수 있죠?"

건이가 아쉬운 듯이 한껏 들뜬 목소리로 아저씨를 향해 소리치자, 아저씨의 음성이 시냇물 소리를 거슬러 올라 우리의 귀에 닿았다.

"대일매일, 이 시간에 와서 연습한다네. 언제든지 온다면 환영일세. 수준 높은 관객이여! 허어허허허."

그제야 나무들 사이에 숨어 있던 새들이 푸드덕거리며 날아올랐다. 아름다운 노래를 부르며 건너편 산으로 이리저리 날아가는 것이다. 콸콸 흐르던 계곡 물이 졸졸졸 부드러운 소리를 내며 유연하게 흘러갔고, 날카롭게 서 있던 수초들도 나비의 날갯짓처럼 물결을 따라 하느작거렸다. 자연의 리듬을 타고 모든 것이 자유롭게 날아가고 흘러가기 시작했다.

"얘들아! 저 아저씨 뭔가 특별한 분 같지 않니?"

건이가 의미심장한 눈빛으로 아저씨의 뒷모습을 바라보며 말했다.

"응! 맞아! 텔레비전에 나오는 사람 같아. 코미디언!"

줄이가 고개를 끄덕이며 말했다.

"야! 저건 코미디가 아니라 예술이야! 예술!"

건이는 매우 실망스러운 얼굴로 줄이를 쳐다보았다.

"순덕이는 교양이 있어 보이는 여자였던 거야. 그 누구도 방귀쟁이라고 상상도 못 할 만큼 말이야. 그런데 결정적인 순간에 들통 났잖니? 그것은 인간이 아무리 고상해 봤자, 본능적인 욕구를 넘어설 수 없다는 거지. 가난도 방귀도 포기할 수 없는 순덕이의 양면성! 곧 인간의 본질과 욕구에 대해 경고를 하는 현자의 지혜가 담긴 예술이야."

"그럼, 우주는 뭐고, 어쩌고 그건 뭐야?"

줄이가 물었다.

"우주의 모든 물리법칙이 통일된 이론으로 뭉치게 되면 빅뱅 이후, 모든 물질의 이동이 예측 가능해질 수 있어. 우주가 만들어진 순간부터 우주와 그 구성원, 생명까지도 운명이 정해져 있다고 할 수 있지. 지금 똥을 싸고 있는 달이까지도……."

건이가 풀숲에 쪼그리고 앉아 잔뜩 인상을 쓰고 있는 달이를 보며 말했다.

"그게 뭐 어쨌다고?"

"이건 요즘 내가 연구하고 있는 가설인데, 이 가설이 불가능하다는 걸 오늘에야 알게 됐어. 순덕이의 자유의지와 무관하게 발생하는 방귀 현상을 통해 깨닫게 된 거야. 물질 이동의 질서를 부분적으로 파괴한 현상, 기적이란 게 있기도 하지. 그동안 그걸 간과하고 있었어."

우리의 산양농장 할아버지

우리는 곧 산 중턱까지 올라가 오른쪽으로 난 샛길을 따라 내려

막길로 접어들었다. 건이는 걷는 내내 아저씨의 목소리는 자유를 갈구하는 갇힌 새의 처절한 노래이거나 삶을 갈망하는 여름철 매미떼의 울부짖음 같다고 했다. 또 그 속에 담긴 메시지는 '죄와 벌' 혹은 '진실과 거짓'에 대한 경고가 담겨 있는 것 같다고도 했다. 고상한 척하다가 결정적인 순간에 들통 나서 망신당하는 것이 바로 죄라며 죄를 짓기 전에 '저는 방귀쟁이에요'라고 진실을 밝히는 것이 옳은 것이라고 했다. 그것이 바로 인간성 회복이라는 것이다. 줄이는 건이의 말에 쓸데없이 머리만 긁적이고 있었다.

'과연 쟤는 천재인가? 돈 건가?'

나는 그냥 그렇게 생각했다.

산 아래에 다다르자 들판 위에 동그란 나무숲으로 둘러싸인 통나무집 한 채가 보였다. 우리는 산기슭에 멈춰 서서 보드라운 대지 위에 펼쳐진 외롭고도 평화로운 풍경을 바라보았다. 집 뒤의 동산에는 잣나무들이 가로수처럼 능선을 따라 길게 줄지어 있었고, 그 길은 언덕 아래까지 이어져 있었다. 우리의 시선이 오솔길을 따라 내려가면, 낮은 평원에 황금빛으로 물결치는 가을의 논과 열매로 풍성한 텃밭을 볼 수 있었다.

헛간 옆의 느티나무에서 떨어진 낙엽이 하늘을 몇 번 회전하더니, 지붕 위로 내려앉았다. 벌써 지붕 위에는 낙엽이 쌓여 가고 있었다. 마당에는 개 두 마리와 닭 몇 마리가 자유롭게 어슬렁거리고 있었고, 그런 모습을 말 한 필이 친근한 눈길로 바라보고 있었다. 간간이 들리는 사람들의 소리만이 그 아늑한 풍경이 현실임을 말해주는 것 같았다.

우리의 얼굴 위로 오후의 햇살이 내리쬐기 시작했다. 눈부신 햇살 속에 서 있던 우리는 한동안 시리도록 아름다운 통나무집을 바라보며 비밀스러운 시선을 교감하기 시작했다. 그때, 우리의 눈에서는 자연의 신비로운 힘으로부터 기쁨이 주는 무한한 평화와 진정한 위로가 쏟아지고 있었다. 자연의 힘은 대지의 포근함과 하늘의 생명력을 우리에게 넘치도록 부어주며 그것이 세상으로 물결처럼 흘러가 바다처럼 덮어 가기를 바라는 것이다.

새 생명으로 새로운 능력을 입은 우리가 연약한 이들에게 어깨를 내어 주고, 가난한 이들에게 나누어 주며, 슬픈 이들과 함께 있어 주기를, 위로의 손길이 되어 안아 주기를…… 그래서, 사랑이라는 힘의 강렬한 열기와 그 힘의 원천이 그들에게 흐르기를 바라는 것이다. 애절하고 간절하게 부탁하는 것이다. 알 수 없는 우주의 무한한 힘이, 괴물 같은 능력이, 마지막까지 포기하지 않는 집념으로 사랑에 대한 집착으로 우리를 통해 타인으로 하여금 두려움을 이겨낸 믿음으로 성장해 가기를 바라는 것이다. 허상이 아닌 현실로 이루어지기를 바라는 것이다. 이론이 아닌 행위로 끌어내기를 바라는 것이다.

우리는 산비탈을 내려가기 시작했다. 그곳은 비탈길이었기 때문에 우리는 한 걸음, 한 걸음을 조심스럽게 내딛어야 했다. 마당으로 들어서자 헛간에서 누군가의 얼굴이 '쏙' 나오더니 급히 들어가 버렸다.

때마침, 현관의 나무문이 열리면서 할아버지가 나오셨다. 줄이는 할아버지에게 뛰어가 안겼고, 우리는 잠시 할아버지의 따사로운 미소를 햇살처럼 받고 서 있었다. 할아버지를 따라 현관문을 열고 들어가자 역시 나무 바닥의 넓은 거실이 나왔다. 거실 한가운데는 긴 탁자를 사이에 두고 두 명의 여자가 마주 앉아 마늘을 까고 있었고, 그 옆에는 한 남자가 신문 위에 약초를 널고 있었다. 할머니와 아빠가 좋아하는 국화차의 향기가 할아버지의 집안에도 가득했다. 그래서인지 정겹고 따스한 친척 집을 방문하고 있는 느낌이 들었다. 할아버지 집 전체에서 풍겨 나오는 흙냄새와 나무 냄새는 마치 우리가 산속에 들어와 있는 것처럼 싱그러움을 느끼게 해주었다. 할아버지는 약초가 널려 있는 장판을 걷고 계신 아주머니에게 우리의 점심을 부탁했다.

"와아! 할아버지, 이 집은 다 나무로 만들어졌네요? 정말 멋져요."

나는 진심으로 할아버지께 말했다.

"고맙구나. 경치도 아주 좋지. 여기서 보이는 풍경은 새 소리,

바람 소리, 낙엽이 구르는 소리로 매 순간도 같은 적이 없단다. 하루에도 수십 번씩 다르게 느껴지지. 이런 곳에서 살다 보면 자연의 소리와 냄새, 색깔에 전문가가 될 수 있단다. 정말 좋은 곳이지.”

“우리 집은 아빠가 흙으로 만드신 거래요. 우리 집은 맨날 시끄러워서 할아버지처럼 새 소리랑 바람 소리를 잘 못 들어요.”

별이가 말했다.

“그렇구나, 별아! 이곳은 나처럼 가족이 없는 사람들이 함께 모여 사는 공동체라서 어른들이 많이 살지. 그래서 우리는 오히려 너희 같은 아이들의 소리가 그립단다.”

건이가 고개를 갸우뚱거리며 물었다.

“공동체요? 양로원이나, 보육원 같은 곳인가요?”

“외로운 사람들이 모여서 함께 생활하는 곳이라고 보면 맞겠구나. 우리는 가족과 이별을 겪은 사람이라든가, 몸이 아픈데 돌보아 줄 사람이 없다거나 혹은 오갈 데 없는 고아나, 과부. 이런 특별한 사연들을 가진 사람들과 함께 살면서 농사도 짓고, 산양도 키우고, 텃밭도 일구며 살아가고 있단다.”

“그럼, 할아버지도 가족이 없으세요?”

건이가 물었다.

“애석하게도 그렇단다. 예전에는 가족이 있었지만, 지금은 나

혼자야. 전쟁이 나면서 이산가족이 되었지."

할아버지는 여전히 미소를 잃지 않고 계속되는 건이의 곤란한 질문에 대답해주셨다.

"그럼 결혼은 하셨던 거예요?"

할아버지가 잠시 창밖으로 시선을 돌렸다. 가을이 무르익은 마당에는 바람이 일으키는 소용돌이로 낙엽들이 날아다녔다. 마당에서 낙엽이 구르는 소리가 쓸쓸하게 들려왔다.

"그래…… 결혼을 했지. 아내와 자식도 있었고…… 그런데 나는 지금도 이런 얘기를 하면 마음이 아프구나."

줄이가 팔꿈치로 건이의 옆구리를 쳤다. 그러자 건이는 눈썹을 찡그리며, 줄이를 쳐다보더니, 여전히 눈치 없는 눈동자를 굴리며 할아버지에게 물었다.

"그럼 할아버지는 지금까지 가족을 기다리고 계신 거예요?"

건이의 질문에 우리 모두 건이와 똑같은 눈동자로 할아버지를 바라보았다.

"글쎄…… 살아 있다면 다시 만날 수 있겠지?"

잠시, 용기를 잃은 듯이 말을 얼버무리던 할아버지가 말했다.

때마침 점심이 준비되었다는 아주머니의 목소리가 들렸고, 할아버지는 드디어 건이의 집요한 질문에서 벗어날 수 있었다. 할아버지는 일어나시며 건이를 보고 말씀하셨다.

"건이야. 나는 아직도 내 아내와 자식이 어디선가 나를 기다리고 있을 것 같구나."

우리는 거실로 나와 굉장한 점심을 먹었다. 산에서 직접 캐온 산나물과 재배한 채소는 집에서 먹는 것처럼 신선했고, 산양 젖을 넣어 만든 찐빵은 너무 부드러워서 입안에서 살살 녹았다. 산양유로 만든 치즈와 버터는 앞으로 슈퍼마켓과 백화점에 유통될 거라며, 치즈와 버터 바른 빵을 한 바구니 내어 오셨다.

식사 후, 우리는 할아버지의 산양농장에 갔다. 산양을 처음 본 달이가 용감하게도 눈을 부릅뜨고 엄마 산양에게 성큼성큼 다가갔다. 할아버지가 엄마 젖도 만져 보지 못한 달이의 손에 산양 젖을 쥐여주자, 난처한 표정이 된 달이가 우리를 쳐다보며 손가락만 꼬물거렸다. 그러다가 갑자기 얼마나 세게 쥐었는지 하얀 산양유가 쭉쭉 나오기 시작하는 것이다. 건이는 우리 옆에서 눈썹을 찡그리며 코를 막고 서 있었다. 할아버지가 산양이 무엇을 먹느냐에 따라 산양유의 맛이 달라진다고 하자, 달이가 딸기를 먹으면 딸기 우유가 되냐고 묻는다.

오늘 제일 신이 난 건 달이었다. 축사 안을 이리저리 돌아다니며 키가 저만한 새끼 산양의 입에 풀을 넣어주고 종종거리며 이리저리 뛰어다녔다. 그러다가 축사 밖을 돌아보더니, 향기로운 들판을 거니는 산양들을 보자, 갑자기 울타리 밖으로 나가 초원 위를 달리기 시작했다. 산양은 자기 새끼를 지키듯이 달이가 뛰어다니는 곳마다 넘어지지 않도록 길을 내주었다.

우리는 광대하고 자유로운 초원을 달려나갔다. 지평선에 닿을 때까지, 지금까지도 잊을 수 없는 가을의 들판을 달렸다. 엄마에 대한 그리움을, 할머니에 대한 연민을, 미국에서의 외로움을 지우기 위해, 슬픔을 날려버리기 위해 우리는 달린 것이다. 할아버지와 달이만이 산양들의 곁에 서서 우리를 바라보고 있었다. 뛰어도, 뛰어도 희미한 그리움 같은 지평선은 자꾸만 멀어지기에 우리는 들판 가운데 주저앉아 멀리 보이는 농가를 바라보았다. 저 멀리 할아버지의 팔에 안겨, 할아버지보다 키가 커진 달이가 우리를 향해 손을 흔들고 있었다.

소원이 이루어지다…

우리는 가끔 건이 부모님의 차를 타고 할머니의 병원에 갔다. 침침한 공기로 가득한 병실 안으로 들어서면 어느 날은 우리를 알아보시는 할머니가 줄이를 안고 눈물을 쏟아내시기도 했고, 어느 날은 시선을 허공에 둔 채 여전히 의미 없는 소리를 중얼대시기만 했다. 그날도 나는 아빠에게 할머니의 상태에 대해 알려 드렸고, 아빠는 조용히 내 얘기를 듣고 있다가 서재로 들어가서 누군가와 긴 통화를 나눴다.

아빠는 얼마 후, 다시 서울에 갔다. 나는 그날 온종일 방안을 서성이며 창밖을 내다보다 어느새 깜박 잠이 들어버렸다. 희미하게 들어오는 빛에 잠이 깨어, 창밖을 보니 느티나무 앞에 헤드라이트의 두 줄기 빛이 비치는 게 보였다. 아빠 차가 들어오고 있었다. 아빠는 차에서 내려 재킷을 손에 들고 급하게 돌다리를 건너왔다. 대문 열리는 소리와 2층으로 올라오는 아빠의 발걸음이 유난히 경쾌했다. 아빠가 거실에 나와서 기다리고 있던 나를 보자, 서재 문을 열고 잠자던 줄이까지 깨워 우리를 소파에 앉혔다. 그리고 눈물이 그렁그렁 맺힌 눈으로 우리를 번갈아 바라보며 기쁜 소식을 전해주겠다고 말했다. 줄이의 할머니는 내분비내과로 옮겨져서 증세가 호전되고 있고, 몸에 발작도 일어나지 않아 이제는 퇴원해서 통원 치료만 받으면 된다고 말이다. 줄이는 울음을 터뜨렸고, 아빠의 말이 끝나자 우리 둘은 든든한 아빠의 품에 안겼다.

"다 너희 덕분이다!"

아빠는 울먹이듯 말했다. 줄이는 창밖으로 시선을 돌려 이제 곧 돌아갈 골짜기 너머의 산을 바라보며 활짝 웃고 있었다.

며칠 후, 줄이 선생님과 서울병원 김 선생님이 아빠를 찾아오셨다. 그들은 다시 친구가 되어서 즐겁게 식사를 하고 있었다.

"한 선생. 지난번 이곳을 다녀간 이후로 서울에서도 이곳 풍경이 떠나지 않더군."

"그래? 다행이군. 혹시라도 불쾌한 감정이 남아 있지는 않을까 내심 걱정했네."

"가을 산행도 얼마나 좋은지 몰라요. 전근만 가지 않는다면 저도 이곳에서 살고 싶어요."

줄이 선생님의 그 말은 아빠를 꽤 의식한 듯이 느껴졌다.

"이곳에서 자네를 보고 서울로 돌아간 후, 나 자신을 돌아보게 되더군. 저번에 자네에게 한 말은 깊이 뉘우치고 있네. 자네의 배짱과 용기가 부러워서…… 그래서……."

우정과도 같은 작은 감동들이 거실 공간을 흘러다녔다. 찻잔과 과일 접시를 담은 쟁반을 들고 올라오다 나와 마주친 옥이 아줌마의 눈짓에도 따스한 미소가 담겨 있었다. 나는 방안으로 들어가서 침대 위에 드러누웠다. 그리고 간간이 들려오는 젊은 여인의 청아한 목소리에 귀를 기울였다. 산골음식이 건강에 좋다며 옥이 아줌마의 음식 솜씨를 칭찬하는 소리와 맑은 공기, 푸른 산과 들에 대한 애기들이 오고 갔다. 찻잔이 부딪치는 소리도 자연의 소리가 된 듯이 싱그럽게 울렸다. 그들은 행복해하고 있었다.

"참! 이 기회에 우리 동업하는 건 어때? 줄이 선생님도 도와주실 거죠?"

어딘가를 치는 소리와 함께 선생님의 목소리가 뒤따랐다. 호탕하기 웃으며 말하는 아저씨의 농담에 왠지 모를 달콤한 가시가 박혀있다.

'아런'

나는 거북이처럼 웅크리고 있던 별이를 떠올리며 이마를 쳐야 했다.

대화가 끝나가고 다음 장소로의 이동을 의논 중일 때, 나는 문밖으로 빠끔히 고개를 내밀었다.

"아라? 우리 해가 와 있었구나."

선생님이 반쯤 열린 내 방문을 그들의 마음처럼 활짝 열고 들어와서 나를 안아 주었다. 포근포근한 젖가슴에서 여전히 좋은 향기와 다스한 기운이 올라왔다.

비너스에 가다

달이와 별이는 할머니를 따라 동네 아주머니댁에 놀러 갔고, 우리는 저녁 시간 비밀 아지트 같은 식당인 비너스에 다시 가야 했다. 우리보다 앞서 들어간 줄이 선생님과 김 선생 아저씨는 시인이자, 철학가이며 음악가인 주인 아저씨의 소개를 진지하게 듣고 있었다. 우리를 보자, 별장 아저씨가 반가운 얼굴로 손짓했고, 건이 역시 상당히 들뜬 모습으로 우리를 맞아 주었다. 어른들의 테이블에는 이미 주문해 놓은 음식 접시가 놓여 있었다. 얼마 후, 우리 테이블에도 따끈따끈한 돈가스가 나왔다.

"너희 그동안 잘 지냈니? 여기는 가을이 정말 멋지더라. 산속이 정말로 환상적이야. 오우, 판타스틱! 판타스틱!"

"오빠! 산에 갔었어? 혼자?"

"어……! 너 어떻게 알았어? 줄이한테도 말 안 했는데."

나와 줄이가 놀란 눈으로 건이를 바라보자, 건이는 갑자기 안경을 벗더니 우리 쪽으로 몸을 기울여 입술도 거의 움직이지 않고 억양 없는 목소리로 말을 했다. 건이가 말을 하자, 철사로 엮어진 은색의 구조물 사이로 쉿소리가 새어나왔다. 훌륭한 기술이었다.

"그 아저씨 있지? 참…… 스승님…… 우리 스승님한테 나 창하는 거 배우고 있어."

"진짜?"

그 말에 우리의 얼굴이 건이에게 자석처럼 끌려갔다.

"응! 요새는 행위예술도 하고 있어! 히히"

"행위 예술?"

내가 옆 테이블의 건이 아저씨를 슬쩍 돌아보며 물었다.

"야! 얼마나 좋은지 아니? 환상적이야. 시원한 바람이 불고 계곡 물소리가 들리는 산에서, 내 소리가 하늘로 퍼져 나가면 나는 마치 새가 된 기분이야. 꼭 날아다니는 것 같아."

그러고 보니 건이는 쿵쿵대지도 않았고, 몸을 긁지도 않았다. 무척이나 건강해진 것 같은 건이를 나는 유심히 관찰하며 물었다.

"그럼 전에 그 아저씨처럼 매미 흉내 같은 것도 내?"

"쯧쯧…… 흉내? 여보세요. 그건 흉내가 아닙니다."

건이가 비아냥거리듯 혀를 차며 어른스러운 말투로 내게 말했다.

"그럼, 모방? 창작? 뭐야?"

내가 물었다.

"매미의 몸짓을 하는 행위는 모방이 아니라, 진정한 자유를 찾은 깨달음의 결과야. 스승님의 예술은 자연과 가장 잘 어울리는 판소리를 통해서 우주가 생성된 원리, 그 배경을 이해하고 있지. 내가 매미가 되어서 나무에 붙는 순간 나는 우주가 되고 우주는 곧 내가 되는 거야. 나와 우주의 합일이 이루어지는 순간인 거야. 나, 즉 윤 건이는 사라지고 자연으로 돌아가 우주를 구성하는 한 미세 입자가 되는 거지. 그게 합일이야. 관점에 따라서 말이지. 난 엄청나게 큰 우주가 될 수도 있고, 보이지 않는 먼지가 될 수도 있어. 그러니 내 행동에는 아무것도 두려울 게 없는 거야. 아무것도. 그걸 깨닫게 되는 순간 정말 자유인이 되는 거야. 진정한 자유를 찾는 거지."

벅찬 감동에 튀어 오를듯한 가슴에 손을 올려 진정시키며, 건이는 계속해서 개똥철학을 입증해 갔다.

"감각적인 지각이 모든 연구의 출발이고 이론적인 진리는 오로지 그런 경험들의 총합과 관련될 때만 도달할 수 있는 거야. 마지막으로 그것에서 도출된 행위가 이루어질 때 진리는 완성된다고 할 수 있지. 난 감각에서 이론으로 마지막 행위에 이른 우주의 진리를 발견했고 그 행위를 여러 가지 자연물에 나를 대입시켜 보며 완성해 나가는 중이야."

"그걸 왜 해?"

줄이는 건이가 '무언가 하는 중'이라는 현재 진행형의 문장으로 논리를 마무리할 때 눈을 번쩍 떴다. 앞의 내용에 대해서 이해 여부를 물을 수는 없다.

"지금까지 내가 말했잖아. 진정한 자유를 찾기 위해서라고……나 참!"

건이가 식어가는 돈가스 한 조각을 입에 넣으며 답답한 듯 물을 들이켰다.

"지금도 자유로운데 자유는 또 왜 찾는데?"

줄이가 물었다. 줄이의 핵심공략 전술이 시작되었다. 순간, 건이 얼굴에 엔진 이상으로 급정지한 오토바이 주인처럼 당황하는 기색이 스쳐 지났다.

'어라! 요 녀석 봐라?'

때때로 단순한 줄이의 감각에 의존해서 내린 거부할 수 없는 사실을 받아들여야 할 때마다 슬그머니 올라오는 일종의 경각심을 이번에는 건이도 느끼는 것이 분명했다.

"음…… 음…… 자유를 찾는 행위는 말이지. 인간의 본성이야. 우리는 학습하면서 오히려 그런 본성을 잃게 되지. 학습의 유용함은 인류를 발전시키고 있지만, 반면, 사람들은 문화라는 형식에 매여 진정한 자유를 잃게 되는 문제도 야기하는 거지……"

건기가 전문용어의 언어 조합 놀이를 하고 있다. 내가 반 친구들에게 자주 써먹는 방법이었다. 열정적인 감성을 품고 냉정한 논리와 이성으로 반듯한 아빠를 보고 자란 나는 내 지식을 뽐내기 위해서 이런 개똥철학을 써먹었지만, 건이는 달랐다. 건이는 믿고, 깨달은 바를 우리에게 설명하고 있었다.

"그럼 아프리카 부시먼처럼 살면 되겠다. 히히히……"

줄이의 말에 고장 난 오토바이 엔진이 갑자기 식는 소리와도 같은 건이의 비틀어진 입술 사이로 기체 식는 소리가 '피이익' 새나왔다.

나는 건이의 황당무계한 논리를 주의 깊게 들으며 말할 때마다 번득이는 눈빛과 동작 하나하나에 주의를 놓치지 않았다. 그러나 문제는 줄이었다. 건이의 계속되는 입바른 논리에 설득되다 못해 개똥철학에 점점 도취되는 줄이의 눈에서 건이가 '철하학, 합이

일, 입자아. 자유우……' 이런 전문적인 용어와 인간의 절규를 실은 철학적인 단어가 튀어나올 때마다 찬란한 빛이 쏟아지더니 급기야, 돈가스 조각이 찍힌 포크를 들고 앉은 건이에게 후광을 만들어 주기에 이르렀다.

옆 탁자에서는 비너스 아저씨와 어른들의 잔 부딪히는 소리와 웃는 소리로 한동안 즐거운 분위기가 이어지는 듯했다. 그러더니 약간 취기 어린 비너스 아저씨의 목소리가 들려왔다.

"선생님들, 상이용사인 제 형님 한 분이 계십니다. 애국자셨고, 인품도 훌륭하셨죠. 전쟁 중에 코앞에서 아내와 자녀가 죽는 것을 목격했습니다. 그래도 베트남전까지 참전하셨죠. 훈장까지 받으신 분이 언제부터 정신을 놓으셨는지…… 병원 약만 드시게 할 수 없어서 경치 좋고 물 좋은 어느 노인네가 운영하는 농장에 모셨는데……."

주인 아저씨의 말에 줄이 선생님의 위로와 김 선생님의 조언이 이어졌고 그 뒤를 건이의 흥분된 목소리가 따라왔다.

"얘들아, 들어 봐! 이 우주를 구성하는 수억 수천만 개의 별 중에 우리는 지구라는 이 땅에 태어난 거야. 그런데 역설적으로…… 음 영어로 패러독스라고 하지. 우리를 작은 우주라고 가정하면, 우주 안에 내가 있는 것이 아니라 내 안에 우주가 있는 거지. 우리를 통해서 세상을 바라보게 되는 거야. 관점이 바뀌는 거지. 자!

이렇긴 말이야."

건이는 엄지와 검지를 오므려서 작은 원을 만들었다. 그리고 자기 눈앞에 현미경처럼 갖다 대고는 다른 쪽 눈을 감았다.

"봐! 이 조그만 원안에 세상이 있는 거야. 나는 지금 이 작은 원에 세상을 넣은 거라고. 그럼 우주의 주인은 누구겠니?"

건이가 타원형의 눈을 억지로 동그랗게 만들고 동공을 최대한 확장한 눈으로 우리를 보며 물었다. 건이의 눈을 보다 보니 내 눈꺼풀어 미세한 경련이 일었다.

"그게 누구야?"

이제는 눈 주위의 근육까지 바들바들 떨리는 내가 물었다. 건이는 므언가 위대한 발견을 한 양, 어른들의 테이블을 한번 훔쳐보더니, 몸을 탁자 모서리에 밀착하여 의자를 우리 쪽으로 끌어당기며 은밀히 속삭였다.

"그건, 말이야, 바로 나야! 나 자신! 이 비밀을 깨달은 자만이 우주의 주인이 될 수 있어."

이 위대한 진리를 말하고 나서야, 건이가 불편할 만큼 가까이한 얼굴을 빼며 우리를 내려다보았다. 의미심장한 미소를 짓는 건이의 눈빛에는 진리를 깨달은 자만이 가질 수 있는 자부심과 우매한 우리를 향한 약간의 우월감, 그리고 진리에 무관심한 자들에 대한 안타까움이 포함되어 있었다. 그리고는 진리를 발견한 자는

다 식은 돈가스를 포크로 짚더니 한참을 들여다본 후에야, 입안에 넣고 우걱우걱 씹어 댔다. 진리를 발견한 자는 다 식어 빠진 돈가스에서 패러독스를 찾고 있었다.

며칠 후 우리는, 건이와 창을 하는 아저씨가 있는 산으로 올라갔다. 웬일인지 나무는 힘을 잃고 뾰로통한 모습으로 우리를 하나도 반기지 않는 듯했고, 시냇물은 매사가 귀찮은 듯이 줄줄줄 달이가 오줌 싸는 소리를 내며 흘러갔다. 새들은 나무들 사이에 숨어, 억지로 노래를 부르듯이 냅다 소리만 지르고 있었다.

어디선가 창 소리가 질식하는 비명처럼 들려왔다. 그때 우리의 산에는 더 이상 달콤한 비밀도 신비로운 아름다움도 찾아볼 수 없었다. 그리고 우리의 잠을 편안하게도, 공포에 떨게도 할 산속의 주인공인 처녀 귀신, 몽달 귀신, 산 할머니, 산신령까지 그때 다 떠났을 거라고 나는 확신한다.

소리가 나는 곳에서 굵은 나뭇가지 사이로 푸른빛 두루마기의 긴 소맷자락이 우아하게 날리고 있는 모습이 보였다. 소맷자락을 산신령처럼 펄럭이는 스승 앞에 선 꼬마 제자가 발발 거리며 스승의 지시에 따라 이 모양, 저 모양으로 연기하고 있었다. '매미' 구호가 떨어지기 무섭게 건이는 나무 옆에 '짝' 달라붙더니, 매앰, 매앰…… 소리를 냈다. 다음으로 '나비' 하고 호령이 떨어지자, 건이는 양팔을 넓게 벌리며 하느작거리는 날갯짓으로 야생화 사이를 사뿐히, 조금은 지친 모습으로 뛰어다니는 것이다. 아저씨가 건이의 이마를 부채로 살짝 건드리며 말했다.

"학생! 학생! 나비의 날갯짓을 더 우아하게 하게. 우주와 나의 합일! 나는 우주이며 먼지이다. 우주는 거대하기에 자유롭고 먼지는 입자이기에 역시 자유롭다. 잊었나? 아무도 의식하지 말게. 더…… 더 자유롭게 마음껏, 날아가!"

그러더니 우주의 주인은 넓은 두루마기 소매를 하늘 가득 펄럭이고 날갯짓하며, 긴장해 있는 제자의 주위를 너풀대며 돌았다. 돌고 또 돌았다. 아마도 저 아저씨가 제정신이 아니라 돈 거라면, 저렇게 나비처럼 날다가 돌았으리라. 갑자기 그가 멈춰 서서 하늘 어딘가를 향해 손을 들어 저 멀리 무슨 아름다운 광경을 가리켜 보이는 듯한 손짓을 했다. 아저씨의 눈에 눈물이 그렁그렁 맺혔다.

우리는 그의 손짓을 따라 하늘로 시선을 돌리며 그를 기쁨에 넘치게 하는 장면을 찾아다녔다. 그러나 하늘은 아무 생각 없이 뽀얀 구름을 물감처럼 풀어놓으며 말갛게 떠 있을 뿐이었다.

"나비의 행위만이 아니라 그 마음도 알아야 하네. 저 넓고 넓은 하늘을 향해…… 날고 싶은 나비의 꿈을…… 말일세."

자신을 매미나 나비라고 생각하는 아저씨는 독수리가 되어 하늘 높이 날고 싶었나 보다. 그런 결론을 내리고 나서야, 나는 비로소 애매하기만 한 극의 흐름을 이해하게 되었다. 건이는 자유를 찾아 얼마나 날아다녔는지 이마에 땀이 송골송골 맺혀 있었다. 나와 줄이는 이 장면을 보고 바위 뒤에 쪼그리고 앉아 이마를 마주했다. 이 사실을 별장 아저씨에게 말하고 건이를 우주와 먼지의 주인으로부터 빼 내와야 하는지, 혹은 자유를 찾아 나비가 되든 매미가 되든 신경을 끄든지 말이다.

우리는 허리를 굽히고 발끝으로 산길을 내려가며 먼저 아빠에게 의논하는 것이 먼저라고 소곤거렸다. 언덕을 뛰어 내려와서 집에 도착하니, 아빠가 이미 알고 있다는 듯이 우리를 기다리고 있었다.

아빠는 처음에 우리가 들려준 이야기를 재미있게 듣고 있다가 얘기가 진행되어 갈수록 심각한 얼굴이 되었다. 그리고는 이곳 주민도 아닌 아이가 낯선 사람과 자주 만나는 것은 위험한 일이라며 건이 아빠에게 말해야겠다고 했다. 우리는 건이가 부채로 두들겨 맞고 부풀어 오른 이마를 만지지도 못해 공포에 질려 있는 모습을 누가 먼저라 할 것 없이 손짓 발짓을 해가며 과장되게 설명하느라 난리를 부렸다. 그때, 우리는 수다스러운 동네 아줌마들이 되어 어쩌면 정상인일지 모를 사람을, 어쩌면 진정한 예술가일지 모를 사람을 괴물로 만들어 가고 있었다. 미지의 대상인 사람을 편견의 대상으로 바라보면 언제든지 괴수 같은 존재가 될 수 있다는 것을 나는 그때 알았다.

아빠의 연락을 받은 별장 아저씨가 얼마 후, 우리 집에 찾아왔고, 우리는 흥분한 아저씨와 함께 졸인 가슴을 안고 건이가 있는 산으로 다시 올라가야 했다. 산으로 들어서자마자, 우리는 터벅터벅 걸어오고 있는 누군가의 그림자와 마주쳤다. 아니나 다를까 우주와 먼지의 수제자, 그 진리의 발견자가 아닌가!

별장 아저씨는 건이를 보자, 뛰어 올라가 건이의 이마를 만지고 어깨를 흔들며 몸을 이리저리 확인했다. 나는 소리 없이 사라진 후, 집에 돌아와 당하는 고충을 이미 겪어 보았기에, 어떤 일이 발생할 것인지를 짐작하고도 남았지만, 줄이는 고개를 갸우뚱거리기만 했다.

"나는 밤 12시에 산속을 헤매도 할머니가 걱정 안 하시는데……"

나는 깜짝 놀라서 눈을 동그랗게 뜨고 줄이에게 물었다.

"진짜? 너 12시에 산속에서 헤맨 적 있어?"

줄이는 바닥에서 나무 조각 하나를 집더니, 이리저리 살펴보며 말했다.

"그동안 말하지 않았는데 사실 우리 아빠는 영웅이야. 이 마을의 영웅. 마을 들어오기 전에 터널 하나 있지?"

"응"

나는 서울을 오갈 때마다 지나가는 터널을 떠올리며 대답했다.

"우리 아빠가 뚫은 터널이야. 그 현장에서 일했는데, 다이너마이트 폭파 작업을 하다가 누가 뭘 잘못 건드렸다나 봐. 폭발하면서 터널이 무너져 버렸어. 그때 돌아가셨지 뭐야."

줄이는 가슴 아픈 이야기를 나무 조각을 만지며 일상적인 이야기처럼 말하고 있었다.

"시체도 못 찾았어. 우리 아빠는 터널과 함께 폭파되어 날아간 거야. 믿고 싶지 않지만, 산산조각으로 흩어져서 말이야."

줄이가 가지고 있던 나무 조각을 산산조각내더니 풀숲으로 날려 버렸다. 나는 아무 말도 할 수가 없었다.

"그때, 경찰들이 시체 찾는 일을 포기하고 다 돌아가고 난 후에 나 혼자 산속을 헤맸어. 아빠를 찾으려고 말이지. 아빠가 바위틈 어딘가에 숨어서 나를 놀래 주며 나타날 것 같았거든. 산속이 무섭지 않다는 걸 난 그때 알았어."

"너, 정말 밤에 산속을 헤맸어? 안 무서웠어?"

맹세를 받아내고 싶었지만, 상황상 그럴 수는 없었다.

"산은 우리 아빠가 계신 곳이야. 몽달 귀신이든. 처녀 귀신이든 난 하나도 안 무서워. 아빠가 계신 곳이니까."

나는 문득, 우리가 산속에서 처음 만난 날 귀신 소리에 부랴부랴 도망치던 줄이의 모습이 떠올랐다. 그러나 상황상, 따질 수는 없었다.

건이와 별장 아저씨가 우리가 기대고 서 있는 편백 근처로 내려오고 있었다. 소맷자락으로 눈가를 닦으며 내려오는 건이의 어깨는 바닥까지 처져 있었고, 뒷다리는 더 길어진 듯이 휘청거렸다. 그 뒤로 얼굴이 빨갛게 부풀어 오른 아저씨가 여치처럼 거드름을 피우며 내려오고 계셨다. 나는 건이에게 무슨 일이 있었냐고 묻고 싶었지만, 역시 상황상 물어볼 수는 없었다.

다음 날, 우리는 건이를 위로하기 위해 건이의 집을 방문했다. 아저씨는 집에 있지 않았고, 그날도 흰 원피스 차림에 검은 머리를 어깨까지 늘어뜨린 건이 엄마만이 우리를 싸늘한 눈빛으로 맞아 주었다. 그 차가운 미소와 눈빛 속에는 우리의 또 다른 계략에 대해 모색하는 감시가 숨어 있었다. 그 눈동자에 서린 의심스러운 가시는, 찬바람이 부는 줄이 엄마를 스쳐 지나고 2층 계단을 올라갈 때까지, 우리의 등에 박혀 행여나 발걸음 소리라도 낸다면, 등에 박힌 가시가 가슴으로 뚫고 나와 눈앞으로 튀어나올 것처럼 숨이 막혔다. 때마침 창밖으로 보이는 달은 유난히 동그랗고 밝았다. 달의 얼굴이 얼마나 맑고 투명한지 건이 엄마의 모습이 비칠 지경이었다. 어디선가 소쩍새 우는 소리가 '뜨악 뜨악' 들려오는 것 같았다.

아니나 다를까 진리의 발견자는 완전히 기진한 몰골로 우리를 맞이했다. 진리는 발견했지만, 코앞에 닥칠 일은 미처 발견하지 못했던 것이다. 얼마나 울었는지 눈은 뜨고 있는지가 궁금할 정도로 눈두덩이가 부풀어 올랐고, 하루 사이에 죽 한 그릇 못 먹은 사람처럼 수분과 영양분이 다 빠져나간 건조하고 마른 얼굴에 광대뼈가 튀어나와 있었다. 그 모습은 흡사 아빠의 의학책에 나오는 '무슨 무슨 병에 걸린 어린이' 같았다. 팔다리는 더 길어 보여 주인 잃은 나무 인형이 긴 줄에 매인 채, 억지로 걷고 있는 것처럼 처져있었다. 종아리에는 을씨년스러운 푸른 회초리 자국이 지난밤에 일어난 고통의 시간을 우리에게 말해주고 있었다. 건이는 여기저기에 고문을 당한 흔적이 역력했다. 건이의 상태로 보아 육체적 고문뿐 아니라 정신적 고문까지 당한 것이 분명해 보였다. 차라리 산에서 자유롭게 매미가 되고 나비가 되는 쪽을 선택하도록 내버려 둘 걸 하는 후회와 그 길에 걸림돌을 놓았다는 죄책감에 나는 몸을 부르르 떨어야 했다. 건이가 떠듬떠듬 말하기 시작했다.

"도망가…… 우리…… 아빠에게…… 들키지……않도록 말이야."

건이는 자기 아빠가 행여나 우리를 발견하게 되면 우리는 자신보다 더 독한 처벌이 아니라, 죽일지도 모른다는 중요한 사실을 밝혔다. 그리고 자기 죄를 가볍게 하려고 어쩔 수 없이 우리의 핑계를 댔다는 서글프지만, 비겁한 고백을 겨우 들릴까 말까 하는 개미 소리로 말했다. 진리를 발견한 자는 고문 끝에 사건을 확대하고 과장하거나 혹은 축소하고 은폐한 후, 재해석의 과정을 통해 아빠에게 분 것이다. 우리들의 동료는 일종의 거짓자백을 한 후에 살아남았다. 진실은 폭력 앞에 무너졌다.

갑자기 쿵쿵대는 커다란 발걸음 소리가 아래층에서 들려왔다. 건이는 기겁을 하며 창문을 활짝 열더니 도망가라는 눈짓을 했다. 우리는 다급히 창가로 다가갔다. 당연히 비상계단이라도 있을 것으로 생각한 것이다. 그런데 갑자기 먼 들판에서 휑한 바람이 불어오더니, 2층에서 내려다보이는 파릇파릇한 잔디가 그네를 타듯이 눈앞에까지 왔다가 멀어졌다가 왔다가 다시 멀어졌다. 건이는 우리에게 배관을 타고 미끄러져 내려가라고 말했다. 자기가 산에 갈 때다다 하는 방법이었다며, 한 번도 떨어진 적이 없었다고 했다. 그러나 아줌마 아들이 실수로 떨어졌다가 머리에 금이 갔지만, 죽지는 않았다고 했다. 혹시 우리 병원에서 치료받지 않았느냐며 건이가 푸르뎅뎅한 눈두덩 아래로 슬쩍 드러난 눈동자에 호기심을 보이며 물었다.

쿵쿵거리는 발걸음 소리가 문 가까이 이르자 줄이가 재빠르게 난간으로 내려가 배관을 타고 미끄러져 내려갔다. 나도 줄이를 따라 기둥을 끌어안고 미끄러져 잔디 바닥을 떨어졌다. "쿵!" 하는 소리와 함께 엉덩이뼈에 통증이 왔지만 이쯤이야 대수겠는가 싶

었다. 우리는 신발도 신지 못한 채 다급히 정원을 빠져나와, 옥수
수밭 사이로 유령처럼 떠도는 찬바람을 맞으며 도망쳤다.

집으로 돌아오니, 무슨 일인지 마당에서부터 약간은 소란스러
운 분위기가 느껴졌다. 우리가 마당을 가로질러 마루에 걸터앉아
흙투성이 양말을 벗고 있는데, 마침 주방에서 나오던 옥이 아줌마
가 우리를 보자 큰 소리로 말했다.

"줄이 할머니 오셨다! 어서들 들어와라!"

우리는 1층 입원실로 뛰어들어갔다. 할머니는 침대에 앉아 줄
이 옷가지들을 가방에 넣고 계셨다. 줄이가 할머니에게 뛰어가 안
겼다.

"할머니! 할머니! 보고 싶었어…….."

할머니는 줄이를 안고, 온 얼굴로 양털같이 곱슬곱슬한 줄이
의 머리칼을 비볐다.

"어이구! 내 새끼 내 새끼! 우리 줄이 때문에 내가 살아왔단
다."

드디어 할머니와 줄이의 상봉이 이루어졌다. 할머니는 놀랍게
도 정상적인 얼굴로 회복되었고, 아프기 전보다 더 기운이 난 듯
이 아주 활발하게 움직였다. 할머니는 하룻밤 주무시고 가시라는
우리의 요청을 기어이 거절하시며 줄이와 읍내로 나가 버스를 타
고 집에 가신다고 하셨다. 그러자 아빠는 손을 내두르며 할머니와

줄이의 짐 가방을 양손에 들고 성큼성큼 마당으로 나갔다. 할머니는 그런 아빠의 뒷모습을 한동안 바라보고 계셨다. 그러더니 옷고름으로 슬쩍 눈가를 닦아냈다. 우리를 태운 차는 이미 익숙해진 자갈길을 편안하게 굴러갔고, 평지보다 낮은 땅도 어렵지 않게 지났다. 우리는 외로운 집 한 채가 덩그러니 놓여 있는 마당 한가운데 줄이와 할머니를 내려놓고 차를 돌렸다. 뒤를 돌아보니 할머니 품에 안긴 줄이가 우리의 차가 시야에서 멀어질 때까지 손을 흔들고 있었다. 이미 하늘로 날려 버린 노랑지빠귀의 노래도 들리지 않는 한적한 집에서는 이제 달그락거리며 쌀 씻는 소리와 종종걸음으로 뒤꼍에 물을 버리러 가는 신발 끄는 소리가 들릴 것이다. 그러면 적막했던 뒷산의 나무들이 잠을 깨고, 새들이 모여들며, 꽃들이 기지개를 켤 것이다.

'우리의 아이가 왔구나, 왔어!' 하고 말이다.

다음 날 오후였다. 수업을 마친 후, 집으로 가기 위해 돌다리를 건너가고 있었다. 그러다 문득 나를 부르는 듯한 소리가 들려 고개를 돌리는 데 느티나무 옆에 건이 아빠의 검은색 승용차가 주차된 것이 보였다. 순간 건이의 몰골이 떠오르며 다리의 힘이 스르르 플려나갔다. 나도 모르게 발걸음이 뒤로 가기 시작했다. 그런데 갑자기 개울위로 아빠의 얼굴이 어른거리며 두려움 앞에선 언제나 용감해야 한다는 말이 떠올랐다. 나는 다시 걸음을 집으로 향했다.

아니나 다를까, 병원 앞에는 건이 아빠가 한 손을 허리에 올리고, 다른 손으로 산 여기저기를 찌르듯이 가리키며 아빠 앞에서 온몸을 흔들고 있었다. 건이는 잎이 거의 다 떨어져 초라해진 플라타너스에 기대어 발밑에 굴러다니는 낙엽들을 슬슬 차고 있었다. 드문드문 아저씨의 목소리가 끊겨서 들려왔다.

"댁의 따님…… 날건달……."

"…… 착한…… 내 아들……."

"협박했는지……."

아빠는 팔짱을 낀 채, 바닥만 내려다볼 뿐 아무 말도 없었다. 나는 건이를 쏘아보았다. 잠시 후, 건이는 어깨를 움츠리더니 점퍼의 지퍼를 올리고 주머니에 손을 넣었다. 그러다가 고개를 갸우뚱거리며 슬그머니 고개를 들었다. 건이는 서늘한 주파수의 근원지를 찾기 위해 눈동자를 굴려댔다. 마침내 건이는 나를 발견했다. 눈동자의 움직임이 '딱' 멈춰 버린 순간이었다. 나무토막처럼 뻣뻣해진 건이는 눈도 껌벅이지 못하다가 서서히 동공의 초점을 잃어 가기 시작했다. 그러더니 그 멍청한 시선은 내게서 천천히 떨어지며 저쪽 하늘로 서서히 옮겨졌다.

할아버지의 비밀

아빠는 아저씨의 어깨를 잡고 몇 번이나 고개를 끄덕였다. 아빠가 얕은 숨을 내쉬면서 병원으로 들어가자, 아저씨는 뒤를 돌아 건이를 향해 고함을 질렀다.

"저 찌그러진 벤치 가서 앉아있어!"

아저씨의 말이 끝나기가 무섭게 건이는 현관 입구에 있는 투박한 나무 의자로 뛰어가 앉았다. 그러더니 겁먹은 고양이처럼 몸을 웅크렸다. 나는 아저씨의 뒷모습을 힐끗거리며 슬그머니 건이 옆으로 다가가 의자에 걸터앉았다. 그리고는 아저씨와 건이를 번갈아 곁눈질하며 의자위로 한쪽 발을 올리고 운동화 끈을 단단히 묶으면서 말을 삼키듯이 웅얼거렸다.

"너어…… 나한테…… 맞을 줄 알아……"

나는 주먹 쥔 손으로 바닥을 쿵 하고 내리쳤다. 앞에는 아저씨가, 옆에는 내가 버티고 있는 상황을 도저히 이겨낼 자신이 없던 건이는 고개를 떨어뜨린 채 훌쩍이기만 했다. 그 소리에 아저씨가 우리를 돌아보았다. 다행히 아저씨는 내게 돌을 던지거나 막대기를 휘두르지 않았지만, 친절을 베풀지도 않았다.

병원을 오가는 사람들의 발걸음이 뜸해지고, 발밑으로 나뭇잎이 하나둘 쌓여갔다. 현관문이 열리더니 아빠의 모습이 보였다. 오랜만에 재킷을 입은 아빠는 머리를 깔끔하게 빗질하여 넓고 반

듯한 이마가 드러났다. 나와 건이는 주춤거리고 일어나 어른들 뒤를 따라갔다. 돌다리를 건너서 아저씨 차에 오르자, 우리를 실은 차는 어딘가를 향해 바쁘게 출발하기 시작했다. 차는 골목길을 지나고 아랫마을로 향했다.

"저 녀석이 무슨 이단에 빠졌는지 원, 살다가 별일 다 겪습니다."

가끔 킁킁대며 훌쩍이던 건이는 아저씨의 말에 개미같이 작은 소리로 내게 하소연하기 시작했다.

"어떡해…… 킁! 아빠가…… 스승님…… 킁! 멱살이라도 잡으면…… 흑흑……"

나는 네 멱살이나 나한테 잡히지 말라고 말하고 싶었다.

"난 스승님한테…… 킁…… 계속 배우고 싶……"

그때였다. 뒷거울로 건이를 노려보는 아저씨의 얼굴이 비쳤다. 그 매서운 눈초리와 함께 무시무시한 목소리가 들려왔다.

"건이군! 한쪽 입술이 찌그러져 있군! 그 입에서 미치광이 소리뿐이 더 나겠나? 텅 빈 머리에서 깡통 소리뿐이 더 나겠냐 말이다! 지금 당장 입술 위치를 정렬시키게. 이 어리석은 녀석아!"

나는 창밖의 하늘을 바라보았다. 노을이 번져 가고 있었다. 어제 저녁에 봤던 노을일까? 그 노을이 다시 온 걸까? 하늘은 우리의 마음을 아는지 모르는지 한순간도 같지 않은 노을의 색을 하늘, 더지, 마을 그리고 우리의 마음을 투명하게 그러나 약간은 우울한 빛으로 채색해 갔다.

우리가 탄 차는 산양농장이 보이는 들판을 지났다. 그리고 웬일인지, 할아버지의 통나무집이 있는 방향으로 들어서는 것이다. 입술이 정렬된 건이와 나는 고개를 갸우뚱거리며 창밖을 내다보았다. 문 앞에는 마치 우리를 기다리고 계셨다는 듯이 농장 할아버지가 서 계셨다. 차는 할아버지의 현관문을 밀고 들어갈 듯이 통나무집 정면으로 거칠게 멈춰 섰고, 조수석에 앉은 아빠가 먼저 차에서 내렸다. 우리도 그 뒤를 따라 내렸다.

노을이 내려앉은 통나무집은 여전히 동화책에 나오는 그림처럼 아늑하고 따사롭기만 했다. 산 위에서 불어오는 바람이 나무집 주위를 맴돌며 우리의 머리를 만져주었다. 뒤에서 바라본 아빠의 곱슬곱슬한 머리칼도 바람에 잔잔히 흩날렸다. 할아버지는 여전히 따스한 미소로 우리를 맞아주었다. 잠시 후, 할아버지는 우리 옆에 서 있는 아빠에게로 시선을 돌렸다. 그 순간 할아버지의 시선이 흔들렸다. 아주 짧은 순간이었지만, 그 눈빛에 섬광이 번득이며 지나갔다. 고요한 물결처럼 흐르던 입가의 미소가 사라지고 할아버지는 어떤 순간에 멈춰 선 사람처럼 굳은 듯이 서 계셨다. 할아버지의 흰 곱슬머리도 바람에 구불거리며 흩날렸다. 아빠의 주변으로 어디선가 피어난 구름 같은 연기가 아빠를 휘감고 있었

다. 아빠 안에 갇혀 있던 기억들이 수문 주변에 피어오른 물안개
를 걷어 내고 분명히 손에 잡힐 것 같은 영상을 보일 듯 말듯 천천
히 수문을 열어가기 시작했다. 어디선가 차 문을 거칠게 닫는 소
리가 났다. 뒤이어 무겁고 빠른 발걸음 소리가 이어졌다. 시간은
우리를 지켜보며 시각과 시각 사이, 그 공간에서 행해지는 행동을
기대했겠지만, 할아버지와 아빠만은 시간의 틈에서 빠져나온 공
간, 띠처럼 이어진 시간이 순조롭게 연결되지 않아서 생긴 기형적
인 공간, 뒤틀어진 어떤 시공에 들어가 있는 것 같았다. 나는 아빠
곁으로 다가가 얼굴을 올려다보았다. 아빠는 언덕 같은 이마 위로
나뭇잎처럼 흘러내리는 머리칼을 쓸어올렸다. 아빠는 마치 옛날
이야기를 듣고 있는 소년이 된 것 같았다. 소년이 된 아빠의 눈동
자는 이야기의 결말을 듣고 싶어 조급해진 아이처럼 기대감에 반
짝였다. 갈급하게 무언가를 찾는 듯이 움직이는 젖은 동공과 소년
의 입술 사이로 새어 나오는 작은 신음만이 우리의 얼굴이 장밋빛
으로 물들어 가던 그날 그 시간, 그들이 우리와 함께 있음을 알려
주고 있었다. 그런데 깊은 침묵을 가르는 강한 음성이 저쪽 공간
에서 불쑥 튀어나왔다.

"안녕하십니까? 어르신! 늦은 시간에 실례가 아닌지 모르겠습
니다."

별장 아저씨의 목소리가 할아버지와 아빠 사이의 은밀한 공간

을 깨뜨렸다.

"아! 아! 네에. 아까 전화하셨던 분이시군요. 혹시 건이 아버님……?"

할아버지가 아빠에게서 어렵게 시선을 떼며 대답했다.

"네, 맞습니다! 이 녀석들이 얼마 전에 이곳에서 식사를 아주 맛있게 했다고요. 감사해서 인사를 드리러 왔습니다. 그리고 다름이 아니라……"

그때였다. 헛간에서 누군가의 머리가 '스윽' 하고 나오더니, '쏙' 하며 급히 들어가 버렸다. 그 순간, 현관문이 열리면서 잔뜩 화가 나신 아주머니 한 분이 우리를 지나 헛간으로 걸어갔다.

"최 대위! 이 양반 또 사고 쳤네. 이 양반이 정말……"

아주머니가 헛간으로 들어가 누군가와 실랑이를 벌였다. 그 뒤로 뒷마당에서 나온 아저씨 두 분이 쫓아 들어가 실랑이하던 그 사람을 끌고 나왔다.

"최 대위! 뒷마당에 있던 오리 새끼 최씨가 풀어줬수? 축사 문도 열어 놓고 말이야. 산비탈을 종일 찾아 헤맸수."

건이와 나는 헛간 쪽을 바라보았다. 턱에 염소 수염이 붙은 낯익은 남자가 옷자락을 움켜쥔 채, 건장한 두 남자의 팔에 끌려오다시피 우리 쪽으로 걸어오고 있었다.

"아니 이 무례한 젊은이들을 봤나? 화려한 강남의 네온보다

M7 자주포의 불꽃이 더 아름답다는 것을 자네들이 아는가? 어찌 알겠나? 전쟁도 겪어보지 않은 자네들이 말일세. 우리 전쟁포로들은 자유로워야 했네. 역시 짐승들도 포로가 아닐세!”

아저씨가 건장한 남자들의 팔에 끌려 집안으로 들어가려는 순간, 건이와 눈이 마주쳤다. 아저씨의 눈이 커지더니, 커다랗게 벌어진 입에서도 고함과도 같은 음성이 나왔다.

“이게 누군가? 건이군 아닌가? 난 자네가 누군가 했구먼.”

눈, 코, 입, 전부를 위로 올려 곧 풍선처럼 날아갈 듯한 얼굴로 건이를 보던 아저씨가 옆에 서 있는 아빠와 아저씨에게로 시선을 돌렸다.

“왠일들인가? 이곳에 젊은이들이? 건이군처럼 사는 게 힘들어서 왔나?”

남자들의 팔에서 벗어나 우리에게로 몸을 돌린 아저씨는 젊은이들을 위아래를 훑어 나가기 시작했다. 잠시 후, 안정을 찾은 아저씨의 목소리가 점잖게 들려왔다.

“젊은이들! 사는 게 힘들면 보따리 싸서 촌부 농장으로 오시게… 허허허 야간경비 좀 서게나. 내 약간의 경비는 줄 수 있지.”

아저씨는 뒷짐을 짓고 염소수염을 쓰다듬으며 말했다.

“경비서면서 헛질하면 바로 잘라버리네…… 허허허”

우리에게 돌아서서 걸어가는 아저씨의 등 뒤에서 특유의 웃음

소리와 말소리가 희미하게 들려왔다.

"허허허…… 젊은이들! 날이 저물었구먼. 해지고 달 밝으면 주무시게나. 촌부는 약 먹고, 숙침에 드네…… 약이 없으면 도무지 잠이 안 오니 원…… 쯧쯧……."

"저…… 저 양반이……."

아빠가 건이 아빠의 팔을 잡았다. 노을 속으로 사라지는 아저씨의 뒷모습이 쓸쓸했다. 헛헛한 웃음 속에 깊은 슬픔이 자리한 것이 느껴져 마음이 아파졌다.

웃음거리가 되어버린 애국청년. 그 최 대위는 전쟁이 남긴 상처와 흔적에서 벗어나고 싶었나 보다. 정신을 잃으면서까지 자유는 잃고 싶지 않았나 보다. 아저씨는 인정하고 싶지 않은 모진 현실을 애써 외면하고, 보이지 않기에 두렵지도 않은 우주의 공간, 그 자유로움 속으로 들어가 있었다. 누구도 침범할 수 없는 자기만의 세계에서 아저씨는 마음껏 자유를 만끽하며 살고 있었는지도 모른다. 아저씨는 잔인한 전쟁의 기억과 사랑하는 가족이 없다는 사실을 외면하기로 작정했나 보다. 아니 어쩌면 시간의 질서 속에 굴리적 충격으로 파손된 기형적 공간, 그곳에 그저 머물러 있었는지도 모른다. 어쩌면 일그러진 공간에서 빠져나오는 길을 잃어버린 건지도. 길을 잃은 아이처럼, 부모를 잃은 아이처럼, 미로에서 길을 찾아야 할 의미도 모르는 채, 의지도 상실한 채, 복잡

하게 엉킨 미로의 어느 한구석에서 웅크리고 있었는지도. 아저씨
는 과거라는 깊고 음습한 숲에서 벗어날 힘을 잃어버렸던 것이다.
누군가가 손을 내밀지 않으면 현실의 통로를 찾지 못하는 절망의
숲 속…… 혼돈의 숲 속 말이다.

집으로 돌아가는 차 안에서 별장 아저씨가 아저씨에 대해 물
었다.

"저 양반이 어떤 상태입니까? 정신이 아예 나간 사람 같지도
않고 말입니다. 원장님!"

"특정 시기만을 인지하고 있는 것 같습니다. 산속에서 위험에
처한 사람들을 도와줄 때만 자신의 정체성을 찾는 거죠. 군인이었
던 시절의 모습으로 말입니다. 그러나 그런 경우만 아니면 이곳저
곳을 돌아다니며 책을 읽거나 창을 하면서 시간을 보내고 있다고
하더군요."

"위험한 분은 아니군요."

"지금까지는 그렇지요. 도발적인 행동을 하지는 않지만, 꾸준
히 지켜봐야 합니다. 사람들의 관심과 애정이 필요해요."

할아버지의 말씀에 의하면 아저씨는 심성이 참 여리고 고운
분이라고 했다. 산속에서 길을 잃어버린 등산객에게 길을 찾아 주
기도 하고, 아이들이 산속을 헤매고 다니면 마을까지 데려다 주
기도 한다는 것이다. 나는 어렴풋이 줄이와 내가 웅덩이를 보러

가기 위해 산에서 만난 날, 멧돼지를 바위로 굴려 죽인 밀렵꾼과 귀신 소리로 겁을 주어 집으로 뛰어가게 했던 목소리를 기억해 냈다.

동네 사람들은 산 위에 아이들을 잡아가는 괴물 같은 밀렵꾼이 있다며 산에 올라가지 못 하게 했고, 아랫마을에 정신이상자들이 모여 사는 집단소가 있다며 그곳 가까이에 얼씬도 못 하게 했다. 그때, 우리는 무섭고 괴기스러운 소문의 주인공들을 만나고 돌아가고 있었다. 당시에, 우리는 우리보다 더 상처받기 쉬운 사람들, 이미 상처받아 누군가의 도움이 절실한 사람들을 우리와 다르다는 이유로 외면하고 있었다.

집으로 가는 차 안에서 건이는 고개를 숙인 채, 이마를 앞좌석에 대그 앉아 손가락만 만지작거리고 있었다. 그날 아빠도 이상하게 말없이 깊은 침묵에 쌓여 있었다. 차가 느티나무 앞에 이르자, 아빠가 어렵게 입을 떼며 아저씨께 물었다.

"윤 회장님! 아까 그 농장 어르신이 가족이 없다고 하셨지요?"

"네, 그렇습니다. 혈혈단신이라고 하시더군요. 그래서 가족이 없거나, 버림받은 사람들과 모여 살며 공동체를 이루고 살아가신다지요. 농사도 지으시고 산양농장도 운영하시면서요. 역시 근거 없는 소문은 믿을 게 못 됩니다. 아주 훌륭한 분이시더군요."

느티나무 아래에 잠시 머문 차는 우리를 내려놓고 미끄러지듯 돌담길을 빠져나갔다. 우리는 달빛이 하얗게 쏟아지는 다리를 함께 걸었다. 달빛이 개울 위로 흐드러지게 핀 메밀꽃처럼 신비스러운 빛을 뿌리며 밤길을 비춰 주었다. 아빠가 내 손을 놓더니 걸음을 멈췄다. 그리고 다리 난간에 기대어 흐르는 개울물을 바라보았다. 옆에서 바라본 아빠의 얼굴에는 깊은 사색의 빛이 떠올라 있었다. 무어라 표현할 수 없는 깊은 감동, 그것은 인생에서 찾을 수 있는 의미 있는 교훈이 아니었다. 본능적으로 침잠해 들어오는 것. 이성으로도, 감각으로도 찾을 수 없는 무의식의 지배 속에 갇혀 있던 모든 것들이 한꺼번에 쏟아져 나오는 것이었다.

6. 아이야, 우리의 작은 아이야

가을이 가고 있었다. 지난여름의 기억들을 남겨 놓고, 추억 같
은 낙엽들을 흩뿌리며 가을도 가고 있었다, 그동안 할머니는 줄이
와 함께 우리 병원에 몇 번 다녀가셨다. 약을 타러 오실 때마다 아
빠가 좋아하는 음식을 손수 만들어 가지고 오셨다. 메밀을 갈아서
국수를 만들어 오시기도 했고, 산에서 직접 주운 도토리로 묵을
쑤어 가지고 오시기도 했다. 할머니가 입원실에서 영양주사를 맞
는 날이면 줄이와 우리 삼남매는 2층 거실 바닥에 배를 깔고 누워
블루마블 게임을 하거나, 두꺼운 겨울 점퍼를 꺼내 입고, 동네를
괜히 어슬렁거렸다.

　하릴없이 동네 디딜 방앗간에 가서 재미삼아 방아를 구르며
쓸데없는 얘기로 시시덕대다가도 밖에서 작은 소리라도 들리면
무슨 큰일이나 난 듯이 소리를 지르며 뛰쳐나가기도 했다. 우르르

몰려다니며 재미없는 것도 흥미로운 것으로 만들어 놀던 우리는 그야말로 골목을 휘젓고 다니던 악동들이었다. 한번은 줄이랑 디딜방아를 구르고 노는데 밖에서 달이의 외마디 비명이 들려왔다. 나가보니 내 신발이 개울로 떠내려가고 있었다. 건이가 긴 나뭇가지로 신발을 잡아채 개울로 떠내려 보낸 것이다. 이제 건이는 산과 강과 들, 곳곳에 숨겨 놓은 우리들의 세계로 들어왔다. 건이는 나무를 깎아서 만든 창을 우리에게 나눠주고, 그 창을 허리춤에 끼고 산을 오르며 잡지도 못하는 산토끼를 쓸데없이 쫓아다녔다.

그렇게 특별했던 놀이가 완연한 겨울로 들어서며 지루해져 가던 어느 날, 우리는 별장 아저씨의 차를 타고 줄이의 집으로 가고 있었다. 줄이 할머니가 건이 엄마를 위해 담근 김장을 가지러 가는 길이었다. 그 추운 날, 줄이는 얼마나 오랫동안 우리를 기다리고 있었는지 마당에서 마주친 줄이의 볼은 빨갛게 얼어 있었고, 머리에는 흰 서리가 앉아 있었다. 할머니가 들어오라고 아무리 말을 해도 기어이 해야 할 일이 있다며 마당에서 서성이더라는 것이다.

우리는 마루 한가운데 있는 난로 주변에 모여 앉아 유리 문밖의 풍경을 바라보고 있었다. 할머니가 땅속에 묻어 둔 김칫독에서 싱싱한 김치를 꺼내주자, 아저씨와 아줌마가 비닐에 담기 시작했다. 인심이 후하던 시절, 쌀 서너 가마니에 장작 몇 짐, 그리고 김

칫독을 땅속에 묻어 두면 겨울을 맞이할 준비가 끝나는 시절이었
다. 밤이 깊어 가면 화롯불에 밤을 구워가면서 만화책을 읽고, 할
머니의 무릎을 베고 누워 옛날이야기를 듣다 잠이 들던 시절, 산
골에서의 어린 시절은 투박했지만, 순박하고 평화로웠다.

"형, 우리 집 처음 와 보지?"

줄이가 마루 주변을 둘러보며 건이에게 말했다.

"응, 진짜 시골집이다. 너네. 안 춥니?"

건이는 꽤 추운지 어깨를 움츠리고 양손을 난로의 연통에 대
고 물었다.

"좀 춥긴 한데, 그래도 괜찮아. 할머니가 계시니까. 할머니랑
있으면 난 지금보다 더 추워도 상관없어."

줄이는 만족과 기쁨, 그리고 감사가 넘치는 눈으로 유리문 밖
의 할머니를 바라보았다. 그날 그 아이는 더할 나위 없이 행복해
보였다. 할머니는 항아리에서 김치를 꺼내어 건이 엄마가 내미는
상자에 김치를 담고 계셨다. 환하게 웃고 있던 할머니가 마치 줄
이의 말을 들은 것처럼 우리에게로 고개를 돌렸다.

어느 순간 할머니의 입술에서는 미소가 사라져 있었다. 웃음
이 사라진 얼굴 위로 연민과도 같은 감정이 밀려들었다. 그렇게
줄이를 바라보던 할머니의 시선이 천천히 하늘로 옮겨졌다. 그리
고는 이마를 한번 훔치더니 가쁜 숨을 내쉬는 것이다. 기도처럼,

간절함이 담긴 할머니의 숨이 겨울 하늘로 하얗게 날아올랐다. 소망이…… 바람이…… 흰 날갯짓으로 구름 위로, 하늘 저 너머로, 그리고 하늘 위까지 올라가고 있었다. 할머니의 시선이 다시 줄이에게로 향했다. 그 순간 할머니의 얼굴에는 고통과 평화가 교차하는 십자가의 사랑, 십자가에서 마지막 사명을 마친 예수님의 평안함이 유유히 흐르고 있었다.

그때까지는 그 눈빛과 웃음 속에 우리의 작은 아이를 향한 특별한 소망이 담겨 있다는 것을 아무도 알지 못했다. 할머니와 하나님의 영혼만이 교감하는 비밀스러운 것이었지만, 그 비밀이 갑작스럽게 풀어질 것이라고는 아무도 예상하지 못했다.

줄이의 할머니로부터 농사지은 작물들을 한 아름 선물 받고, 우리는 집을 향해 출발했다. 건이가 아빠와 엄마 사이의 공간에 얼굴을 들이밀고 이 골짜기와 저 골짜기에 대해서 끊임없이 질문하는 동안, 나는 차를 보고 놀란 노루가 산기슭으로 달아나는 모습을 구경했다. 나는 차창 밖을 돌아보았다. 줄이가 점퍼 주머니에 손을 넣은 채, 차의 뒷모습을 바라보고 있었다. 작고 마른 줄이의 모습이 점점 멀어지며 이윽고 점처럼 작아져 갔다.

돌개바람이 불다

그날 저녁이었다. 바람 소리가 유난히 거세게 들렸다. 바람들이 갑자기 무슨 일이 벌어진 것처럼 유리창을 때리고 지나가며 '휘이익' 귀신같은 소리를 질러댔다. 그해 겨울은 유난히도 극성스럽게 찾아드나 싶었다. 나는 1층 할머니 방에서 아랫목에 배를 깔고 만화책을 보고 있었다. 달이는 할머니 무릎에 누워 이미 잠들어 있었고, 별이와 나는 만화책에서 둘리와 희동이의 좌충우돌 모습을 보며 키득대고 있었다. 바람이 문밖에서 유령처럼 떠돌며 거친 숨소리로 겁을 주어도 우리의 따뜻한 아랫목과 우리의 둘리와는 아무런 상관도 없었다. 매일 잔잔한 노래를 듣다가 새로 산 테이프에서 나오는 괴기스러운 음악을 듣는 듯, 오히려 흥미롭기까지 했다. 따뜻한 아랫목에서 얼마나 뒹굴었는지 눈꺼풀이 점점 무거워져 갔다.

그때였다. 갑자기 2층에서 쿵쿵대는 소리가 들렸다. 무슨 일인지 아빠가 급히 계단을 내려와서 방문을 열고 소리쳤다.

"어머니! 어머니! 지금 마을에 돌개바람이 불고 있어요. 건이네 별장 뒷산의 나무들이 다 쓰러졌다고 해요. 지금 우리 마을 쪽으로 내려온다고 합니다. 아이들 좀 데리고 계셔 주세요."

아빠의 말이 끝나기가 무섭게 "탕탕…… 우지끈" 하고 마당에서 뭔가 쓰러지며 부딪히는 소리가 들렸다. 우리가 소리를 지르며

할머니와 아빠의 품에 안기자, 옥이 아줌마가 방으로 뛰어들어왔다. 밖에는 폭우와 돌풍이 미친 듯이 불며 몰아치고 있었다. 광란하는 소리와 미친 듯이 밀어닥치는 노란 빛의 형상이 곳곳에서 폭발했다.

갑자기 하늘에서 "콰아앙 꽝" 소리가 나더니 순간 창문 밖에서 다시 노란빛이 번득이다 사라졌다. 순간 '우지끈 콰앙쾅' 소리와 함께 무언가 날아오더니 앞마당으로 '꽝' 하고 내리꽂혔다. 계속되는 휘파람 소리와 뒤엉킨 외침으로 가득한 광란의 폭풍이 문밖에서 소용돌이치고 있었다. 별이와 달이는 아빠의 양팔에 안겨 얼굴을 가슴에 묻고 울기 시작했다. 나는 할머니의 다리를 붙잡고 고개만 내민 채, 악마의 입김처럼 불어대고 쏟아지는 폭풍우 속에 휘감긴 창밖을 응시하고 있었다. 아빠는 울고 있는 달이와 별이를 아랫목 한구석으로 데리고 가서 이불로 감싸 안으며 토닥여 주었다.

"어머니, 줄이가 걱정되네요. 들판에 집 한 채만 있는 곳인데, 뒷산이 너무 가까워요. 뒷산의 나무라도 쓰러지면 집이 위험해요……. 어쩌죠?"

"지금은 찾아갈 수도 없으니…… 기도밖에 할 수 없구나."

할머니의 목소리가 비에 젖은 듯, 낮고 축축하게 들려왔다. 우리 셋은 이불 속으로 들어가, 바람의 비명과 비의 탄식으로 물결치는 돌풍이 지나가기만을 기다려야 했다. 아빠가 가끔 문밖으로 나가 주변을 확인하고 돌아오면 축축이 젖은 아빠의 옷자락에서 찬바람 냄새 같은 서늘한 기운이 묻어왔다.

얼마나 지났을까? 울부짖던 바람의 비명이 아스라이 잦아들고 탄식하던 빗소리가 가늘어진 것 같아 밖이 궁금해졌다. 아빠가 일어나서 창문 밖을 살펴보더니 문밖으로 나갔다. 마루 문이 열리고 마당으로 걸어나가는 아빠의 발소리가 불규칙하고 무겁게 들려왔다. 아빠는 무언가를 피해 걷고 있었던 것이다. 그때였다. 손전등의 불빛이 창을 통해서 가늘게 흘러들었다.

"안으로 들어가세요."

낯익은 동네 아저씨의 목소리였다.

"전기가 다 끊겼군요."

침울해진 아빠의 목소리가 들려오더니, 한참이 지난 후에야 아저씨의 목소리가 들렸다.

"이 곳에 나무가 다 없어졌어요."

모호한 말을 남긴 아저씨의 발걸음이 우리 집을 지나 어디론가 향하고 있었다. 아빠가 방으로 들어오더니 긴장감에 지친 할머니에게 잠시라도 주무시라고 청했다. 그렇게 말하는 아빠의 얼굴에도 피로와 불안의 그림자가 짙고 길게 드리워져 있었다.

어느새 잠이 들었는지, 눈을 뜨니 창밖으로 굽은 능선이 어슴

푸레 드러나고 있었다. 달이와 별이는 할머니와 옥이 아줌마 사이
에서 새근새근 잠이 들어 있었다. 그 순간 다급히 계단을 내려오
는 발걸음 소리가 들렸다. 일어나서 문을 열고 나가자, 모자를 쓰
고 군용점퍼를 입은 아빠가 장화를 신고 있으셨다. 나도 급하게
옷을 챙겨 입고 점퍼에 한쪽 팔을 집어넣으며 아빠를 따라나섰다.

아빠가 비추는 손전등 사이로 보이는 풍경은 도저히 믿을 수
가 없었다. 그렇게 익숙하고 친근했던 산이 이렇게 돌변할 수 있
을까 하는 배신감이 느껴졌다. 우리 집 마당에는 남의 집 세간이
돌풍에 날아와 마당에 나뒹굴고 있었고, 병원 간판도 떨어져서 구
겨진 채로 헛간 지붕이 날아간 자리를 대신하고 있었다. 무섭기만
하던 헛간의 담벼락은 허물어졌다. 우리를 공포에 떨게 하던 헛간
의 추억이 돌풍에 쓸려가 흔적도 없이 사라진 것이다. 아빠와 나
는 손전등 하나에 의지한 채 돌다리를 건넜다. 다행히도 돌다리는
건재했다. 나는 발에 치이는 나무와 돌담들을 피해 이리저리 아빠
에게 물었다.

“아빠, 어디 가는 거예요?”

“줄이네 집에. 줄이가 걱정이구나! 전기와 전신이 다 끊겼어.
연락도 안 되는데…….”

아빠의 뒤를 따라 얼마나 걸었는지 골짜기 사이로 빽빽이 둘
러섰던 나무가 쓰러지고 부러지고 뽑혀 나가 산자락이 훤히 드러

나는 모습이 선명하게 보이기 시작했다. 마치 악몽을 꾸고 있는 것 같았다. 줄이네 집으로 가는 산길에 있던 이백여 년 되었다는 아름드리나무의 굵은 가지 몇 개가 부러져 개울을 막고 있었다. 거목인 은행나무도 마치 성냥개비가 부러진 듯이 허리가 잘려나갔고, 벼락 맞은 나무는 산산조각 나 버렸다. 울창했던 소나무 수백 그루가 맥없이 쓰러져 버려, 그야말로 울창했던 숲이 하루 만에 민둥산이 되어 버린 것이다. 온 산을 한칼에 내려친 듯 수백 수천 그르의 나무들이 곳곳에 널브러져 뿌리째 뽑혀 있었다.

산도 이런 데 하물며 작고 마른 줄이는 이 난리를 어떻게 버텨 냈을까 하는 걱정이 깊어졌다. 골짜기가 깊어 갈수록 근심도 더해졌다. 아빠는 잔해들을 피해 걸을 때마다 낮은 소리를 질렀다.

"맙소사!"

"하아."

"이런…….."

아빠가 뒤를 돌아보더니 이미 힘이 빠져 지쳐 있는 나를 보고 업히라며 내 앞에 앉아 등을 내미셨다. 나는 얼른 아빠의 등 위로 올라갔다. 몇 년 동안 달이의 차지였던 아빠의 등에 올라 나는 아빠의 목을 꼭 끌어안았다.

서서히 추위가 잦아들며 익숙한 골짜기의 들판과 하늘이 드러났다. 줄이의 집 근처로 온 것이다. 그러나 아무리 둘러보아도 줄이의 집은 보이지 않았다. 지난밤 나무들이 얼마나 아우성쳤을까 하는 상상이 들 정도로 나무는 산 밑으로 얼어붙은 눈물 자국처럼 쓰러져 나뒹굴고 있었다. 아빠가 나를 내려놓고, 흐물흐물한 진창가가 되어버린 개울을 허겁지겁 건너기 시작했다. 개울의 다리가 되어 준 나무는 흔적도 없었고, 고목의 부러지고 휜 가지들이 개울 사이에 다리를 놓아주고 있었다.

그때 줄이네 앞마당에 서 있던 큰 나무가 쓰러져 있는 게 눈에 들어왔다. 헛간이 있던 자리에는 담벼락이 무너져 돌들이 흩어져 있었다. 뒷산에서 흘러내린 나뭇더미가 집이 있던 자리를 덮쳐 버려, 집은 흔적도 없이 사라진 것이다.

"어르신! 어르신! 줄이야! 줄이야!"

아빠가 허겁지겁 개울을 건너 덮친 나무들 사이로 이리저리 얼굴을 묻고 줄이와 할머니를 불렀다. 나도 아빠와 함께 쓰러진 나무들 사이로 줄이와 할머니의 흔적을 찾았다. 대답 대신 공허한 메아리만 울려왔다.

"줄이야! 어르신!"

아빠가 뒷마당이 있던 자리에서 삽을 찾아와 이곳저곳을 배회하며 무덤 같은 잔해 속을 파헤치기 시작했다. 그때였다. 쇠막이 있던 자리에서 "음 머…… 음…… 머…….″ 소의 울음소리가 희미하게 들려왔다. 그곳으로 달려가자, 무너져 내린 쇠막과 나무

들 사이에서 쓰러져 있는 어미 소의 모습이 보였다. 아빠가 쇠막의 부서진 지붕과 나무를 힘겹게 걷어내기 시작했다. 그제야 어미 소가 힘겹게 숨을 내쉬며 눈꺼풀을 파르르 떨었다. 그때였다. 배 안쪽에서 물 위로 올라오듯 작은 머리가 삐죽이 고개를 내밀었다. 송아지였다. 송아지는 어미 배 밖으로 고개를 빼더니 겁에 질린 눈동자로 우리를 바라보았다. 그러더니 "음머……" 하며 엄마를 찾는 듯한 울음을 뱉어내는 것이다. 아빠가 송아지를 어미의 품 안에서 끌어내자, 가파른 숨을 내쉬던 어미 소가 힘겹게 머리를 들었다. 그리고 아주 짧은 순간, 큰 눈을 한 번 끔벅하더니 몸을 파르르 떨며 이내 힘없이 머리를 떨어냈다. 나는 그만 주저앉아 울음을 터뜨리고 말았다.

"줄이야. 할머니!"

입에서는 소와 송아지 대신 줄이와 할머니를 찾는 소리가 울음에 섞여 나왔다. 나는 엉엉거리고 울면서 일어나 헛간이 있던 곳과 뒷마당을 헤매며, 마루가 있던 자리로 갔다. 그때였다. 발밑의 쓰러져 나뒹구는 나무들 속에서 희미한 목소리가 들려왔다.

"아저……씨이…….."

나는 울음을 그치고 소리가 나는 쪽으로 귀를 기울였다.

"여……기…… 여기……요…….."

나는 벌떡 일어나서 아빠를 소리쳐 불렀다.

"아빠! 아빠! 줄이 목소리가 들려요. 여기에요. 여기."

아빠는 삽을 내동댕이치고 내가 있는 쪽으로 달려왔다. 그리고 희미하게 올라오는 작은 목소리에 귀를 기울였다. 갑자기 아빠는 무언가에 홀린 듯이 나무를 걷어 올리기 시작했다. 그때, 아빠의 힘은 어디에서 비롯된 걸까? 그 괴력은 아무리 생각해도 이해할 수 없는 능력이었다. 그 순간 아빠에게 누군가 특별한 능력과 힘을 부여한 것이다. 할머니를 대신해 작은 아이를 살려내야 했기 때문에…….

엉킨 나무의 뿌리와 줄기들 사이로 진흙투성이의 작은 얼굴이 드러나기 시작했다. 줄이는 얼어붙은 듯 흰 입김만 내뿜으며 가쁜 숨을 내쉬고 있었고, 얼굴과 온몸은 진흙과 잔 가지로 덮여 있었다.

그때였다. 줄이의 목과 어깨를 감싼 진흙투성이의 저고리 자락이 보였다. 내 떨리는 시선이 나무들 사이에 있는 옷자락을 따라갔다. 사람의 것 같은 몇 가닥 머리칼이 보였다. 나는 숨이 멎는 것 같았다. 잠자듯이 쓰러져 있는 할머니가 줄이의 머리를 한쪽 팔로 감싸 안고 나무의 시체 무덤 사이에 끼어 있던 것이다.

"아빠아……."

나는 잡고 있는 아빠의 옷자락을 흔들며 할머니가 있는 쪽을 손가락으로 가리켰다. 아빠는 들고 있던 나무의 잔해를 떨어뜨리고 그 자리에 주저앉고 말았다. 아빠가 허망한 시선으로 허공을 바라보았다. 잠시 후, 아빠는 일어나서 줄이에게 덮친 마지막 나무를 걷어내기 시작했다. 줄이가 숨어 있던 구덩이는 누군가가 미리 준비해 놓은 듯이 아늑하고 안전하게 보였다. 마치 아빠의 의학 서적에 있는 그림 속, 엄마의 자궁에서 보호받고 있는 태아처럼 줄이는 동그란 요람 같은 곳에서 웅크리고 있었다. 할머니의 모태 같은 가슴속에서 줄이는 아기처럼 안겨 있었던 것이다. 전쟁터 같은 그곳에서 할머니의 마지막 심장 소리를 들으며 할머니의 옷자락을 탯줄처럼 쥐고 있었던 것이다.

아빠가 할머니 품에서 줄이를 들어 안았다. 가쁜 숨을 내쉬며 세상의 빛을 처음 보는 아가처럼, 줄이의 얼어붙은 손은 할머니의 옷자락을 놓지 못했다. 아빠가 줄이의 손을 잡아주자, 그제야 손을 놓으며 아빠의 품에 안겼다. 아빠는 바들바들 떨고 있는 줄이를 아빠의 점퍼로 감싸 안아 헛간이 있던 자리에 옮겨 놓고 다시 할머니에게로 갔다. 아빠가 할머니의 목에 떨리는 손을 갖다 댔다. 나는 아빠의 얼굴을 바라보았다. 아빠의 눈이 점점 커지더니 갑자기 멈춰 버렸다. 아빠의 어깨와 팔, 그리고 다리에 스르르 힘이 빠져나갔다. 아빠는 의식을 잃은 사람처럼 그 자리에 주저앉고 말았다.

그때였다. 합창하는 듯한 군화 소리가 골짜기 사이로 들려 왔

다. 그 소리는 점점 가까워지며 커지더니, 갑자기 크고 씩씩한 목
소리가 뒤에서 들렸다.

"괜찮으십니까?"

군인 아저씨들이었다.

또다시 슬픔이 찾아오다

줄이 할머니의 장례예배를 드리는 날이었다. 날씨는 왜 그리
도 추웠는지 나는 몇 번이고 얼굴을 거북이처럼 목도리 속으로 묻
어야 했다. 줄이는 할머니를 뒷마당에 묻었다. 집은 집터조차 남
기지 않고 흔적조차 사라져 버렸다. 오직 돌풍과 폭우도 견뎌 내
고 새의 무덤을 지킨 십자가들만이 뒷마당을 기억하고 있었다. 그
자리에 할머니의 무덤이 봉긋하게 세워졌다. 줄이는 울지 않았다.
너무나 갑작스럽게 일어난 일에 거의 정신을 차리지 못한 채 줄이
는 며칠을 먹지도 못하고 뜬눈으로 밤을 지새워야 했다.

장례식의 행렬은 그들의 삶만큼이나 초라했다. 나와 아빠, 할
머니와 옥이 아줌마, 건이의 부모님과 건이, 동네 주민 몇 명이 쓸
쓸했던 줄이 할머니의 마지막을 배웅했다. 목사님이 담담한 목소
리로 찬송가를 부르기 시작했다.

"천국에서 만나 보자. 그날 아침 거기서…… 저기 뵈는 천국

문에서 만나보자. 그날 아침 거기서 만나 보자……”

나는 죽음 앞에 초연한 줄이의 의연함에 놀랐고, 할머니의 장례를 의젓하게 치르고 있는 모습에 또다시 놀랐다. 줄이는 농장 할아버지가 말한 천국을 믿고 있었다. 언젠가 하늘 위로 돌아가면 할머니를 다시 만나리라는 믿음으로 그 작은 아이는 자신을 위로하고 있었다.

장례식이 끝난 후, 동네 주민은 흩어져 각자의 집으로 돌아갔고, 건이네와 우리 식구만 우리 집으로 돌아왔다. 줄이는 할머니가 입원해 계신 동안 묵었던 아빠의 서재로 힘겹게 발을 내디뎠다. 남은 식구들은 1층 할머니의 방으로 들어갔고 아빠와 별장 아저씨가 거실 소파에 앉아 술잔을 주고받았다. 아빠가 집안에서 술 마시는 것을 본 것은 아마도 그날이 처음이지 싶다.

“이렇게 허망하게 돌아가실 걸, 제가 억지로 그 생을 붙잡은 게 아니었나 싶습니다.”

축축이 젖은 아빠의 음성이 가늘게 떨리고 있었다.

“줄이를 위해 하실 일이 있으셨던 것 같습니다. 이생에서의 삶을 마무리 할 마지막 시간이 필요하셨나 봅니다.”

아저씨가 아빠를 위로했다.

“누구든 죽음 앞에서는 아무것도 할 수 없다는 걸 알면서, 또 다시 저 자신이 무력하게 느껴지는군요.”

"한 원장님! 원장님의 환자에 대한 애착은 지켜보는 사람도 눈물겹습니다. 그러나 이제는 내려놓으시죠. 삶과 죽음은 우리가 어찌할 수 없는 것 아니겠습니까? 우리가 삶을 선택한 것이 아니듯 죽음을 선택할 수 있습니까? 다만, 우리에게 주어진 생만큼 열심히 살다가 때가 되면 돌아가는 거지요. 줄이 할머니는 줄이가 평생을 살아도 가지지 못할 아름다운 추억을 만들어 주고 가셨습니다. 헌신적인 사랑을 보여주고 가셨어요. 줄이는 그 추억 때문에 평생 외롭지 않을 겁니다."

어디선가 낮게 흐느적거리는 소리가 들렸다. 우리 아빠가 울고 있었다. 반백의 아빠가 아이처럼 흐느끼고 있었다. 그때, 서재 문이 조심스럽게 열리더니 작고 마른 아이의 얼굴이 보였다. 줄이가 문 앞에 서서, 사슴 같은 눈동자를 바르르 떨며 우리를 바라보았다. 그러더니 아빠를 향해 달려오는 것이다. 그 사이 더 작아진 아이는 아빠의 넓은 가슴에 폭 안겨 보이지도 않았다. 다만, 아빠처럼 구불구불한 머리칼만이 아빠의 섬세한 손가락 사이에서 물결치고 있었다. 별장 아저씨의 눈시울이 붉어졌다. 2층으로 올라오던 건이도 계단에 서서 울고 있었다.

우리는 이곳에서 마지막으로 할머니를 떠나보내는 것이다. 경황이 없었기에 장례식을 치를 때까지도 할머니의 죽음을 인식하지 못했던 우리는 모두 이곳에서 할머니의 부재를 몸소 느끼기 시작했다. 부르르 몸을 떨면서 무의식에 갇혀있던 서러운 기억들이, 떠나보낼 수밖에 없는 무기력에 대해서, 그리고 왜 하필이면 우리일까 하는 억울함에 대해서, 또다시 찾아온 지긋지긋한 슬픔에 대해서 토설하듯이 길고 긴 울음이 터져 나와 우리의 거실을 가득 메웠다.

줄이는 며칠을 우리 집에서 보냈다. 말은 없었지만, 밥도 잘 먹고 학교도 잘 다녔다. 할머니 없이 시작되는 겨울을 줄이는 힘겹지만 이겨낼 수 있을 것만 같았다. 그러던 어느 날이었다. 줄이가 집으로 돌아가겠다는 말을 했다. 돌풍이 마을을 휩쓸고 지나간 후, 군에서 시작된 집짓기 사업이 본격적으로 추진되어 가던 중이었다. 줄이의 집도 그 대상에서 예외는 아니어서 예전보다는 작지만 깨끗한 집이 만들어졌다고 했다. 그 말을 들은 아빠는 처음에는 강경하게 반대도 했다가, 나중에는 달래기도 하더니, 아예 말문을 닫고 방으로 들어가 버렸다. 줄이는 시무룩하게 소파에 앉아 있다가 서재로 들어갔다. 집으로 돌아가겠다고 말할 때마다 줄이와 아빠 사이에 보이지 않는 갈등이 반복되었다.

'어디 한번 해 봐라! 사랑하는 사람을 잃은 슬픔을 혼자 이겨낼 수 있다고?'

'삼남매와 어머니까지 있는 나도 얼마나 힘들었는데, 고작 열한 살 먹은 네가 혼자 해 보겠다고? 어디 한번 해 봐라!'

아빠는 말하지 않았지만 줄이와 갈등을 겪을 때마다 줄이를
바라보는 아빠의 눈은 그렇게 말하고 있었다.

머칠 후, 그 아이는 작은 가방 하나를 들고 나왔다. 손에 쥔 낡
은 보따리 하나가 줄이라는 아이가 세상에 있음을 증명해 주는 유
일한 것이었다. 이미 줄이를 설득하는 것이 무리라는 것을 알게
된 아빠는 외투를 입고 흐느적거리며 계단을 내려가는 작은 아이
를 따라나섰다.

돌다리를 지나 느티나무로 가는 동안, 줄이의 집으로 가는 차
안에서도 아빠는 아무 말이 없었다. 다만, 언제든지 마음이 바뀌
면 돌아오라는 말을 하실 뿐이었다. 줄이를 내려 주고 돌아서는
아빠의 얼굴은 담담한 표정의 줄이와는 달리 깊은 상심으로 가득
했다. 목동을 잃은 양처럼, 양을 잃어버린 목동처럼. 빛을 잃은 별
처럼, 아니 별을 잃어버린 하늘처럼. 신을 잊은 사람처럼…… 아
니, 자녀를 잃고 절규하는 신의 얼굴을 하고 있었다.

작은 아이는 마당에 서서 우리 차가 시야에서 멀어질 때까지
바라보고 있었다. 그런데 작게만 보이던 줄이가 그날은 유난히도
크고 씩씩해 보이는 것이다. 아빠의 마음을 위로라도 하려는 듯이
팔을 높이 들고 학교 교정에서 휘날리는 태극기처럼 힘차게 흔들
고 있었다.

집에 돌아와서 나는 줄이가 묵었던 서재를 바라보았다. 줄이

는 반듯하게 이불을 개어 놓고 물건들을 하나하나 제자리에 놓고 갔다. 언젠가 모든 것을 제자리에 돌려놓아야 할 날이 올 줄 알았다는 듯이.

그렇게 줄이를 보내고 우리의 겨울은 다시 시작되었다. 아궁이 잿불에 고구마를 던져 놓고, 화롯불에 밤을 구웠다. 별이는 이제 장갑을 끼고 밤들을 이리저리 돌려놓으며 꽤 능숙한 솜씨로 밤을 굽는다. 겨울의 밤도 다시 시작되었다. 할머니의 꿈같은 옛날 이야기들은 밤이 깊은지도 모르고 계속됐지만, 이제 더 이상 이야기의 주인공들은 나를 그들의 세계로 인도하지 않았다. 이제 그런 꿈들의 주인공들은 아쉬운 듯이 내 손을 놓고 별이와 달이의 꿈속으로 날아갔고, 나는 이제 수학과 영어문제로 씨름하며 밤을 보내야 했다.

영하20도 가까이 내려간 어느 날이었다. 아빠는 나를 불러 모자와 장갑을 챙겨 주고 신발 끈도 여며주며 중무장을 시킨 후, 함께 돌다리를 건넜다. 유난히 추웠던 그 날, 아빠는 매우 불안해 보였다.

넓다 못해 황량하기까지 한 들판에 다다르자, 우리는 가느다란 빛과 연기가 구름처럼 피어오르는 줄이의 집을 눈으로 찾았다. 그런데 그날은 이상하게 굴뚝에서 연기가 피어오르지 않았다. 가느다란 빛도 없었다. 줄이의 집은 짙푸른 어둠과 보랏빛 추위에 둘러싸여 있었다. 아빠는 불길한 예감에 꽁꽁 언 들길을 조심스럽지만 급하게 속도를 내며 낮은 평지로 들어섰다. 마당으로 들어가자 한동안 온기가 전혀 없었던 것처럼 추운 공기가 더 차게 느껴졌다. 아빠가 마루로 올라가 급히 방문을 열어보더니 뛰어 나와 부엌으로 들어갔다. 그리고 다급히 뒷마당으로 달려갔다. 아빠의 뒷모습이 모퉁이를 돌아서 사라지기 무섭게 갑자기 외마디 비명이 들려왔다.

"아!"

나도 아빠를 따라 뒷마당으로 달려갔다. 젖가슴처럼 봉긋 솟은 할머니의 무덤 위에 작은 아이가 누워 있었다. 봄 동산에 꽃이 핀 것처럼, 무덤 위에 알록달록한 이불이 덮여 있었고, 그 위에 줄이가 무덤을 끌어안은 채, 잠을 자듯 누워 있었다. 줄이는 온몸이 얼어 가며 정신을 잃어가고 있었다. 아빠가 줄이를 업고 정신없이 차로 달려갔다. 줄이를 태운 차는 얼음이 언 땅을 미끄러지듯 달려 나갔다.

아빠는 집에 오자마자, 줄이를 1층 할머니 방에 누였다. 옥이 아줌마가 죽을 끓이기 시작했고, 할머니도 아궁이에 장작을 계속 집어넣었다. 아빠가 줄이의 입에 온도계를 꽂고 체온을 확인하더니 소매를 걷어 올리고 주삿바늘을 꽂았다. 옷걸이에 주사 용기를 걸고, 주삿바늘이 움직이지 못하도록 가느다란 팔에 바늘을 꽂고 반창고를 붙였다. 튜브 용기에서 액체가 '똑똑' 떨어져 내리며 줄이의 파랗고 가느다란 혈관을 타고 들어갔다. 별이와 달이는 무릎을 꿇고 앉아 걱정스러운 눈길로 내내 줄이와 아빠를 지켜보다가, 이내, 작은 손들은 너나 할 것 없이 줄이의 얼굴과 이마를 만지고, 팔과 다리를 주물렀다. 한동안 줄이의 얼굴에 자기 얼굴을 갖다 대고 있던 달이가 엉거주춤 일어나더니, 따뜻한 물수건을 가져와서 줄이의 이마에 얹어 놓았다.

그렇게 하루가 갔다. 줄이는 차차 의식을 회복했고, 점심에는 할머니가 입에 넣어 주는 죽을 받아먹기도 했다. 그리고 저녁에는 자리에서 일어나 직접 죽을 떠먹었다. 아빠는 그런 줄이의 모습을 지켜보다가 물 잔을 건네며 물었다.

"줄이가 그렇게 추운 날 할머니의 무덤에는 왜 갔을까 궁금하구나."

"……추우니까요. 할머니가 추울 것 같아서…….."

줄이가 힘없이 대답했다.

"줄이 말대로 할머니는 천국에 계시잖아. 그러니까 안 추우실 거야."

"사실은…… 할머니가 보고 싶어서요. 할머니…… 심장 소리가 듣고 싶어서…… 할머니 곁에 있고 싶어서…… 할머니처럼 천국에 가고 싶어서…… 실은 나도…… 죽고 싶어서…….."

줄이의 목소리가 메어왔다. 줄이의 손에 들려 있던 숟가락이 '쨍' 소리를 내며 쟁반 위로 떨어져 내렸다. 아빠가 참았던 숨을 힘겹게 내쉬며 줄이를 가슴으로 끌어당겼다. 줄이는 아빠의 품에서 또다시 흐느끼기 시작했다. 달이와 별이도 아빠의 허리와 어깨에 얼굴을 묻고 울기 시작했다.

"어떻…… 게 너처럼, 작은 아이 입에서…… 어떻게……."

아빠는 울먹이며 말을 잇지 못했다.

그때, 줄이는 슬픔을 이겨낼 힘을 잃어버렸다. 아니, 그 작은 아이는 애초에 극복할 힘이 없었을지도 모른다. 세상은 말한다. 슬픔을 이겨내야 한다고, 누구나 혼자라고, 슬픔을 이기지 못하는 건 나약한 거라고. 그러나 손을 내미는 사람도, 같이 울어 줄 사람도 없다면 그건 틀린 답이다.

슬픔은 과학적으로 풀 수 없는 그 무엇이었다. 고통은 감정만으로 표현할 수 없는 그 무엇이었다. 절망은 깊이를 가늘 수 없는 그 무엇이었다. 건이의 말대로 그것은 물질 이동의 질서를 부분적으로 파괴한 기적의 일면, 그 어두운 이면이었다. 어떤 뛰어난 어휘로도 줄이의 상실과 절망을 설명해 낼 수 없었다. 특별한 단어의 조합 능력이 있다 할지라도, 분노조차 할 수 없는 줄이의 무력함을 표현하는 것은 불가능했다.

지금도 나는 여전히 줄이의 슬픔을 헤아릴 수 없지만, 줄이의 고통을 표현하는 순간, 그 고통이 너무나 작아진다는 것은 안다. 잔인한 현실의 무게와 깊이를 가늠하고, 그것을 표현한다는 것은 이미 슬픔이 한 단계 정제된 것이기에 건이의 논리력과 내 문장력은 줄이 앞에서 그저 침묵할 수밖에 없었다. 그러기에 우리의 허영심은 파도에 휩쓸린 모래성처럼 순식간에 무너져 내렸던 것이다. 죽을 만큼 절망하는 육신의 절규 앞에 그 날의 경험은 나약한 인간의 한계를 절실히 깨닫게 했고, 우리가 자랑하던 우리의 능력을 순식간에 아주 작고 볼품없게 만들어 버렸던 것이다.

그러나 내가 기억하는 줄이의 슬픔을 기록하는 것이 줄이에게 아주 작은 위로라도 된다면, 그렇게라도 된다면…… 그렇게라도 된다면, 단어 하나 단 한 줄의 문장이라도 일상적인 언어나 감각적인 문장이 아닌 마음에서 닦여진 순결한 단어로, 가슴에서 말하는 언어로 퍼 올리고 싶었다. 가능하다면 줄이의 아픔을 대신할 영혼의 언어로 표현하고 싶었다. 하나님의 슬픔을 대언할 하늘의 언어, 하늘 위에 사는 그들의 언어로 표현하고 싶었다. 그것이 줄이의 슬픔에 대한 최소한의 예의임을 알기에.

한동안 울고 있던 줄이의 울음이 잦아들었다. 달이는 어느새 아빠의 다리에 누워 잠이 들어 있었고, 별이는 눈물 자국이 번진 눈으로 줄이를 바라보고 있었다. 아빠가 줄이의 머리를 쓰다듬으며 말했다.

“줄이야, 아저씨랑 우리 삼남매랑 같이 살자. 응?”

“……”

줄이는 대답이 없었다. 아빠가 다시 말했다.

“줄이야, 우리 함께 살자. 해야, 별이야. 어떠니? 우리 함께 사는 거…….”

“아빠! 나는 형이 있으면 좋겠어요. 난 줄이 형이 좋아요.”

별이가 말했다.

“저도 좋아요.”

나도 말했다. 아빠가 따스하게 웃으며 우리를 양팔로 감싸 안았다. 줄이는 대답하지 않았지만, 아빠를 바라보는 눈 속에는 이미 긍정의 답이 담겨 있었다. 차마 입으로 뱉어 내지 못하는 말.

‘아저씨랑 같이 살았으면 좋겠어요. 나도 가족이 있으면 좋겠어요.’

줄이는 눈으로 입으로 그리고 온몸으로 말하고 있었다.

본격적인 겨울이 시작되었다. 학교로 가는 골목길은 아침마다 눈으로 덮였다. 여름 동안 열려 있던 대문들이 꼭꼭 닫히고 처마마다 길고 짧은 고드름이 열렸다. 개울은 얼어붙었고, 동산은 폭설이 내릴 때마다 붕괴되어 산에 사는 사람들을 마을과 단절시켜 놓았다. 폭설 때문에 등교하지 못하는 친구들이 하나둘씩 생겨났다. 길고 긴 겨울 방학과 함께 성탄절을 기다리는 기간이었다. 교회에서 성탄절 행사로 연극을 준비하느라 학교 수업을 마치고, 자주 교회에 가서 연극 연습을 했다. 올해에 우리는 찰스 디킨스의 '크리스마스 캐럴'을 하기로 했다. 나는 주인공인 스크루지 영감을 맡았다. 스크루지는 자린고비 구두쇠로 인정머리라고는 털끝만큼도 없는 수전노인데 아무리 생각해도 스크루지 영감과 나의 캐릭터는 맞는 부분이 전혀 없었다. 그러나 만장일치로 내가 뽑혔다. 극의 초반에는 욕심 많은 노인을 연기해야 했고, 후반부에는 크리스마스의 나눔을 실천하는 회개한 탕자가 되어야 했다.

그날 우리는 주일학교 선생님이 간식으로 만들어 준 떡볶이를 먹으며, 빨간 양념을 이리저리 묻힌 입술로 고함을 질러 대고 마지막 대본 연습을 했다. 거의 모든 아이가 수선을 피우고 있었지만, 줄이만이 얌전하게 자리에 앉아 아기 예수 그리기에 열중하고 있었다.

연극 연습이 끝난 후, 집으로 가기 위해 눈 쌓인 앙상한 나뭇가지가 골목으로 뻗어 있는 돌담길을 지나 돌다리에 다다랐다. 다리 아래에는 할머니가 떠 준 털장갑과 목도리, 그리고 빵모자로 중무장하고 있는 달이가 우리를 기다리고 있었다. 우리가 돌아오는 시간에 맞춰 썰매를 타려고 헛간에서 포댓자루를 끌고 나온 것이다. 우리가 다리 아래로 내려가자 달이가 자루를 내려놓고 우리를 향해 뛰어왔다. 그리고는 쭈뼛대고 서 있는 줄이의 옷소매를 잡아끌었다.

"형아! 나랑 썰매 타자."

우리를 얼마나 기다리고 있었는지 달이의 볼이 빨갛게 얼어 있었다. 그런 달이의 볼을 줄이가 쓰다듬으며 고개를 절레절레 흔들었다. 달이는 아쉬운 듯이 줄이의 손을 놓고, 포댓자루에 앉아 언덕을 미끄러져 내려오기 시작했다. 작은 달이를 태운 자루는 날아갈 듯이 별이와 나를 앞서 나가 얼음판으로 가볍게 미끄러져 내렸다. 우리는 포댓자루에서 내려와 전날 다리 밑에 두고 온 썰매를 끌고 나왔다. 달이를 썰매 위에 앉히고 나는 앞에서 썰매 줄을 당기고 별이는 달이의 등을 밀면서 미끄러질 듯 달려나갔다. 우리가 신이 나서 놀고 있는 동안 줄이는 강둑에 서서 우리의 모습을 바라보고 있었다.

슬픔이 변하여 찾아온 기적

나는 줄이에게 내려와서 같이 놀자는 말을 하지 못했다. 줄이는 우리와 함께 살게 된 이후로 예전처럼 잘 웃지도 말하지도 않았다. 옥이 아줌마가 줄이의 말문을 열어 보려고 이것저것 물어보기도 했지만, 줄이는 눈을 내리깔고 시선을 피하며 '예' '아니오'로 일관했다. 줄이는 이제 우리와 한 공간에 있기를 거부했다. 우리

가 있으면 부엌과 거실에도 나오지 않았고, 거실이 조용해진 후에야 슬그머니 나와서 욕실로 들어가거나 잠시 소파에 앉아 있곤 했다. 가끔 방문을 열어 보면 줄이는 창밖의 하늘을 멍하니 바라보며 서 있기도 했고, 추운 마루에 앉아 성에 긴 유리문 밖을 내다보기도 했다. 어느 날은 추운지도 모르고 마루에 앉아 있다가 체온이 떨어져 오후 내내 주사를 맞기도 했다.

하루가 다르게 우울해져 가는 줄이를 보고 아빠는 시간이 해결해 줄 것이라며 우리를 안심시켰다. 할머니의 부재를 받아들이는 과정에서 자연스럽게 생긴 일이라고 했다. 할머니가 돌아가신 후, 얼마간은 할머니가 병원에 입원해 있는 동안의 외로움 정도로 느꼈을 줄이가, 이제 이 세상에서 다시는 할머니를 볼 수 없다는 사실을 받아들이는 시간이 필요하다고 했다. 그래서 스스로 현실을 인정하고 받아들여야 하는 고통스러운 시간을 기다려주어야 한다고 말이다. 줄이가 그 슬픔에서 일어나 걸어오도록, 우리가 내민 손을 잡을 수 있도록.

그때였다.

"으아앙"

갑자기 등 뒤에서 달이의 울음소리가 들렸다. 뒤를 돌아보니 건너편 개울에서 한쪽 발이 물에 빠진 달이가 별이의 손을 잡고 울고 있었다.

"야! 별이 너! 누나가 달이 잘 데리고 있으라고 했지?"

나는 미끄럼을 타고 가서 얼음이 깨져 있는 곳에 어정쩡하게 서서 질질 짜고 있는 달이를 끌어냈다. 두 녀석이 내가 한눈판 사이에 얼음 징검다리 놀이를 하고 있었던 것이다. 얼음에 금이 가는 것을 신나서 바라보다가 일부러 발로 밟아 얇은 얼음을 깨버린 후, 물 위에 뜬 빙하 같은 얼음조각을 징검다리 삼아 놀다 빠진 것이다. 나는 별이의 머리를 한 대 쥐어박고 달이를 둘러업었다.

언덕 위에서 연기가 올라오고 있었다. 줄이가 언덕배기의 마른 잡초를 태워서 불을 지피고 있었다. 별이와 달이는 줄이가 지핀 불가에 쪼그리고 앉아 훌쩍이며 물에 젖은 바지와 신발을 말렸다.

한바탕 소동이 지난 후, 나는 별이의 머리를 쓰다듬고, 달이의 바지 밑단을 내려주며 옥이 아줌마에게 말하지 말라고 신신당부를 했다. 그리고 우리는 아무 일도 없었던 듯이 노을이 지는 하늘을 보며 유유히 집으로 걸어갔다. 돌다리를 건너자, 어디선가 '히이잉' 거리는 동물의 울음소리가 들려왔다. 소리가 나는 곳으로 몰려가니 텃밭 옆 고목에 말 한 필이 매여 있는 것이다. 말은 우리가 텃밭을 지나 병원으로 들어가는 동안 친근한 눈빛으로 우리를 바라보며 긴 꼬리를 흔들었다.

병원 문을 열자, 난로 위의 주전자에서 새나온 김이 우리의 시야를 가렸다. 달이의 목덜미를 잡고 실랑이하는 사이 김이 걷히면서 웬 할아버지가 의자에 앉아 있는 모습이 보였다.

"할아버지!"

우리의 농장 할아버지였다. 할아버지는 우리를 기다리고 있었다며 얼어붙은 아이들의 얼굴과 머리를 따스한 손으로 쓰다듬어 주셨다. 진료실 문 앞에 외근 중이라고 쓰여 있는 쪽지가 압정에 꽂혀 있는 것을 보니 아빠는 외래 진료를 나갔나 보다.

할아버지는 바구니에서 산양유가 담긴 유리병과 감기에 좋다는 약초들, 갓 쪄 온 찐빵, 말린 생선, 그리고 사탕과 과자 봉지를 꺼내 놓았다. 별이는 병째로 우유를 들이켜고, 달이는 찐빵을 나눠 먹었다. 우리가 할아버지의 선물 보따리 속을 이리저리 뒤적이고 있을 때, 현관문이 열리면서 찬 공기가 들어왔다. 돌아보니, 아빠가 서리 긴 안경 렌즈 사이로 우리를 보고 있었다. 두터운 오리털 점퍼의 어깨 위에도 흰 서리가 앉아 있는 것을 보니 그 사이 살짝 눈발이 날렸나 보다.

할아버지가 들고 있던 물건들을 내려놓으며 의자에서 일어났다. 아빠와 할아버지는 그날처럼 또다시 어색한 만남을 해야 했다. 아빠는 인사하는 것도 잊고 멍하니 서 있다가 급하게 안경을 벗어서는 수선스럽게 안경알을 닦았다. 다시 안경을 쓴 아빠가 가늘게 뜬 눈으로 할아버지를 응시하듯 바라보았다. 짧은 순간 묘한 분위기가 우리 사이를 흘러다녔다. 그 이상한 침묵을 가르며 할아버지가 먼저 인사를 건넸다.

"그동안 안녕하셨습니까? 원장님! 아이들이 보고 싶어서 왔습니다. 줄이도 궁금했고요……."

"아아…… 네에…… 저, 누구신가 하고…… 인사가 늦었습니다. 건강하셨는지요. 어르신."

짧은 인사말을 주고받은 두 분 사이에 또다시 어색한 침묵이 흘렀다. 할아버지와 아빠는 서로 물끄러미 바라보다 동시에 구불구불한 머리칼을 쓸어 넘겼다. 그때, 병원 뒷문에서 할머니의 목소리가 들렸다.

"애비, 외근 갔다 왔나?"

문이 열리며 할머니의 얼굴이 보였다. 그 순간, 할머니는 병원 안에 흐르는 이상한 기류를 느꼈나 보다. 할머니의 시선은 아빠의 시선이 머문 곳을 천천히 따라가기 시작했다. 그 불안한 눈길이 할아버지에게 멈춰 섰다. 시간은 왜 그리도 더디 흐르는지…… 30년…… 40년. 순간은 세월의 무게를 짊어진 무겁고 더딘 공간의 지배를 받고 있었다.

할머니가 갑자기 마루 문턱에 주저앉았다. 할아버지의 눈빛에도 섬광이 번득이며, 검은 동공이 흔들렸다. 오래된 이야기와 깊은 그리움을 담은 슬픈 동공에 눈물이 고여 왔다. 멈춘 시간 속에 굳어 버린 사람처럼 할아버지의 눈물 어린 눈동자는 할머니의 기억을 더듬어 찾고 있었다. 잠시 후, 눈동자의 움직임이 서서히 멎어가고 할아버지의 눈에서 한줄기 눈물이 흘러내렸다.

"혹시, 서……엄이 섬이…… 아바지……요?"

후들후들 떨고 있던 할아버지가 의자 위에 주저앉았다.

"섬이…… 섬이 오마니……."

할아버지의 입술 사이로 탄식 같은 소리가 새어 나왔다. 할아버지는 의자 손잡이를 잡고 일어나서 흔들리는 걸음으로 긴 세월만큼이나 무거워진 발걸음을 떼기 시작했다.

"왜…… 이제 왔소?"

할머니의 목소리는 거의 들을 수 없을 만큼 작았다. 마치 웅덩이 속의 물고기처럼 입술만 움직이고 있는 것 같았다.

"살아 있었소……? 당신 정말…… 살아 있었소?"

할아버지가 부들부들 떨고 있는 손으로 할머니의 어깨를 잡았다. 이내 두 분 사이에 서러운 세월에 대한 보상과도 같은 울음소리가 가슴 밑바닥의 말라버린 샘에서부터 솟구쳐 나오기 시작했다. 아빠가 할아버지에게 다가가 기나긴 기다림의 세월 동안 초라하고, 연약해진 노인의 어깨에 얼굴을 묻었다.

"아버지! 못 알아봐서 죄송합니다……. 아…… 버지…… 얼마나 부르고 싶었는데……."

반백이 된 아들의 머리칼과 새하얀 아버지의 구불거리는 머리칼이 하나가 되었다. 여덟 살이었던 아들은 중년이 되어서야 아버지에게 안겼다. 그때 아빠는 아버지라는 이름을 목 놓아 불렀다. 그립지만 부를 수 없었던 서글픈 이름, 아버지를.

성탄절 이브의 행사가 시작되었다. 교회 안의 성탄절 나무 위로 노랗고 빨갛고 파란색의 크고 작은 별들이 달렸고, 산타할아버지의 선물 바구니와 지팡이, 반짝이는 종들이 화려하게 장식되었다. 마지막으로 점등 행사가 시작되자, 목사님이 교회 안의 전등 스위치를 내렸다. 스테인드글라스로 장식된 유리창 사이로 별빛이 들어오며 검은 공간에 푸른빛을 흩뿌렸다. 캄캄한 어둠에 싸인 교회 단이 오묘한 빛으로 반짝였다.

"하나, 둘, 셋!"

교회 안에 모인 사람들이 한목소리로 숫자를 세자, 나무에 달린 전구의 불빛이 여러 가지 색깔을 내며 나무에 달린 장식들을 다양한 색깔들로 비추었다. 불빛들이 깜박일 때마다 사람들은 두 손을 가슴에 모으기도 하고, 하늘을 향해 손을 올리기도 했다. 그들의 입에서는 웃음이 가득했고 혀에서는 찬양이 차올랐다. '오 주여!' 감탄의 소리들이 흘러나왔다. 올 한해도 무사히 보낼 수 있게 해 주신 신의 은총에 대한 감사의 소리였다.

성탄절 나무의 점등 행사가 끝나고 이제 우리들의 무대가 시작되었다. 선생님이 솜으로 나에게 구레나룻을 만들어 붙여주었고, 코에 빨간 물감도 칠해 주셨다. 선생님은 가능한 한 더욱 심술맞아 보이도록 최선을 다해 나를 구두쇠 할아버지로 만들었다. 우리 연극은 성탄절의 철학을 담고 있는 의미 있는 것이었다. 크리스마스 전날 밤에 구두쇠 스크루지 영감이 함께 사업을 시작하던 남자의 유령을 만나고, 자신의 과거, 현재, 미래의 모습을 본 후에 죄를 뉘우치고 크리스마스의 나눔을 실천하게 된다는 이야기였다.

연극은 주인공인 나를 중심으로 비교적 실수 없이 마쳤고, 열연한 배우들은 모두 무대 앞으로 나와 관객들의 박수를 받았다. 환호가 터지는 관객석의 가장 앞줄에 우리 식구들이 앉아 있었다. 아빠는 나를 향해 손을 흔들며 카메라의 셔터를 눌렀고, 할아버지와 할머니는 다정하게 손을 잡고 흐뭇한 미소를 지으며 나를 바라보고 계셨다. 여전히 시무룩한 줄이만이 가끔 무대 위를 흘끔거릴 뿐이었다.

성탄절 행사가 끝난 후, 남은 그 해의 며칠은 풍성했던 여름과 쓸쓸했던 가을을 돌아보며 지내야 했다. 금지된 숲에서 소년을 만났고, 소년의 아픈 할머니를 알게 되었고, 얼마 후, 할머니를 떠나보내야 했다. 그리고 소년은 우리의 가족이 되었다. 그해 우리는

가족이 둘이나 생겼다. 크리스마스의 기적이 어김없이 찾아온 것이다. 슬픔이 지난 후 찾아온 크리스마스의 축복이었다. 우리들의 기적과 축복은 언제 어디서나 일어날지 모른다. 단지 우리가 알지 못하고 지나치거나, 지나고 나서야 뒤늦게 알게 될 뿐…….

우리의 공간은 이렇게 채워져 갔으나, 줄이의 가슴은 여전히 비어 있었다. 그 쓸쓸한 공간에 아무리 들어가려고 해도 줄이는 외면했고, 옥이 아줌마와 할머니도 점점 지쳐가고 있었다. 줄이는 더 이상 숲의 이야기도 들려주지 않았고, 노랑지빠귀의 노래도 불러주지 않았다. 줄이는 새장 속에 갇혀 짝을 잃고 슬퍼하는 새가 되어 있었다. 어쩌면 줄이가 산에다 풀어준 지빠귀처럼, 줄이를 산과 들로 마음껏 뛰어다니도록 내버려 두는 것이 맞지 않을까? 아빠와 우리 삼남매가 자연 속에서 치유 받은 것처럼, 산허리로 흐르는 강물에서 송어를 잡고, 새 사냥을 하러 산등성을 오르내리며, 자연의 품 안에서 줄이의 슬픔이 회복되는 것이 맞지 않을까? 그즈음 우리는 모두 비슷한 생각을 했던 것 같다.

그렇게 추운 겨울을 보내던 어느 날이었다. 할아버지와 할머니는 말을 타고 산양농장에 가셨고, 옥이 아줌마는 1층에, 2층에는 아빠와 삼남매와 줄이만이 따분한 시간을 보내고 있었다. 나는 벽난로 옆에서 배를 깔고 누워 중학교 과학 교과서를 읽고 있었다. 별이는 공책을 앞에 두고 대체 언제까지 일기를 써야 하냐며 투덜거리고 있었고, 달이는 거실 구석에 웅크리고 앉아 채반에 담긴 고구마를 먹고 있었다. 아빠가 서재에서 나오며 줄이의 방문을 조심스럽게 열어 보더니, 식탁으로 와서 탁자 위의 신문을 들었다. 줄이는 방금 잠에서 깨어난 부스스한 얼굴로 탐구생활을 들고 거실로 나왔다. 아빠의 맞은편에 앉아 책을 펴는 줄이를 아빠는 신문 너머로 소리 없이 지켜보고 있었다.

별이는 방학일기를 며칠에 거쳐 써야 하는 과중한 부담 때문에 기억을 더듬고 거짓말을 짜내느라 무척이나 고통스러운 얼굴을 하고 있었다. 얼마 후, 삼 일에 거쳐 완성한 별이는 작문인지, 일기인지를 끝내놓고 방으로 신 나게 뛰어들어갔다. 달이는 어느새 거실 구석에 누워 잠이 들어 있었다. 잠시 후, 별이의 방에서도 막중한 업무를 끝낸 후에 달콤한 휴식을 취하는 소리가 ‘드르렁…… 드르렁…….’ 거리며 간간이 들려왔다. 아빠가 달이의 배에 담요를 덮어주고 베개를 달이의 머리에 받쳐 주었다. 거실 안은 우리 셋만이 조용한 분위기 속에서 각자의 일들을 하는 듯했다. 아빠와 나의 관심과 시선이 한 곳에 집중되어 있기는 했지만, 겉으로는 오랜만에 느끼는 평화롭고 고즈넉한 시간이 흘렀다.

“줄이야! 문제를 풀다가 모르는 게 있으면 아저씨에게 물어보렴.”

주방으로 들어갔던 아빠가 커피와 따뜻한 우유 두 잔을 가지고 나오며 말했다.

"네에……."

줄이는 여전히 별 의미 없는 형식적인 대답을 했다.

"참! 너희 출출하지 않니? 라면 끓여줄까?"

아빠가 갑자기 상쾌한 공기를 들이마신 듯 어깨를 경쾌하게 움직이며 우리에게 우유 잔을 건네고 커피를 마시며 다시 주방으로 들어갔다. 아빠의 콧노래와 서랍장 문이 열리는 소리, 냄비에 물을 받는소리, 라면 봉지를 뜯는 소리, 그 모든 소리가 우리의 감각을 깨웠다. 잠시 후, 보글보글 거리는 소리와 함께 라면 국물 특유의 구수한 냄새가 거실로 들어오자, 줄이도 마침내 주방으로 고개를 돌리며 입맛을 다셨다.

우리 셋은 오랜만에 마주 앉아 면발을 호로록대고, 국물을 홀짝였다.

"서울에 살 때 엄마랑 라면 많이 먹었어요."

줄이가 입안에 있는 라면을 우물거리며 뜻밖의 이야기를 꺼냈다.

"처음 듣는 얘기로구나."

아빠가 젓가락을 내려놓고, 줄이 쪽으로 몸을 기울였다.

"아빠가 돌아가시고, 서울에 있던 엄마랑 한 달 정도 살았어요. 1학년 때요. 그때 엄마는 벌집이란 곳에서 살았는데, 집이 정말 좁았어요. 벌집처럼 작은 집들이 모여서 살았는데, 스무 집마다 화장실 하나를 사용했어요. 우리 반에 영숙이라는 애도 거기서 살았는데 아침마다 화장실에 줄지어 서 있다가 만나게 되면 얼마나 창피했는지 몰라요. 그래서 저는 학교에 일찍 가서 학교 화장실을 사용했어요."

줄이가 마지막 면발을 홀짝이고 국물을 들이켜는 동안 멈췄던 이야기를 다시 하기 시작했다.

"지난겨울처럼 그곳에도 돌풍이 불었댔어요. 벌집은 다 쓰러지고 사람들이 들것에 실려 나가고, 죽기도 했어요. 저는 다행히 살았고요. 엄마는……"

"그래. 줄이야, 엄마는?"

아빠가 몸을 줄이에게 가까이 기울이며 물었다.

"엄마는…… 아직 죽었는지 살았는지 몰라요. 돌풍이 불 때 엄마는 집에 없었거든요."

어떻게 이렇게도 사연 많은 아이가 있을까? 같은 하늘 아래, 같은 시대에 태어나서 우리들의 운명은 왜 이리도 다른 걸까? 삶을 선택한 것이 아니듯, 고향도, 부모도, 입고 나올 옷 한 벌도 선택할 수 없는 작기만 한 아이들이. 이다지도 서글픈 운명을 줄이는 어디에다 하소연해야 할까? 아빠의 눈빛에 이런 의문들이 스쳐 지났다.

"사람들은 아마도 엄마가 돌풍에 쓸려 하천으로 떠내려가 죽었을 거라고 했어요. 벌집 옆에 하천이 있었거든요. 시체가 강으로 흘러갔을 거라고요……"

아빠는 식탁 위에 턱을 괴고 줄이의 얘기를 심각하게 듣고 있었다. 이미 아빠와 내 라면은 면발이 불어 있었지만, 줄이의 그릇만이 국물도 없이 비어 있었다.

"그런데…… 그래도…… 엄마가 살아…… 있을지도……"

줄이는 떠오르는 생각들을 입안의 라면처럼 우물대며 시원하게 뱉어내지 못하고 있었다. 오랫동안 가슴속에 묻혀있던 묵은 감정들이 줄이의 입 밖으로 나오기를 꺼려 했다.

"그래서 어디선가 살아계실지 모를 엄마가 언제라도 시골집에 찾아올 수 있으니까 집을 지키고 싶었던 거로구나. 우리 착한 줄이가."

아빠의 말에 줄이가 고개를 끄덕이며 오랜만에 우리와 시선을 맞추고 미소까지 지었다. 줄이의 고백에 대한 반가움도 잠시, 우리는 줄이의 서글픈 운명에 대해 생각하며 한동안 말없이 앉아 있었다. 아빠는 언젠가 삶의 출발점이 다르다 해도 인생은 공평하다고 말했다. 고통과 슬픔의 무게를 저울에 달아보면 누구나 똑같다고. 그러나 행복의 무게는 다르다고 했다. 감사의 무게가 많아질수록 더 행복해지는 거라고. 그래서 행복해지기 위해서는 의도적으로 감사하라고. 그건 경험을 통해 깨닫게 되는 삶의 진리라고 말이다.

알 수 없는 침묵에 쌓인 이층집에는 난로 위에서 우리의 눈치를 살피는 주전자만이 숨을 내쉬듯 가끔 김빠지는 소리를 냈다.

"줄이야. 아저씨한테 오렴."

아빠가 줄이를 향해 팔을 내밀었다. 잠시 머뭇대던 줄이가 의자의 달걸이를 힘겨운 듯 잡고 일어나 아빠에게 천천히 다가갔다. 아빠는 다가오는 줄이의 팔을 잡고 힘껏 끌어안으며 흐느끼듯 말했다.

"그래! 그래서 우리 줄이가 그동안 말도 없이 슬퍼하고 있던 거로구나. 미안하다. 미처 몰랐단다."

아빠가 곱슬곱슬한 줄이의 머리에 얼굴을 묻었다.

"네에…… 제가 아저씨랑 살다가 혹시나 엄마가 와서 저를 찾으면 어떡하나 싶어서…….."

줄이가 울먹이며 말했다.

"괜찮다. 줄이야! 엄마가 오면 언제라도 엄마한테 돌아가면 돼. 그때까지 우리는 가족이란다. 언젠가 엄마가 올 거라는 믿음이 있다면 줄이가 믿는 대로 될 거란다. 산양농장 할아버지와 할머니가 40년 가까이 헤어져 살았어도, 그분들의 믿음대로 다시 만났으니 말이다."

아빠가 계속해서 말을 이었다.

"줄이야, 아저씨는 내 인생에서 최고로 좋은 선택을 한 것이 세 가지가 있단다."

아빠의 품에 안겨 있던 줄이가 두툼한 팔 위로 슬그머니 고개를 들어 아빠를 올려다보았다. 검은 눈망울이 물기를 머금고 반짝였다.

"첫 번째는 내 아내와 결혼한 것, 두 번째는 우리 삼남매의 아빠가 된 것, 세 번째는…… 너와 가족이 되기로 선택한 거란다."

줄이의 말과 울먹이는 소리는 아빠의 가슴에 묻혀 거의 들리지 않았다. 훌쩍일 때마다, 아빠의 팔 사이로 올라오는 머리칼만이 줄이가 아빠의 품에서 마음껏 울고 있음을 알게 해주었다.

그렇게 겨울이 갔다. 다람쥐들이 떡갈나무 숲을 마음껏 헤매고 다니듯이 삼남매는 이제 줄이와 함께 아빠와 벽난로 주변을 돌아다녔다. 여전히 거실에서는 달이의 울음소리, 삐친 별이가 방문을 '쾅!' 하고 닫는 소리, 그럴 때마다 위로하는 다정한 아빠의 목소리. 익숙하고 정겨운 소리와 함께 추운 겨울의 일상이 흘러갔다.

그리고 새봄이 왔다. 벌들이 다시 우리의 뜰로 날아들었고, 야생화가 꽃대를 세우고 지천으로 피어올랐다. 나뭇가지에 앉은 새들이 저마다의 소리로 우리를 흥분시키며, 마당과 뒷동산과 돌다

리 아래의 계곡으로, 산허리에 흐르는 물줄기 속으로 우리를 유혹
했다. 푸른 봄은 무거운 겨울의 침묵을 깨고 집집의 돌담 위로 노
란 햇살을 뿌리고, 우리들의 텃밭으로 연둣빛 싹을 틔우며 어김없
이 찾아온 것이다.

초등학교 운동장에서 마을 잔치가 시작되었다. 만국기가 펄럭
이는 운동장 하늘 아래, 마을 어른들이 앉을 수 있도록 천막이 세
워졌다. 이제 중학교 교복을 입은 나는 초등학교 운동장의 담을
까치발로 넘겨보며 동생들을 찾았다. 할아버지와 할머니, 달이와
옥이 아줌마가 운동장 한쪽의 플라타너스 아래에 자리를 펴고 앉
아 삼단 도시락에 준비해 온 음식들을 펼쳐 놓은 모습이 보였다.
나는 이제 담벼락을 넘나들지 않는다. 내 바가지 머리는 귀밑으
로 찰랑거리는 단발머리가 되었고, 무릎까지 내려오는 교복 치마
도 입었다. 나는 바닥에 내려놓았던 가방을 메고, 도시락 가방과
신주머니를 들고 중학교 교문을 빠져나와 담 하나를 사이에 두고
있는 초등학교 교문으로 들어섰다. 나와 같은 교복을 입은 건이가
헐레벌떡 뒤따라오며 소리쳤다.

"야야! 같이 가."

나는 운동장 가장자리의 나무 그늘, 학부형들이 앉아서 구경
하는 돗자리를 피해서 걸으며 응원석의 계단 근처로 다가갔다. 저
멀리 으리 새끼들 같이 떠들고 있는 아이들 사이에서 미운 오리

새끼처럼 웅크리고 앉아 있는 작고 마른 아이의 얼굴이 보였다. 나는 줄이 곁으로 가기 위해 계단을 올라갔다.

"청군! 이겨라!", "백군! 이겨라!"

흥분된 응원 소리가 운동장을 울리고 하늘로 퍼져갔다. 승부가 가려질 때마다 시골학교의 운동장은 아이들의 함성으로 떠나갈 듯했다. 학생들의 기마전을 마지막으로 학생들의 경기는 마무리되었고, 선생님들은 운동회의 마지막을 장식할 마을 어른들의 계주를 준비하기 시작했다. 확성기에서 계주선수로 뛸 어른들은 모두 조회대로 모이라는 낯익은 선생님의 목소리가 흘러나왔다.

선생님들이 흙바닥에 희미하게 남은 흰 선을, 다시 횟가루로 선명하게 그어가며 달리기 경계선, 출발선과 도착지점 등을 표시했다. 흰 선은 마지막 계주경기의 팽팽한 긴장감을 알리듯 선명하게 그어졌다. 마지막 주자로 선발된 어른들이 운동장 가운데 모여서서 팔을 털고, 다리를 돌리며 준비운동을 하기 시작했다. 그중에는 아빠도 있었다. 확성기에서 계주의 시작을 알리는 소리가 울리자, 첫 주자들이 하나둘 대기 선 앞으로 걸어 나왔다. 주먹을 불끈 쥐고, 준비 자세를 취한 선수들은 한결같이 긴장해 있었다.

"탕!" 선생님의 딱총 방아쇠 소리가 긴장감을 가르며 하늘로 퍼져 나갔다. 선수들이 달려나가기 시작했다. 농번기의 바쁜 일손에 지친 선수들은 운동장 한 바퀴를 돌고는 바닥에 주저앉아 이마를 훔치며 숨을 헐떡였다. 응원석에서 "아빠! 빨리, 빨리!", "아저씨! 힘내요!" 반을 대표한 선수들을 응원하는 소리가 여기저기서 터져 나왔다.

마지막 주자들이 운동장 한가운데에 동그랗게 모여 서서 발목을 돌리며 달리고 있는 선수들을 주시하고 있었다. 아빠도 마지막 선수였다. 아빠 편의 선수가 바통을 이어받고 달리기 시작하자, 아빠는 그 선수의 모습을 지켜보며 발끝을 출발선에 대고, 무릎을 구부리며 상체를 앞으로 기울였다. 그리고 고개를 돌려 바통을 건네줄 선수의 모습을 유심히 지켜보았다. 아빠는 근육의 긴장을 풀려는 듯이 몸을 조금씩 움직이며 달려오는 선수를 향해 팔을 뻗었다.

그때였다. 바통이 아빠의 손가락 끝에 닿으려는 순간, 손에서 바통이 미끄러지며 바닥 위로 떨어졌다. 가까스로 1등으로 달리던 우리 편 주자가 실수하는 사이, 상대 선수가 그 사이를 치고 나가며, 상대주자에게 바통을 넘겨주었다. 기회가 이때라 싶은 상대편 선수가 빠르게 달려나가기 시작했다. 당황한 아빠도 떨어진 바통을 재빨리 주워 달려나갔다.

자기 팀이 역전에 성공하자, 상대편 응원단들이 모두 일어나 주먹을 쥐고 한목소리로 응원하기 시작했다. 우리 응원단도 하나 둘씩 일어나 마지막 주자를 향한 응원전을 펼쳤다. 나는 줄이를 쳐다보았다. 줄이의 이마에 땀방울이 송골송골 맺히고, 불끈 쥔 주먹이 부들부들 떨리고 있었다. 줄이는 마지막 주자들의 대결을 좀 더 가까이 보기 위해 앞줄에 서 있는 아이들 사이로 몸을 굽혔다. 독수리가 날개 치며 창공을 오르듯 아빠가 발을 디디는 땅마다 모래가 파도치듯 흩어졌다.

아빠는 어느새 앞 선수를 아주 가까이 추격하고 있었다. 그러자, 우리 편 응원단들이 "와아!" 함성을 지르며 넘실대는 파도처럼 일어났다. 그 소리가 들렸는지, 상대 선수가 힐끗 돌아보았다. 바짝 추격해 오는 아빠를 보자, 움찔한 선수는 더욱 속도를 내기 시작했다. 가로로 친 흰색 결승선이 선수들의 전방에서 휘날렸다.

그때였다. 아빠가 상체를 낮추며 독수리가 착지하듯 무서운 속도로 달려나가기 시작했다. 꽉 다문 줄이의 입술 사이로 얼핏 무슨 말인가가 새어 나왔다.

"아…… 아버…… 지이……!"

두 선수가 결승선에 다가선 마지막 순간, 아빠의 오른발 앞코가 바닥에 그어진 흰 선에 먼저 닿고 말았다.

"아빠아!"

나는 아빠를 소리쳐 부르며 계단 하나를 펄쩍 뛰어내렸다. 줄이 반 친구들도 환호하기 시작했다.

"와아아! 와아아……."

줄이의 눈에 금방이라도 눈물이 떨어져 내릴 것만 같았다.

".. ... 아…… 버지이……!"

아이들의 환호성 속에서 조그만 줄이의 목소리가 내 귓전을 울렸다. 나는 내 귀를 의심하며, 줄이를 바라보았다. 줄이의 시선은 아빠에게만 매달린 채 좀처럼 떨어지려고 하지 않았다. 줄이가 양팔을 들고 서서 환호하는 아이들을 피해 계단을 내려가기 시작했다. 나와 4학년 응원석에 앉아 있던 별이도 달려나갔다.

"아…… 아…… 버…… 지……!"

환호성 속에 묻힌 듯한 줄이의 목소리가 아빠의 귀에도 들렸나 보다. 아빠가 줄이에게 팔을 활짝 내밀었다. 어느새 할아버지가 아빠 옆에 와 계셨다. 할아버지와 아빠, 줄이와 별이, 그리고 아빠의 품에 안긴 달이까지 구불거리는 머리칼이 바람에 춤을 췄다. 봄날에 흩날리는 배꽃처럼, 우리들의 추억을 하얗게 빛내줄 아름다운 영상을 만들어 주며…… 언젠가 어른이 되어서 불현듯이 떠오를 기억의 잔상들 속에 밤하늘의 별처럼 또 하나의 아름다운 장면이 새겨지며…… 향기를 흘리듯, 봄바람에 하나가 되어 저 푸른 하늘로, 끝 모를 우리들의 추억 속으로 날아가는 것이다.

조용히 침묵하여 들어보렴.

아주 가까이에서 흐느끼는 소리가 들리지 않니?

씩씩하게 산과 들로 뛰어다니지만, 외로움에 울고 있는 영혼의 소리가 들리지 않니?

네가 그랬던 것처럼, 네가 아팠던 것처럼, 외로움을 기억해 내렴.

그의 손을 잡으렴. 바로 어린 날의 너와 만나게 되는 순간인 걸…….

너와 화해하는 순간인 걸.

네가 위로해주는 것 같지만, 실은 네가 그로 인해 위로받고 있다는 걸

알기를 바라.

고마워. 감사해.

내가 손을 내밀 수 있는 네가 곁에 있다는 걸.

신의 손길을 대신해 내 작은 손으로도 잡을 수 있는

네가 있다는 걸.

알고 있니?

너는 감격의 선물인 걸……

차마 볼 수 없는 신의 눈물인 걸……

차마 받을 수 없는……

신의 면류관인 걸……

하늘 위의 아이들

초판 1쇄 발행일 2013년 10월 16일

지은이 이병연
펴낸이 박영희
편집 배정옥·유태선
디자인 김미령·박희경
인쇄·제본 태광
펴낸곳 도서출판 어문학사
　　　　서울특별시 도봉구 쌍문동 523-21 나너울 카운티 1층
　　　　대표전화: 02-998-0094/편집부1: 02-998-2267, 편집부2: 02-998-2269
　　　　홈페이지: www.amhbook.com
　　　　트위터: @with_amhbook
　　　　블로그: 네이버 http://blog.naver.com/amhbook
　　　　　　　　다음 http://blog.daum.net/amhbook
　　　　e-mail: am@amhbook.com
　　　　등록: 2004년 4월 6일 제7-276호

ISBN 978-89-6184-300-3 03810
정가 11,000원

이 도서의 국립중앙도서관 출판시도서목록(CIP)은 e-CIP홈페이지(http://www.nl.go.kr/ecip)와 국가자료공동목록시스템(http://www.nl.go.kr/kolisnet)에서 이용하실 수 있습니다.
(CIP제어번호: CIP2013018274)

※잘못 만들어진 책은 교환해 드립니다.